愛上比佛利（繁體字版）

LOVE IN BEVERLY HILLS (A NOVEL IN TRADITIONAL CHINESE CHARACTERS)

B杜

British Library Cataloguing-in-Publication Data. A CIP catalogue record for this book is available from the British Library.

ISBN 978-1-913080-31-0 (ebook)
ISBN 978-1-913080-30-3 (print)

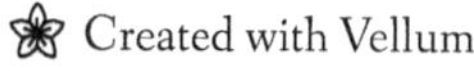 Created with Vellum

For my Family

第一章/演員夢

比佛利山莊（Beverly Hills）位於美國洛杉磯，距離聖莫尼卡海灘不遠，不僅全年都能曬到著名的加州陽光，還能享受從太平洋吹來的清爽海風，有"全世界最尊貴的住宅區"之稱，是財富與名利的象徵。

既然尊貴，當然離不開購物，羅迪歐大道是比佛利山莊最著名的時尚街，兩側有衆多的奢侈品店及高檔的餐館、酒吧、畫廊……等，讓人在大飽眼福之際也能一窺富人們的奢華生活。

奢華歸奢華，市井小民也有生存之道，從四季酒店轉個彎走兩百米，那裏有許多平價親民的店鋪錯落其間，好比現在，我正走進"莫先生的中國漢堡店"（*Mr.Mo Chinese Burger*）。

中國的傳統食物裏没有漢堡，真要追究起來，也只有西安的肉夾饃略爲形似（都是在兩片餅皮間塞進肉類），所以肉夾饃在國外被視爲中國漢堡。想當然爾，*Mr.Mo Chinese Burger* 指的是由姓莫的男人開的肉夾饃店，如果你是這樣想的，那就錯了。

"萌萌，這麼早就收工了？"櫃台後一個胖墩墩的中國婦人說。

"運氣不好，今天又没戲了。"我唉聲嘆氣。

"別難過，機會總會有的。"說完，她遞給我一個臘汁肉夾饃。

我給了她三美元，然後坐到角落狼吞虎嚥起來。

没錯，在中國賣三塊錢的白吉饃夾肉，到了美國揚眉吐氣，身價翻了六、七倍。雖然心疼，但與四周動輒上百美元一餐的西餐比，還算經濟實惠，所以老莫太太的店便成了我經常光顧的地方。

既然提到，不妨讓我來介紹一下老莫太太，她有個洋氣的名字叫Molly,和莫先生於十年前來到洛杉磯，什麼苦活、髒活都幹過，只爲求個溫飽，可惜命運多舛，没兩年莫先生就得了肝癌，把好不容易攢下的幾萬美元悉數花光，還欠下一屁股債。那陣子Molly一逮到人就訴苦，感嘆時不我與、造化弄人，漸漸把四周圍的人都給趕跑了，畢竟誰的生活都不易，没人有義務當告解的神父。

孤立無援的老莫太太很快認清形勢（欠債得還錢，何況房東還揚言再不繳房租就讓她睡大街），擦乾眼淚後，她決定與命運抗爭，*Mr.Mo Chinese Burger*就是這樣開起來的，藉以紀念她那因病早逝的丈夫。

身爲地道的西安媳婦，做起肉夾饃有誰比她做得好？然而現實還是打了她一巴掌，每天的流水還不到一百美元，再這麼下去，關門是遲早的事。

還好天不絕人，有洋客人及時反映東西的藥味太重，她琢磨大概外國人吃不來丁香、桂皮、草果、大香等調料，於是針對當地人的口味進行改良，經過不斷的實驗及試吃後，終於推出孜然羊肉、孜然牛肉及菜肉三種夾饃，果然一炮而紅。當然，爲了留住中國客人，不忘保留傳統的臘汁口味。

我三兩下把中國漢堡吞下肚，拍拍衣服上的餅屑，起身。

"今天到我妹那兒嗎？"Molly問。

"嗯！Monica今天到有錢太太家收貨，臨時叫上我。"

Monica是Molly的親妹妹，兩人的年紀差上一輪，她在羅迪歐大道上開了一家二手奢侈品專門店，平常店裏有兩個韓國妹紙幫忙，當人手不夠時會叫上我，雖然是兼職性質，時薪又不高，但在實現演員夢之前，不失爲雞肋。

"等等，"Molly把兩個肉夾饃放進紙袋內交給我，"告訴Monica用的是半肥瘦的後豬腿肉，她會喜歡。"

"没問題。"我愉快地答。

這已經是這個月第四次讓我當免費送餐員，但我一點兒也不介意。Molly不知道自己的妹妹正值減肥期，碳水化合物一律免沾，我因此成了最大的受益者。

"嘻嘻！今天的晚餐有著落了。"我心想，樂不可支。

我一走進以老闆娘的名字爲店名的二手店，就被Monica往外推："快，來不及了，LP的總裁夫人三點鐘要出門，我們得趕在她離去前打聲招呼。"

"這個LP該不會是加州最大的電影製作公司吧？！"

"怎麼不是？我跟他們做生意已經不下數十回，熟悉到保安看到我的臉就主動放行。"她邊答邊往外走去。

Monica的車是黃色布加迪威龍，以每月三千美元的代價從二手車行租來。

"想在這裏生存就得開好車，否則連乞丐都不鳥你。"Monica曾對我說。

以一個開店老闆娘的收入，買一部代步工具不成問題，但……布加迪威龍實在太貴了，她只好以租代買。

"那個……今天不開車嗎？"我問。

我明明看見黃色跑車就在眼前，Monica卻視而不見。

"今天貨多，我租了房車。"她往一輛奔馳維特斯系列的九人座房車走去。

"爲了載貨而另外租車，划算嗎？"

"當然，賠本的生意没人做。"Monica 信心十足地答。

"喏！那棟灰的以前是麥當娜的，後來賣了2800萬美元……紅屋頂的是貝克漢姆和維多利亞的房，他們的大兒子布魯克林和科洛拍拖時，我看過一次他們一起走進豪宅的背影……噢！那是買斯汀.比伯在18歲時買下的，呵呵！我18歲時還在想牛肉麵要點大碗還是小碗，人家已經購入千萬房產……這個是湯姆克魯斯的……那是華裔婚紗設計師王薇薇的……"一路上MONICA不遺餘力地向我介紹屋子的主人。

對我來說，那些童話般的城堡宛如歐美大片，可望而不可及。

見我沈默，Monica問我今天試鏡的結果如何？我答再一次糊了，自己的英語不行，又長著一副亞洲臉孔，除非演的是裹小腳的女人……

"那也不無可能，如果《末代皇帝》重拍，妳一定拿得到角色。"她說。

真不知是褒還是貶？亞洲題材的電影或電視劇在好萊塢算小眾，若有重拍的經費倒不如拿去拍怪獸或外星人。

"也不一定得等到那時候，我現在已經放低姿態，群演也成，若有一、兩句台詞更好。"我笑呵呵地答。

話說得雲淡風輕，實際上我已經付不起合租的費用，淪落到住在房車內。

你若問我混得這麼差怎麼不回國？哎！說來話長，在國內我學的是表演，畢業後跑了三年龍套，好不容易得了個女四的角色，那高興自不在話下。誰知導演醉翁之意不在酒，約我到酒店討論劇本，一進房間便動手動腳，我竭力反抗，抓了他一臉，可想而知，最後連個啞巴的角色也沒撈著，連夜被踢出劇組，更慘的是我的裸照隨後就到，那些不高明的合成技術差點兒讓我得了抑鬱症。考慮再三，我決定到美國找機會，沒想到美國也這麼難生存，這下子就更不能回國了，因爲沒臉呀！

" Here we are."Monica說我們到了。

果然如同她所言，豪宅保安主動打開電閘門。

"好……好大啊！"我嚇得目瞪口呆。

之所以說好大是因爲從入口處看不到盡頭，彷彿進到公園內。

"誰說不是呢？"Monica意味深長地一笑，然後腳踩油門。

第二章/ELSA

“待會兒看到總裁夫人可別直呼其名，要稱Madam, 富貴人家都很重視稱謂。”Monica提醒我。

“知道了。”

車子沿著坡度不大的車道蜿蜒直上，整個園林被劃分成若干幾何形地塊，到處是開闊的草地及修剪整齊的樹籬，花壇則種有玫瑰及冬青，偶見新穎的雕塑小品。

“這棟房子原來是個英國佬的，所以房子外觀及花園都被設計成都鐸復興式莊園，誰知Elsa購入後決定來個混搭，花了五百多萬美元把屋內打造成摩爾式建築風，讓初次造訪者多少有些不適應，彷彿剛吃了傳統的英式下午茶，緊接著又來上一口阿拉伯烤全羊。”

“呵呵！我喜歡英式下午茶，也愛吃烤全羊，口味能瞬間轉換，毫無勉強。”

“嘖嘖嘖！不愧是演員，見人說人話，見鬼說鬼話，簡直是條變色龍。”

講到變色龍，Monica才是個中翹楚，她若說第二，没人敢排第一，與自己的姐姐Molly相比，一個是老實巴交的勞動人民，另一個則是趨炎附勢的牆頭草。偏偏虛比實吃得開，當Molly還在爲3美元一個的肉夾饃勞累時，Monica早已憑藉轉賣二手奢侈品在西木區買下華麗的penthouse，能俯瞰整個加州大學洛杉磯分校。

"喏！那棟就是。"Monica努努嘴。

看過近萬平米的生態園林後，一座典型的都鐸風格英式別墅赫然在目，有急坡屋頂、高煙囪、大格窗、拱門以及由印第安納石灰塗抹的外牆。

車子停妥後，Monica看了一眼車內時間顯示器，說差一刻三點，希望Elsa還在，而且有好心情。

"爲什麼非得有好心情？我們不是來搬貨的嗎？"我問。

"這妳就不懂了，Elsa要賣的是已退流行的產品，我的火眼金睛就是要把不在名單上的精品找出來，逢主人心情好，我就撿漏了。"說完，Monica下車走向那棟深色豪宅，後面跟著一臉茫然的我。

"Please come in."腰繫白色荷葉邊圍裙的女傭開門後說。

走進屋內，我看到巨型的巴卡拉枝形吊燈從圓頂天花板垂掛下來，地上鋪著純手工編織的波斯地毯，牆面有大面積的拼花布紋織物，到處可見鑲有植物、幾何、阿拉伯書法紋樣的器具及裝飾物。猛一看，大紅、水藍、深紫、橙黃、松石綠……讓人目不暇給。

"This way, ladies."女傭又說。

雖然我對屋內設計感到好奇，但我們直接被帶到二樓的某個房間內，錯過一覽全貌的機會。

"Good afternoon, madam."Monica對著一個身形略爲豐滿的女人行屈膝禮。

在西方禮儀中，女性會向社會地位高於自己的人行屈膝禮，落到今日，這個習慣早已不多見，只剩歐洲皇室還保留著。

"這位是……"宛如女皇的人注意到我，而我也注意到她 原來是會講普通話的華人。

"她是新來的助理，叫衛萌萌。"Monica介紹。

我有樣學樣，也來個屈膝禮，並且遵循Monica的叮囑喚她Madam（夫人）。

"長得挺水靈的，"她上下打量我，"Well, 時間不多了，開始吧！"

我們跟隨她走進一個大到像高檔精品店的衣帽間，女主人的手指彷彿仙女棒，凡點到的, Monica便要我取下，很快我懷裏的東西便小山也似的高。

"快放到門外的長沙發上。"Monica提醒我。

我就這麼來回跑了十幾趟，直到Elsa喊停。

"今天就這麼著，天氣熱了，這裏的東西也該騰出位置給當季新款。"

"是，是，"Monica點頭如搗蒜，"回去整理完畢，我會發個明細過來。"

"沒事，我一向信任妳。"

就在Elsa轉身前，Monica趕緊說繡花的橙色花呢包、帶亮片的帆布旅行包以及盧加洛太陽眼鏡早過時了，另外，Christian Louboutin 的紅底鞋鞋跟有半個指甲蓋大小的漆掉了……

"拿走拿走，我趕著和朋友見面呢！"女主人大手一揮，像揮走什麼骯髒的東西。

"謝謝！慢走。"Monica對著離去的背影深深一鞠躬。

～

雖然豪門貴婦的衣服都有專人負責清洗，但爲了賣相好，回店的路上通通被我們送進乾洗店，至於皮具……我將它們一一塗上防霉隔離精油及皮包潤澤精華液，再用塑料袋密封好，一個個全上了展示櫃。

"萌萌，妳可以走了，路上小心。"Monica說。

我看了一下時間，晚上九點。

韓國店員早在三個小時前就已下班，因爲美國勞工部規定工作時間超出每週40小時的員工可領取加班費。Monica爲了省下那1.5倍的支出，留下我這個便宜的"黑工"不難理解，只是我得加緊腳步，房車露營地離公交站牌有一段距離，我可不想在車少人稀的道路上走那麼一大段路。

在國外，利用房車旅行非常普遍，我的直屬學姐和她男友在辛勤工作五年後也決定加入行列，只是交通工具克難了點兒，是用麵包車改裝的，不過裏面應有盡有，不僅安裝了隔音、隔熱板，還DIY了儲物空間，通上電路和水路後，連廚房也有了。

"萌萌，要不要吃拉麵？"我一回到房車內，正吃著麵的學姐衝著我喊。

"好呀好呀！晚餐只吃了兩個冷掉的肉夾饃，餓死我了。"

"去，"學姐推了正在打遊戲的男友一把，"萌萌肚子餓，記得打個雞蛋。"

"切，就我命苦，遊戲打得正好……"

我趕緊說不用了，自己其實沒那麼餓。

學長立馬丟下遊戲機去煮麵，還說我若不乖乖把麵給吃了，今晚學姐會罰他不准上床……

啊！我何其有幸在最困難的時候遇上兩位貴人，如果不是他們正好旅行至此，我恐怕就要住進臨時收容所，與流浪漢生息與共了。

"萌萌，妳有没有想過一個禮拜後怎麼辦？我們……我們也該上路了。"我正吃著麵，學姐忽然提起煩心的事。

"放心，今天的試鏡很成功，導演說有個華裔女醫的角色特別適合我，估計很快會開機，我馬上就有錢租房子住了。"我笑得一臉燦爛。

"真的？那太好了，"學姐看著學長，"如此一來我們也能安心離開了。"

當燈熄了之後，只有窗外的月亮還醒著，我蜷縮在兩人硬座上，怎麼也睡不著。

離我一步之遙的學長和學姐已經沈沈入睡，鼾聲雷動，他們不知道我連群演的機會也没得到，現在只靠Monica給的微薄薪水在苦撐著，而下學期的學費又迫在眉睫。如果不繳學費就拿不到學生簽證，没有簽證，我立馬得回國，一環扣一環，壓得我喘不過氣來。

"也許……也許明天環球影城會給我好消息，那位經理看起來很和善，這次應該没問題。"我給自己打氣。

第三章/李奧

我已經在社區大學上了兩個多月的課，意思是《美國文學史》也已經上了兩個多月，在這段時間裏，我主要和馬克.吐溫打交道。

他的作品我只看過《湯姆歷險記》，一直以爲他是童書作家，没想到老師說他很"毒舌"，是美國批判現實主義文學的奠基人，善於黑色幽默，年紀越大越顯語言暴力……

呃！我還以爲《湯姆歷險記》中那個調皮搗蛋的小男孩是作者原型，連帶把馬克.吐溫也給美化了。

下課前，老師提醒我們兩週後交報告，想針對馬克.吐溫做研究也成，但切記别把上課內容全給寫進去，以往有學生照本宣科，一律低分。

真是糟糕！我原本想當"搬運工"，把老師說過的話一五一十寫下以表忠心，没想到他"六親不認"，叫我如何是好？尤其剛在"環球影城"覓得一份短期工，薪水不錯還提供三餐，什麼都好，就是每天得站八個小時，這意味著我得逃課，如今得知兩週後交報告，還不准"人云亦云"，真要愁煞人！

考慮再三，我還是決定去賺這1200美元，畢竟沒有了麵包，什麼都是浮雲。

～

影城的工作從明天開始，我以爲至少今天能當好學生，沒想到下午一點半Monica發來短信，我才得知金小姐和尹小姐中午不知吃了什麼髒東西，兩人上吐下洩，現在店裏只剩她一人。問我能不能現在過來？

知道又有收入，我回覆馬上到，然後趁老師轉身寫白板之際，偷偷從後門溜出去。

～

奢侈品太貴，讓很多有品味的中産階級和白領小資轉身投向二手名店。饒是如此，一些看上去十分普通的東西也要好幾千美元，連最不起眼的鑰匙扣、小銅鎖也標價一百多，看到這些數字難免讓人氣餒到懷疑人生。

我剛服務完一個買禮物哄女友開心的"成功人士"，在下一個客人進門前，我走到Monica身邊。

"忙什麼？妳已經坐在這裏快一個鐘頭了。"我問。

她答正在列Elsa的貨物明細，錢也得滙出去。

我看了一眼清單，乖乖，剛剛賣給"成功人士"的愛馬仕包售價兩萬八千美元，Monica卻只付給Elsa四千，連零頭都不到。還有，巴寶莉的羊毛格紋圍巾在店內賣一百五，清單上寫的是三十，只夠在叫得出名字的餐廳點上一碗奶油蛤蜊湯。

"妳做的是一本萬利的買賣呀！"我說。

Monica聽完輕蔑一笑，她答二手店的經營方式有寄賣和回購兩種，一般業者傾向寄賣，因爲賣出才需給錢，傭金也多，高達30%；回購就不一樣，賣不出去等於囤貨，當然得把價錢壓低。

"可是也太低了，利潤能達80%以上。"我竟打抱不平起來。

"我承認給Elsa的價錢低，但一來她不在乎，甚至感謝我將'垃圾'帶走；二來我的服務好，能上門取貨且付款及時，這也是我和她一直合作愉快的原因。"

哎！這叫周瑜打黃蓋，一個願打，一個願挨。

我聳聳肩，正想回到工作崗位，一低頭，不巧看見昨天收購回來的Christian Louboutin紅底鞋正被Monica踩在腳下，難怪她這麼熱衷上比佛利山莊，甚至不惜花150美元租下奔馳房車。

~

好萊塢環球影城是一個以電影爲主題的遊樂園，在這裏可以參觀電影的製作過程及回顧經典的影片片段，它甚全還有專屬的購物區—環球城市大道，而我……從今天起將在這裏工作兩個禮拜。

我在演員更衣室裏換上戎裝，再紮起馬尾，這位家喻戶曉的巾幗英雄代表果敢堅忍，我得嚴肅對待，別出糗。

" Mulan, this is your husband ."經理喚我木蘭，還鄭重介紹我的"丈夫"。

在動畫片裏，花木蘭最後和李翔將軍"有情人終成眷屬"，沒想到影城真的給我配了個肌肉男。

"Hi."他對我微笑，然後伸出手臂，" Let's go."

我的"老公"大概以爲我會像新娘子似地挽著他的手出場，偏偏我不配合，逕自向外走去。

來環球影城的遊客多半是親子，不止小孩，很多大人看到

cosplay人物也很興奮，我和"李翔將軍"非常有默契地做到來者不拒、有求必應。

"妳去哪裏？"李翔將軍問。

"時間到了，回休息室。"我答。

經理說每工作兩小時，演員能休息二十分鐘，但也只能在休息室裏待著，絕不能穿著戲服到處溜達及做出"不合身份"的事，譬如《冰雪奇緣》中的"安娜公主"就曾經在園內大喇喇地吞雲吐霧，遭到小朋友家長的投訴......

回到休息室，那裏人來人往，吵雜的聲音好比菜市場，雖然有熱飲及小點心供應，但我如坐針氈，因爲老煙槍太多了。

"空氣很不好。"我的"老公"說，然後遞了塊蛋糕給我。

"不吃，謝謝！"

他問是不是哪裏得罪我了？

"沒有的事，我是演員，保持好身材是我的職責，即使喝咖啡，我也從來不加奶和糖。"

"光管住嘴沒用，還得邁開腿，我就每天上健身房，風雨無阻。"他說。

"有那個錢我就不來這裏擺pose了......對了，你怎麼也來此工作？"

"我大學學的是戲劇，戲劇系學生畢業後很自然會來好萊塢碰運氣，可惜我的運氣不好，到現在還在打游擊。"

知道他也是學表演的，而且同樣混得不好，我的心忽然與他靠近許多。

"妳呢？"他問。

我三兩下把自己的過往給交待了，當然跳過那個不美麗的"性侵未遂"。

" 有夢想最美，堅持住，我是李奧，"他伸出手和我握了握，
" Nice to meet you."

" 我是衛萌萌，請多指教。"

因爲和他握手，我注意到他手腕上戴的是瑞士浪琴錶，實際
上那是名匠系列情侶錶中的男錶，Monica的店內有售，一對
約五千美元，還是二手價。

" 你戴的是浪琴錶。"我說。

" 好眼光，路邊攤買的，五十美元不到。"

李奧不知道我在二手名店兼職，雖然不致於馬上分辨出正品
或A貨，但是不是地攤貨可一眼就能判斷出，他的錶……絕對
不止五十美元。

" 這麼便宜？哪天帶我去瞧瞧。"我說。

" 沒問題。"他答。

第四章／絕處逢生

回到房車露營地，我發現那輛由麵包車改裝的車門上貼了張畫。可惡！是哪家小孩胡亂貼的？我用力扯下。

"碰！碰！碰！"我擊門，"學姐，是我。"

然而我的聲音像擊出去的球，半天沒回音。

真是的，都入夜了，那兩人跑去哪兒了？

閒極無聊，我把"兒童畫"拿出來看，這一看不得了，原來是張藏寶圖，找的是香噴噴的肉，我趕緊"按圖索驥"。

美國的房車露營地不僅有公共衛浴，還有烤肉區，好一點兒的甚至有游泳池及兒童遊樂園。

"好呀！跑到這裏烤肉，害我好找！"

"今天和妳姐夫上農夫市場，那裏有各類小吃、農產品、鮮花以及手工藝品出售，琳瑯滿目，東西看上去都很新鮮，我們便採買了一些回來。"學姐答。

農夫市場我去過，它是1934年美國經濟大蕭條時期，由洛杉磯一群農夫窮極思變給"變"出來的，經過數十年來的經營，成了目前擁有160個攤位的觀光市場。由於東西都是直接由農場運來，不僅品質有保障，售價還便宜，所以廣受消費者的歡迎。

"吃！"學姐遞給我一串烤肉，上面有豬肉、雞肉、青椒及口蘑。

我吃在嘴裏看在碗裏，那烤肉盤上的玉米、香腸、熱狗、海蝦以及用錫箔紙包起的蛤仔及秋刀魚，一個個正淌著油水呼喚我。

"慢點兒吃，有妳的份。"學長看出我的心思，害我一下子紅了臉。

沒辦法，我有"壓力大就肚餓"的毛病，往往放縱口慾後又瘋狂減肥，畢竟吃的是女演員這碗飯，除非走諧星路線，否則就得有長期保持饑餓狀態的心理準備。

我們邊吃邊天南地北地閒聊，學姐問我今天當人肉背景的感受，我答也就那樣了，爲五斗米折腰唄！

"抵達最後一站西雅圖後，我們也得回國折腰，旅行大半年，錢花得差不多了。"學長把烤熟的香腸全給撿出來，"本來沒那麼緊張的，有人說小賭怡情，在拉斯維加斯把我們兩個月的伙食費給賭沒了。"

"你想吵架是不？"學姐把到口的蝦用力摜下，橫眉怒目。

學長說他不想吵，只是認爲洛杉磯已經看得差不多了，該早早上路，好節省開銷。

"說好了這個星期天走，萌萌……"

在更多爭吵出籠前，我趕緊滅火："忘了告訴你們，環球影城爲員工提供住宿，我也是今天才知道，不僅有大床及歐式廚衛，還能遠眺山頂上的HOLLYWOOD大招牌。"

"看！事情解決了，妳呀！"學長指著學姐，"就是想太多。"

"真的是這樣嗎？"學姐看著我，憂心忡忡。

我要她放心，就算把我扔在沙漠裏，我也能絕處逢生，何況接下來我要住的是兩個人的大套間，比蜷曲在他們的椅子上睡覺，不知要舒服幾百倍……

"那恭喜了，"學長拿起罐裝啤酒，"今晚就當是餞行，明天我們各自安好。"

"行，"我也舉杯，"祝學長學姐一路順風，回國後找到百萬年薪的工作。"

說完，我一飲而盡。

我拖著大行李箱去上工，李奧問我怎麼了？我答被房東趕出來了。

見他一臉哀戚，我要他少來這套，俺是勵志姐，最後一定會成爲福布斯排行榜上的女富豪，走著瞧！

也許"物極必反"，今日的我比昨天亢奮，有拍照的中國遊客竟說我不像花木蘭，反倒像是迎賓小姐……

回到休息室，我胡吃海喝，把長桌上的小蛋糕全給消滅大半。

"妳和昨天那一位是同一人嗎？該不會是雙胞胎姐妹吧？！"

也難怪李奧起疑，昨天的我連咖啡都不加奶和糖，今天的我卻像餓死鬼投胎，還一改女將軍的英氣，成了笑容可掬的鄰家小妹。

"呵呵！如假包換，"我把杯子蛋糕塞進嘴裏，"實話告訴你，我有壓力大就肚餓的毛病。"

李奧倒沒潑我冷水，他要我等著，行政人員休息室的點心更好，他這就去拿……

結果等我重新粉墨上場，腹部脹得像懷有三個月的身孕，得屏住呼吸才不致於讓小肚子示人。

當即將閉園的廣播聲響起，我已換下戲服、卸好妝，拖著行李箱往外走。

"去哪兒？"李奧問。

我答找家便宜的酒店住下。

"何必麻煩？我的朋友正在找租客，妳去剛好。"

Kidding ？哪來的狗屎好運？我連吞好幾口口水："可是環球影城還沒發薪，我全身上下的錢加起來還不到五百美元……"

"放心，妳晚點兒付也行，她不缺錢。"

呃……不缺錢還找什麼房客？

我還沒提問，他已經拉起我的行李箱往前走。

房子位於伯德街附近，距離日落大道俱樂部不遠，雖然外表有些年代，但裏面寬敞明亮，有典雅的紅橡木地板、美式傢俱、帶花小窗以及各式各樣的燈具。

來開門的是有著俏麗短髮的女生，笑容很治癒。

"艾瑪，衛萌萌。衛萌萌，艾瑪。"李奧做簡單介紹。

"坐，房間本來就空置著，不太髒，李奧打電話過來後，我打掃了一下。"

我道謝，然後坐下。

由於兩個女生初次見面，李奧主動炒熱場子："艾瑪之前在一家燈具公司做銷售，現在幫父母看管房產，整個洛杉磯還有十幾處，她每天忙著回覆世界各地在Airbnb上的留言。”

噢！原來是包租婆。

“請問……我住的房間一晚多少錢？”

“不多，六十美元，三天起租，清潔費二十。”她答。

我很快心算了一下，不吃不喝大概能住上一個禮拜。

“我……”

“放心，李奧跟我提了妳的情況，等妳拿到薪水再付吧！”

我心想即使拿到薪水，我也住不起。話還沒說出口，艾瑪就要李奧先行離開，因爲今晚她父母要過來吃飯，飯不夠吃。

“那我走了，”他起身面向我，“明天見。”

艾瑪已經表明飯不夠吃，我很識相地躲回房間內，還好白天吃了一堆垃圾食品，晚上正好減肥。

“扣、扣、”我站在陽台上欣賞好萊塢夜景，敲門聲響起，我走過去開門。

“飯做好了，出來吃。”

“不……不用了。”

她也不囉嗦，直接表示房東想見新房客，我只好走出來。

艾瑪的父母看起來都很和藹可親，知道我是演員，問我曾演過什麼角色？

我答宮女、支教老師和圖書館管理員，還有還有，當過某個花瓶女演員的替身，她逃難時的背影是我的……

室內溫度不知怎的驟降至冰點。

"咳、咳、老中國城的公寓要拆了，今天我收到市政府發來的公函。"艾瑪對父母說。

"拆了也好，反正很破舊，拿到拆遷款再買棟新的，剛好給妳當婚房。"老爸爸說。

"男朋友都沒有，結什麼婚？"艾瑪冷哼一聲。

老媽媽開口了："妳可別再想他，我覺得陶姑媽介紹的對象就挺不錯的……"

艾瑪忽然又咳嗽兩聲，然後轉頭問我那個花瓶演員是不是劉叉叉？我答不是，是文某某。

"原來是她，"艾瑪若有所思，"那女的是我前男友最討厭的類型。"

第五章/人生的春天

艾瑪的父母吃完飯就回聖莫尼卡灣的家，據說他們住在一個擁有180度可觀海景的大公寓裏，而我也因有報告要寫，早早回房。

我和艾瑪就這麼相安無事地過了好幾天，直到......

"發薪水了，這是320刀。"我把Monica給的錢留在桌上。

"住五天是300刀，清潔費等搬出去那一天再給。"她答，電腦屏幕上顯示她正在玩Poker遊戲。

"我......我找到更好的了，今晚就搬。"

艾瑪按下遊戲暫停鍵，轉身向我："別告訴我妳找到一個高、大、精、貴的住所，如果真是那樣，我祝福妳！"

兩天前我認識《風中奇緣》裏印第安公主的扮演者，她說伯班克地區有個旅舍挺便宜的，一晚只要20美元，交通還算方便，有微波爐及煤氣灶可做飯，就是床單不太乾淨，來往的人也雜，各路英雄好漢都有。

我回答艾瑪新家很好，大到可以開派對，窗外還可見聖巴巴拉海灘……（真佩服自己做起夢來完全不需打草稿）。

"妳知道從這裏到聖巴巴拉有一百多公里，開車起碼兩小時嗎？"艾瑪問。

呃……這我倒不清楚，只因班上有人轉學到"聖巴巴拉城市學院"就讀，我以爲它近在咫尺。

"呵！兩小時算什麼？這裏交通高峰時段不也堵？"我仍死鴨子嘴硬。

艾瑪嘆了口氣："聽著，妳是李奧介紹來的，我不得不賣他面子，他照顧落難演員也不是頭一回了，妳就安心住下，別再提錢的事。"

我能感覺到他倆的交情不一般，即使她曾當著我的面向他下逐客令。

"那麼恭敬不如從命了，等我攢夠房屋押金及第一個月的房租就搬走，還有，欠妳的租金一個子兒也不會短少妳。"

她擺擺手，算是接受，然後轉身繼續玩Poker.

~

今天是我扮演花木蘭的最後一天，離情依依，我的"老公"問我將何去何從？

"首先當然得跟你'離婚'，然後回去繼續做兼職，老闆說了，下課後我可以上她那兒工作幾小時。"

"很好，那麼……Good luck."

看他離去的背影，我忽然有點兒小悲傷，就這樣？連個聯繫方式也没留？罷了，萍水相逢，就這麼好聚好散吧！

~

我一回社區大學就被請去留學生辦公室喝茶，升學顧問是個戴眼鏡的華裔女士，會說普通話。

"衛小姐，我們收到上課老師的反饋，過去兩個禮拜，妳無一天出席。"她面色凝重地說。

"我……生病了。"

"請出示醫生證明。"

我答不過是小感冒，自己在家歇著，提供不了證明。

她深深看我一眼後，翻看手上的卷宗："光這學期妳就缺席42天，已經超過上課天數的一半，除非妳能提出有利的證據，否則下學期就不用回來上課，我們也會取消妳的學生簽證。"

儘管我一再哀求並且保證不再犯，她仍不假辭色，看來大勢已定。

我氣餒地走出辦公室，鬱悶到想死。沒有了簽證，注定我得打包回國，就這麼兩手空空地回去多丟人！倒不如往金門大橋一跳，一了百了。

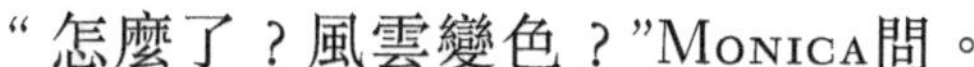

"怎麼了？風雲變色？"Monica問。

"誰說不是？被房東趕出去不說，現在連學校也不要我了，妥妥的一個大Loser。"

"那可怎麼辦？妳若走了，再找一個'黑工'可不容易，薪水太低，很少人願意幹………"

說得我怒火中燒，不安慰也就罷了，還落井下石？

"妳也知道薪水低？都替妳做牛做馬大半年了，也不漲我工資！"我沈下臉來。

Monica自知理虧，她說只要我有辦法留下來，下個月絕對漲，一小時多3美元，夠我買個肉夾饃吃……

話剛落音，門上的銅鈴聲響起，一個穿著時髦的洋女人踩著高跟鞋走進來，後面跟著一位肌肉男，手上拎著大包小包。

“ Nothing special.”那個已見法令紋的女人繞了一圈後，輕蔑地說沒啥特別的東西。

我的眼光跟隨那對男女而去，即使他們已經走得老遠，遠到只剩下兩個小黑點。

“ 這種組合見多了，只要付得起錢就能找隻小奶狗伴遊，陪吃陪喝陪玩，還能釋放內心的慾火，我早該如此做。” Monica頭擡也不擡地說。

我感到悲哀，曾聽說有不得志的演員淪爲外圍女或夜店鴨子，我沒想到李奧也墮落至此，難怪他有錢上健身房及戴好幾千美元的名錶。既然如此，何必到環球影城賺辛苦錢？真讓人想不透！

～

學校說要取消我的學生簽證，但至少這學期結束前我是安全的，於是我索性不去上課，專心試鏡。如果運氣好得了個角色，錢有了，工作簽證也會有，好歹也對得起自己的“不忘初心”。

這一天我剛從一個話劇團試鏡回來，逢上艾瑪剛炸好甜甜圈，她邀我一同喝下午茶。

剛起鍋的甜甜圈鬆軟可口，配上黑咖啡再好不過，我一連吃了三個。

“ 妳是否又壓力過大了 ？”她知道我有“壓力大就肚餓”的毛病。

我答正是，話劇團需要一個口音很重的亞洲女僕，我心想這豈不是為我量身定做的？興沖沖趕去，這才發現試鏡的人可組三支足球隊，瞬間信心全無……

"又糊了？"

"也不一定，我覺得自己發揮得尚可，聽說他們還需要一位亞洲臉孔的男拳擊手，明天試鏡，早知道我就通知李……"我突然住嘴，日進斗金的人還需要這份微薄的薪水嗎？

"妳是說李奧？他大概沒空接這個。"

莫非艾瑪也略知一二？我忙打聽他的來歷，還有，他倆是怎麼認識的？

"我們學生時代就認識了，那時我是班代表，他是康樂，他總能讓大家開心。後來我來美國，兩年後他也跟過來，在一家中國老闆開的健身房當教練，就這樣。"

我想起艾瑪的前男友，問李奧可認識？

也許問到傷心處，她哽咽了一下："他們兩個很熟，到現在還是拜把兄弟。"

"噢！原來如此，希望李奧沒把他帶壞。"

艾瑪問我什麼意思？我聳聳肩答沒什麼，然後找個藉口回房。

運氣一來擋都擋不住，來美國202天11小時05分鐘，我終於迎來人生的春天。話劇團團長通知我明天辦理入職手續，後天排演，兩個月後正式演出，在那之前，工作簽證會辦妥。

我高興得手舞足蹈，恨不得拿起擴音器昭告全世界，簡直太爽了！

"萌萌，這麼早收工了？"Molly 問我。

“是的，噢！不是，没收工，明天開始上班，不是，後天排演，老天！我在說什麼？……嘻嘻！我找到全職工作了，預計會待在話劇團裏直到明年春天，如果反應良好還會加場。”

“太好了，我就說天無絕人之路，瞧！機會不是送上門了嗎？”她笑開了花，“今天我請客，是不是還是臘汁口味？”

“不用妳請，每種口味各來一個，外帶。”

給了Molly 16美元，我拎起紙袋往回家的路上走去。

第六章/霧裏看花

"我還是喜歡傳統口味的，妳呢？"艾瑪問。

桌上的肉夾饃有孜然羊肉、孜然牛肉、菜肉以及傳統臘汁四種口味，她獨好一味。

"我也這麼覺得，中國食物一經改良總是怪，好比看洋人穿旗袍。"我答。

由於今天難得"大手筆"請客，艾瑪懷疑我的新工作收入不菲，我喜形於色地告訴她洛杉磯的最低工資標準是一小時15美元，我做的是全職工，一個月起碼能有3600刀，雖不算巨富，也算小富人一枚。

"妳真天真，美國是一個高稅賦的國家，如果單身就更慘了，首先得付8%的個人所得稅，6%的社會安全稅，1%的醫療保險稅，最後還得扣除500美元的預扣稅，到手其實不多了。"她無情地潑我冷水。

哎！都怪我來美國後不是兼職就是打黑工，老闆給多少是多少，我從來沒想過還得給山姆大叔進貢。這下好了，原本以爲從此擺脫窮人的生活，沒想到兜兜轉轉後還是待在社會底層，真是命苦！

艾瑪安慰我薪水不是死的，總會加薪，如果票賣得好，也許還有分紅……說這些都是小錢，哪天我被星探發掘了，那才叫個平步青雲。

我謝謝她的吉言，但依舊鬱鬱。

～

隔天簽約時被告知月薪只比洛杉磯規定的最低工資高上那麼一點點兒，而該繳的稅一樣也沒落下，還好排練時間相對自由，到了正式演出，除了工作日的晚上及週末全天外，其餘都是我的。我尋思還是得上Monica那裏打打零工，否則日子就不好過了。

簽好約再填妥所有資料，我走出話劇團租來的排練中心。戶外陽光正好，適合放假，我打算到五星級酒店付費游泳，再到頤豐園吃我最愛的蟹粉小籠。

～

排練中心同時有十幾個劇目在排練，整棟樓被設置成兩間110平米的大排練廳、八間80平米的中排練廳以及十五間50平米的小排練廳。每廳都安裝了把桿、落地鏡和淺棕色的木地板。除此之外，走廊能觀景、頂層有空中花園、地下建有員工餐廳，還有比這個更好的工作場所嗎？

導演助理邊帶領我們熟悉環境邊喋喋不休地提醒注意事項，我左耳進右耳出，因爲眼光停留在那個身穿黃色套頭衫的男子身上，怎麼他也在這裏？

進入大排練廳後，我們終於再次見到導演本尊，那個光頭男興致勃勃地致歡迎辭兼做自我介紹，從談話中我們得知他服膺斯坦尼體系，也就是導演中心論，等於整齣戲是他在講故事，若想突顯個人色彩……没門！

說這些其實都是多餘的，我們這票新進人員了不起就是打打醬油，如何突顯個人色彩？没想到此時"黃色套頭衫"舉手了。

" Yes?"導演一臉不耐煩。

那人說劇本的解讀對舞台劇至關重要，這個解讀有兩個，一個是劇作家的原始解讀，另一個則是導演的個人解讀。根據以上，他認爲在彩排前應該邀請劇作家到場，以免失真。

" I'm the script writer. Any more questions?"導演答他正是劇本的編寫者，還有任何疑問嗎？

氣氛一下子僵住了，没人敢吭一聲。

導演說既然没問題就開始分析劇本吧！這一分析，一個上午就過去了。

地下員工餐廳說白了不過是提供用餐環境，有免費熱水及微波爐，至於小賣部……太簡易了，只賣三合一咖啡包、凍肉三明治和熱狗，如此而已。

我邊啃無味的三明治邊琢磨著明天得帶飯盒，背英文台詞已經夠累人了，不能再折磨自己的胃。

" 導演是塊tough cookie, 妳同意嗎？"李奧手捧咖啡過來，一屁股坐在我對面。

" 知道是tough cookie 就別以卵擊石，免得頭破血流。"

沈默半晌後，我們同時問對方怎麼來了？李奧讓我先答。

" 我曾在洛杉磯的演藝公會留下資料，也拍攝了樣片，所以一有試鏡機會馬上獲得通知，你呢？"

"圈內朋友告訴我這裏需要一位亞洲拳擊手，我長期健身，肌肉還是有的，便過來試試。"他解釋。

初來乍到，若有認識的人，內心多少不那麼害怕，所以能再次見到李奧，我還是挺高興的，但高興歸高興，仍壓不住好奇心，同樣的時間他明明可以賺更多，何苦屈就？

"我在二手奢侈品店兼職。"我說。

"我知道，那天我看到妳了。"

我等著他進一步解釋，他卻有意避開話題，轉而問我艾瑪好嗎？有沒有欺負我？

"她很好，沒有欺負我，倒是我偶爾會欺負她，知道她害怕昆蟲，故意把拍死的蟑螂放在走道上，嚇得她吱吱亂叫。"

"Stop it！"李奧一臉嚴肅，"她受不起驚嚇。"

呃……這口吻怎麼聽著有點兒膩寵的味道？我提醒他"朋友妻不可欺"，小心艾瑪的前男友吃陳年飛醋。

"前男友？"李奧冷哼一聲，"她的前男友早死了。"

$\sim$

回家路上，我特意上超市帶了隻烤雞，又從烘焙坊裏買了根法棍，加上冰箱裏的西紅柿和生菜，一石二鳥地把今天的晚餐及隔天的午餐一並給解決了。

"雞肉法棍？不錯嘛！"艾瑪說，她剛從房間內走出來，看到我正在吃晚餐。

"我留著雞胸肉做沙拉，排練中心提供的午餐太坑人，逼得我自救。"

"沙拉好，既營養又低熱量，適合減肥。"

說得太對了，我已經連續好幾天因壓力大而吃多了，那些東西全化成脂肪堆積在我的小腹及大腿上，還好衣服穿得寬鬆，暫時沒露餡兒。

"不知李奧開伙容易不？我可不想午餐與他分享。"
我喃喃道。

"李奧？李奧也在話劇團？"

我說可不是嗎？陰魂不散的。

艾瑪又問了些話劇團的情況，包括有多少人？導演凶不凶？
何時上演？……

我都一一答覆。

"李奧一路走來太不容易了，希望這次他能一舉成名。"艾瑪
有感而發。

~

早餐我一向吃得簡單，一根香蕉、一杯咖啡便能打發。艾
瑪不同，她很重視早餐，培根、雞蛋、蘑菇、烤麵包……
一樣不落，但今天的她不一樣，我看著她把宮保雞丁及芥
蘭牛肉放進一次性餐盒裏。

"妳今天吃的不一樣。"我說。

"偶爾換換口味，牛奶加穀物挺不錯的。"

"那這……"我指著餐盒。

她答那是給李奧的，昨天聽我說伙食不好，她想著還是幫他
帶飯，男人不比女人，食量總是大些。

"你們……"

"什麼？"

我想問艾瑪失去前男友後，是否把注意力轉移到拜把兄弟身
上？但問題實在太尖銳了，我把話吞進肚裏去。

"沒什麼，我會替妳轉交的，放心！"我答。

李奧的反應也很奇怪，知道艾瑪替他準備"愛心便當"後，久久不語。看他撫摸餐盒的模樣，這分明是戀愛中的男人會有的表現。

"我好嫉妒，艾瑪只替你準備午飯，不管我死活，還是你比較有魅力。"

誰知他答艾瑪對每個朋友都好，久了我就知道。

果然第二天我的手上多出一個飯盒，讓我很吃驚。

"知道妳昨天已經準備吃的，所以沒給，今天補上。"她笑眯了眼，"以後你倆的午餐由我包辦，哪天成名了，可別忘了我喔！"

這下子我更霧裏看花了。

第七章/形同陌路

莊園男主人得知自己的老婆與拳擊手有染，暴跳如雷，甩她一巴掌後揚長而去。

我捧著銀托盤進入，喊夫人吃早餐。

梨花帶淚的女主人隨即問我愛情是否像一隻不羈的小鳥，無人能馴服？

我原地轉了個圈，開始引吭高歌，唱的是歌劇《卡門》裏的一段《愛情像一隻自由的小鳥》，英文版的。

爲了把歌唱好，我對著好萊塢山頭練習無數次，山若有情也會動容，然而……

"Cut." 導演喊卡，"It sounds like a cat's choir. Can you be serious?"

像貓叫？不會吧？

我答自己很嚴肅，導演說那麼唯一的解釋就是我還不夠好。

爲了這句話，休息時間我躲進廁所裏哭，半天才出來。

"我覺得妳唱得很好。"李奧一見到我就遞上咖啡。

"雖然是安慰的話，還是謝謝你。"剛哭過，我的聲音帶著濃濃的鼻音。

"不，妳唱得的確好，不比真正的歌劇家遜色，別讓燈泡打擊妳的信心。"

李奧稱導演"燈泡"讓我破涕爲笑，因爲他的光頭在燈光照射下宛如四十瓦的大燈泡。

下一場排練，導演把某個黑人演員罵得狗血淋頭，瞬間我感覺好多了。原來幸福感是要經過比較後獲得，當面對糟糠食不下嚥時，轉身看別人吃樹皮就會覺得眼前的粗食無比美味……

哎！我真爲自己的低情商感到汗顏。

中午，我和李奧下到B1吃飯。

"艾瑪的便當做得越來越好，大概是因爲加了愛之味的緣故吧？！"我故意說。

"什麼意思？"

"就是……我猜艾瑪談戀愛了。"

李奧把即將到嘴的珍珠丸子放下，口氣粗巴巴地質問："跟誰？"

這讓我對自己的猜測更加篤定。

"不知道，也許是某個你認識的人。"我答。

李奧沒有接話，反而很認真地狼吞虎嚥起來，好像天地之間沒有比吃飯這件事更重要的了。

"你怎麼不說話？"我問。

"能說什麼？她愛跟誰談戀愛是她的事，與我無關。"

呃……怎麼事情的發展不像我想的那樣？不行，我得扳回劣勢。

"艾瑪長得挺好看的，很像日本女星新垣結衣，性情也好，不拖泥帶水，既然她的男友已成過去式，你何不……"

"衛小姐，"李奧驟然起身，"妳的副業是不是當狗仔？有那個時間何不練練妳的歌喉？省得又躲進廁所裏哭！"

他氣沖沖地走了，連飯都沒吃完。

"跩什麼？左右不過是隻鴨子！"我憤怒地把白米飯塞進嘴裏。

禍從口出，一連好幾天我和李奧形同陌路，連飯也吃不到一塊兒，我向東，他便向西，非常有默契。

"劇排練得如何？"艾瑪邊炒菜邊問我，空氣中彌漫著紅燒排骨的氣味。

"還行。"我喝了一口麥片說。

"李奧呢？"

我答不清楚，大概也還行。

"怎麼會不清楚？你們不是一起排練？"

"是一起排練，但我們不說話，連眼神也對不上，所以……不清楚。"

艾瑪直到把紅燒排骨及炒花菜放進塑料盒才轉身面向我："你倆是不是吵架了？"

"能吵倒好，至少溝通了，問題是吵不起來，他給我冷默臉看，我便給他冷屁股聞。"

艾瑪說李奧很少生氣，一定是我踩了他的底線。

"什麼底線？我不過是當牽線紅娘，罪不至死。"

"當誰的紅娘？"她睜大眼睛問。

"當……"我看了她一眼，"算了，不說了。"

"如果妳是給李奧做媒，省省吧！他心裏有人，只是目前兩人無法在一起。"

儘管我一再追問那女的是誰，艾瑪仍三緘其口，我也只能作罷。

與小組分別帶開排練不同，我們的導演要求所有的魚都必須待在同一缸，即使一整天也輪不到自己上場，依舊得在旁觀摩，說是通過觀察他人的演出加強演技，同時培養做戲前的情緒。

Monica給我發來短信時，我正百般無聊地看著男女主角吃飯，一頓飯成了批鬥大會，惹得女主人淚眼婆娑，真是的，還讓人吃飯不？

"現在能來一趟嗎？"Monica問。

我環顧四周，坐看的演員少了好幾人，大概不是上廁所就是偷溜出去抽煙。

"馬上。"回覆完短信，我佯裝鎮定，默默走出排練廳。

那個十七、八歲模樣的年輕女孩懷疑衣服不是高定的，我告訴她真正的高定服裝是定製的，所以尺寸有該大不大、該小不小的可能性，而且多以手工縫製，絕不是機器下的產物……

說完，我指著衣服過窄的腰身及嚴密的針腳給她看，再讓她摸摸光滑的面料及上面的繁複刺繡，她這才半信半疑地接受。

待人走後，我忍不住感嘆這年頭連小女生也穿起高定，讓人自嘆弗如。

Monica說：“人要衣裝，指不定那女孩就是爲了釣大魚才穿上華服，在這個紙醉金迷的城市裏，早司空見慣，妳若穿起高定參加轟趴也能抓住幾個富人。”

“免了吧！我若有五千美元就去整牙，衣服可以穿高仿的，但我的小虎牙可瞞不住人，誰不想和有一口整齊貝齒的人約會？”

Monica不苟同，她說虎牙挺可愛的，對老男人尤其具有致命的吸引力……

“我也是這麼想的，”說話的是Monica的男人，他推門進來，“衛小姐可別隨波逐流去整牙，沒有了可愛的小虎牙，那才可惜！”

我的老闆沈下臉來要男人別說風話，又抱怨他到現在才來，是不是老婆又不讓出門了？

“嘖嘖嘖！我不是來了嗎？離電影開場還有半個鐘，急什麼？”

Monica火急火燎地把我叫來就是爲了和已婚男外出，她讓我負責關店門。

“祝你們玩得愉快！”我對著他們的背影喊。

這個已婚男叫Peter,是金融高管,和Monica玩地下情已有N年，聽說還是這家店的大股東，沒有他出資，Monica到現在還在洗衣店裏燙衣服。

沒想到老闆娘和她男友前腳一走，兩個韓國妹紙後腳也跟著出去。我看了一下時間，她們提早20分鐘下班。

該不該告訴Monica? 我想了想還是放棄。年輕女孩都愛玩，我若有伴，不也逮到機會就溜？問題是姐正單著，連個腳底抹油的藉口也無。

老遠就看到李奧在排練中心大門口東張西望，看見我來，他的眼睛亮得好像有鬼附身。

"昨天下午妳去哪裏了？"他問，口氣很不好。

"去看電影了，《尖峰時刻$_3$》，咋地？"我没去看電影，這麼回答是爲了氣他。

"妳得有心理準備，昨天導演找不到妳，揚言要把妳給開了，妳最好找個好理由。"說完，他轉身入內。

導演怎麼忽然想起我來？那麼多人開溜就只針對我，太不公平了！

抱怨歸抱怨，想到要面對光頭男的老K臉，我頓時没了主意。

"喂！李奧，等等我呀！"我追了上去。

第八章/面惡心善

李奧說當男女主角吃第N次飯時，導演決定加戲，讓女僕進來通報拳擊手到訪，沒想到半天找不到女僕，這才發現我翹班了，而且翹了整整一下午……

"我跑去Monica那裏兼職了，你知道光靠演話劇，我連回國的機票也買不起。"

他想了想，建議我"誠實爲上策"，走藝術這條路的人多半面對過米缸無米的窘境，也許導演會發善心，放我一馬。

是嗎？

我懷著半信半疑的心去見光頭男，他果真擺出一副"望而生畏"的臉孔，害我差點兒開不了口。

"I ......I need to do a part-time job, otherwise I ......I can't survive."我期期艾艾地解釋自己的"不告而別"。

聽完後，他陷入沈思，但緊皺的眉頭舒坦了。

"Where are you working?"他問我在哪家店兼職？

我小心地答Monica.

沒想到"山窮水盡疑無路，柳暗花明又一村"，導演竟然要我下回偷溜前先打聲招呼，而且必須選擇在不用上場排練的時候……

嘻嘻！原以爲會"死無葬身之地"，卻迎來"大赦"的喜訊。

我按捺住激動的心情，對他深深一鞠躬。他大手一揮，大有要我"少來這套"之意。

導演是面惡心善的人，另有一人也是。

"怎麼？挨罵了？"我一走出辦公室，守在外面的李奧問。

"沒有，人家是文明人，文明人自有文明人的處理方式，"看他一副願聽其詳的模樣，我遂繼續，"你說的沒錯，他大發善心，既没爲難我，還允許我在不上場的時候開溜。"

"太好了，我還真怕妳被開除，那可不妙，演出的機會千載難逢，錯過這一次，不知還得等多久。"

哎！也只有同在星海裏沈浮的人才懂得機會的重要性，每一次亮相對不得志的演員來說都如同晨星般珍貴，不得不慎重。

"謝謝！經過這一次才知誰是真朋友。"我說。

"不一定呦！也許我是拉攏妳以壯聲勢，還有，妳若沒了收入，怎麼付房租？艾瑪那裏我就不好交代了。"

死鬼！一定得把溫馨場面搞成官場現形記不可？但看在他拉我一把的份上，我"原諒"他，並且主動請吃飯。

"不了，晚上我還有兼職。"他答。

噢！忘了他還是隻鴨子。

"哪天我也叫上你哈！"我說。

"什麼？"

"没什麼，該排練了，還是進排練廳吧！"我推他一把。

~

這一天，當導演宣佈休息十分鐘並且轉身走向辦公室，我偷偷摸摸地尾隨其後。

" What?"他停下腳步。

" May I ......May I go to work?"我問，聲音小到連自己都聽得吃力。

他嘆了口氣問我店在哪裏？我答羅迪歐大道上，門面設計是地中海風格，有巧克力色拱門及水藍色馬蹄形窗，牆面則是貝殼與鵝卵石的白色文化石，他肯定不會錯過。

導演抱胸沈默了一會兒後，提醒我"默默"走開。

我很配合，一路低頭數地磚，直到走出排練中心。

~

今天的生意不錯，興許是父親節快到的緣故，很多年輕女孩上門。

美國的父親節在每年6月的第三個星期日，顧名思義是爲了感恩父親而產生的節日。到了這一天，孩子們通常會早起爲父親做一頓豐盛的早餐，同時贈送禮物，多半是父親喜歡的衣服或愛喝的酒，買奢侈品倒不多見。

就在我成功賣出三條皮帶、兩個男士錢包及一隻男用手錶後，忍不住吐槽："這輩子我送給父親最貴的禮物是一件五百多元人民幣的Polo衫，還被他數落太浪費，没想到地域不同，人的想法也不同，真不知那些收到昂貴禮物的父親是怎麼想的......"

"他們大概想的是要買就買新款，不夠的我添，買什麼二手貨？"Monica答。

我問什麼意思？

"妳以爲這些女孩子買禮物是爲了給親生父親一個驚喜？我的小白兔呀！妳也太天眞了，她們是買給自己的'糖爸爸'。"

早聽說"Sugar Daddy"的傳聞，他們爲年輕貌美的女子買單以獲得陪伴。

"不應該呀！她們……她們看起來不像。"我喃喃道。

好吧！我就說說今天服務的對象，她們就像普通白領或大學女生，既不濃妝豔抹也不過份妖媚，有的還清純得好似不食人間煙火，怎麼會是Monica口中的拜金女？

Monica答愛信不信，她才不管禮物最後到了誰的手裏，她只管店裏來不來錢……

此時銅鈴聲響起，我們不約而同轉向聲音出處。

"Good afternoon."那人舉起帽子示意，我看到他的大光頭。

"Good afternoon."Monica搶先一步去招待。

知道導演上門來，我的心中五味雜陳，他肯定不信我，所以前來一探究竟。

等我心情平復，這才發現今日的老闆娘很不尋常，竟然親自接待客人，她向來都待在櫃台火眼金睛地注視著每位客人，深怕一個不留神，店內的東西就被"順手牽羊"，而這隻羊很可能動輒好幾千美元的身價。

既然Monica做了我的工作，我便做她的工作，不錯過任何可疑的"蛛絲馬跡"，然而這一看不得了，我看見韓國店員尹小姐把手伸進顧客的包裹……

我一時驚慌失措，不知該如何是好。

光頭男逛了一圈後，什麼都没買，但Monica仍然笑臉盈盈地將他送出門。

“很好的一個人，不是嗎？”她問我。

“誰？”我還没從驚嚇中清醒過來。

“剛剛那個型男。”

型男？我不知道這年頭連“光頭”也成了時尚。

我告訴她“型男”是我話劇團的導演，他睜一隻眼閉一隻眼地允許我賺外快，此番前來是爲了印證我所言不假，而非糊弄人。

“由此可證他不但心善而且不笨，這種男人在地球上是稀有動物，應該好好保護起來。”

我感到迷惑，Monica是在暗示什麼嗎？

没等我“明問”，她反倒心情大好地哼起歌來，唱的是張信哲的《有一點動心》。

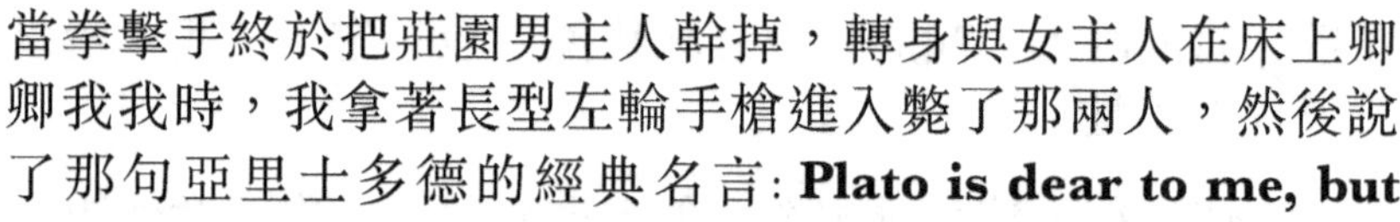

當拳擊手終於把莊園男主人幹掉，轉身與女主人在床上卿卿我我時，我拿著長型左輪手槍進入斃了那兩人，然後說了那句亞里士多德的經典名言：**Plato is dear to me, but dearer still is truth.**（我愛柏拉圖，但我更愛真理。）

“你不覺得整齣戲很荒謬嗎？”排練完，我忍不住問李奧。

“荒謬又如何？不過是場戲，戲再爛，有演技的演員還是會跳脫出來。”他答。

“你不說還好，一說倒提醒我你的床戲太過火，連我都看得臉紅心跳。”

李奧說此言差矣，拳擊手本來就是個混賬東西，在床上怎麼可能太君子？倒是我拿槍的手法不對，早期的左輪手槍要用手去扳動擊錘，帶動轉輪到位，不可能做到連發。

他拿我的道具槍做示範：「看，就是這樣，每發完一槍就掰一次擊錘。」

「原來如此。」我依樣畫葫蘆，試了又試，最後拿槍對準他，「如果我說斃了你讓我有替天行道的快感，你怎麼想？」

「能怎麼想？連我都想斃了自己。」他無所謂地答。

第九章/禍從口出

正式演出前，話劇團每兩個禮拜才有一天休息，我是說一整天。爲了這得來不易的假期，我琢磨了若干天，心想一定得玩到盡興爲止，於是丹麥城、長灘、小東京、威尼斯海濱大道、奧維拉老街、新月步行街……全上了我的名單。

"妳明天是不是公休？"艾瑪問我。

"是的，妳怎麼知道？"

"李奧說的。"

哎！用膝蓋想也知道，除了他還會有誰？

"父母讓我回家吃飯，妳要不要也一起去？"她接著問。

艾瑪的父母住在聖莫尼卡灣，那是有名的富人區，據說窗外可觀180度的海景。

" 不了，生平最怕和老人交流，我還是一個人壓馬路吧！"我答。

"真可惜！我父母包了一百多個餃子，還醬了一鍋的大骨，用的是豬棒骨及脊骨，裏面的骨髓可好喝了。"

我連吞了好幾口口水，問餃子包的是什麼餡兒？她答韭菜豬肉，還加了粉絲。

這下子我徹底淪陷了，多少次午夜夢迴就想吃上一口韭菜豬肉餃，當然，醬棒骨也很美味。

"嗯……老人家準備這麼多，沒人吃怪可惜的，我……坐坐就走。"我故作恣態。

結果隔天我不但把人家桌上的美食給消滅大半，還陪唱卡拉OK，從費玉清唱到宋祖英，連TFBOYS的《寵愛》也翻出來唱，把兩位老人哄得很開心。

"萌萌啊！我們若有兒子就把妳娶回家，太逗了！"艾爸爸說。

"沒兒子也無妨，你們包好餃子叫我，我肯定到。"

艾媽媽要我可不許食言，她天天包餃子讓我上門。

"媽，萌萌開玩笑的，她現在是大明星，哪能說來就來。"艾瑪插話。

"真的？演什麼？"

我只好把在話劇團謀得女僕角色一事說出，順便提到李奧，他才是未來的大明星。

"李奧？他還在洛杉磯？"艾爸爸沈下臉來。

"不是那個李奧，"艾瑪意味深長地看了我一眼，"是黎明的黎，驕傲的傲，萌萌發音不標準，你們可千萬別對號入座。"

艾家兩老遂將目光打在我身上，等著我表態。

"是……是的，我發音不好，二、三聲老分不清，還鬧過不少笑話。"我趕緊"亡羊補牢"。

然而艾媽媽並不十分相信，她要艾瑪別再和那個窮小子在一起，看不到未來……

艾瑪答早不來往了，連對方的長相都想不起來。我接著發誓自從搬去和艾瑪住……的第二天（第一天入住艾瑪家由李奧陪同，我没忘），無一位男性到訪，這才平息了一場風波。

~

回去的路上，直到上了 Santa Monica High Way, 艾瑪才開口。

"没錯，李奧是我的前男友，我們打從高一就在一起，爲了擺脫他，我的父母不惜拋開一切移民到美國，誰知兩年後他追來，我們又重新在一起。父母見拆散不了我們，索性給他一個小目標，只要三年內賺到五十萬美元就同意我們的婚事。於是他日以繼夜不停地工作，一個人打三份工，生活開銷也降到最低，無奈五十萬美元實在太多，他再怎麼努力也達不到，眼看期限將至，他一狠心，帶上所有攢下的錢到賭場碰運氣，可惜幸運之神並沒有眷顧他，他依舊一貧如洗，甚至被我父母安上了賭徒的罪名。"

奇怪！艾瑪的父母看起來很通情達理，没想到選女婿還是挑有錢的，真難爲李奧了。

"其實當演員是說不準的，分分鐘都有可能鹹魚翻身，妳父母也未免太短視了。"我說。

根據美國財經雜誌《福布斯》的報導，本年度吸金能力最強的男星是主演《變形金剛》的馬克·沃爾伯格，兩個月就坐收6800萬美元；國外不說，說國內，成龍也有4900萬美元的身價。

艾瑪答這些她很清楚，但大多數演員窮極一生都默默無聞，成名者幾何？她父母也是爲她好，不希望看她吃苦。再有一點，李奧家境貧寒，他們懷疑他接近她的目的不單純。

"可憐的李奧，難怪他去當鴨子……"我喃喃道。

"妳說什麼？"

我嚇壞了，自己竟然又不知不覺"禍從口出"。

"没……没什麼，我是說他去買鴨子吃，同順居的北京烤鴨遠近馳名，呵呵！"

艾瑪忽然將方向盤一轉，把車停在路肩，威脅我若不說實話，今晚我們就在高速公路上紮營，不回去了。迫於無奈，我把李奧陪伴徐娘半老一事說出。

見艾瑪一臉慘白，我硬拗："其實也没什麼，幫有錢女人拎拎東西，賺點兒辛苦費也是應該的。"

"怕就怕不只是拎東西那樣簡單的事。"說完，她重新發動車子。

艾瑪將她的不滿表現在盒飯上，原本兩菜一飯，有葷有素，顏色也搭配好看，後來成了一菜一飯，不是全素就是全葷。今天更過份，一打開餐盒，白米飯上只躺著一顆話梅，再無其他。

"呵呵！今天吃日本國旗。"我打哈哈。

"這要怎麼吃？"李奧將飯盒推開，"艾瑪是怎麼了？連續兩禮拜失常。"

我答没什麼，大概生病了，最近她的臉色不太好看。

"生病了？我早該想到。"他一副愧疚的模樣，"真是的，生病還幫我們準備便當，太不愛惜自己了，今晚我去看她。"

知道自己闖下禍事，我拼命阻止。

"妳是怎麼了？怪怪的喔！"

"没……没什麼，你要去就去，我不攔你，只是艾瑪最近陰陽怪氣的，你很可能吃閉門羹。"

即使我以退爲進，他仍去意甚堅。

排練結束後，我索性躲進電影院看電影，而且連看兩場，藉以避開風暴。

～

回家後，我看見艾瑪坐在客廳裏，兩隻眼睛紅紅的。

完了，東窗事發了。

"萌萌，明天開始我不準備盒飯了。"她說。

"知道了。"

停頓一會兒後，我還是說了聲對不起。

艾瑪問我爲何道歉？我答因爲我，今晚她和李奧吵架了。

"李奧？我也是剛回來，没看到李奧。"

"那妳爲什麽哭？"

她答没哭，可能是坐了一整天哈雷，被風吹的。

"我不知道妳還會騎重型機車。"

"我連單車都不會騎，遑論重型機車。"

"那……"

"萌萌，如果我說開始和父母滿意的對象交往，妳怎麽想？"

噢！不，不可以，李奧要心碎了。

"我怎麽想不重要，問題是妳怎麽想？"我強迫自己理性。

"不知道……我覺得……還行……家世背景、三觀都滿契合的，外表也過得去，是我喜歡的類型。"她答。

完了，完了，毁了，毁了，我親手扼殺了別人的愛情（如果我没大嘴巴，他倆肯定還藕斷絲連著）。

“李奧怎麼辦？他要流淚了。”我決定來軟的。

“認識他之後，我流的淚水還會少嗎？從現在起我不要再爲別人掉眼淚，他也應該及早覺醒才是。”艾瑪答。

“李奧怎麼辦？他要流淚了。”我決定來軟的。

“認識他之後，我流的淚水還會少嗎？從現在起我不要再爲別人掉眼淚，他也應該及早覺醒才是。”艾瑪答。

第十章/攤牌

"今天没飯吃？"李奧問。

"嗯！我們去第六街吃越南河粉吧！我請客。"我答。

這是一家由韓國人開的越南菜館，店面很小但性價比超高，人均約4美元（如果只點一樣主食的話）。

偏偏李奧不懂得替買單的人著想，不僅點了牛肉河粉、越南春捲、蔗蝦，還要了相對昂貴的咖喱蟹。

由於心懷愧疚，我打落牙齒和血吞，打算今晚不吃，省下一餐的費用。

"妳怎麼不吃？"他夾了塊肥大的帶殼螃蟹給我，"今天壓力不大？"

李奧知道我有"壓力大就肚餓"的毛病。

"是大，而且巨大，但我吃不下。"我百般無聊地用筷子攪動湯河粉。

"是不是中暑了？回去我幫妳刮一刮。"

他的體貼讓我的壓力更大，尤其當他問起今天沒飯吃是不是因爲艾瑪的病情加重時……

“她……還好，只是有更重要的事要做。”我心虛地答。

“什麼事？”

“你何不親自問她？”我還是沒勇氣說出實情。

吃完飯，李奧主動結賬，他說男人怎能讓女生付費？尤其我的經濟狀況他很清楚……

哎！能不能別再讓我慚愧？對於閣下的禍事，我恨不得以死謝罪。

今天排練得還可以，我是說沒挨罵，事實上光頭男最近心情大好，不怎麼罵人，而且臉上常帶著“似有似無”的微笑，像有什麼喜事似的。

“去哪兒？”李奧追了上來。

“回家。”

“我跟妳一道兒，昨晚敲了半天門，艾瑪還是沒開。”

我嚇得腿軟，趕緊說忘了今天還得上Monica那裏，她剛收了一批貨，等著我去處理……

“那妳幫我打個電話給艾瑪，說我待會兒過去，奇怪！她不接我的電話。”李奧被蒙在鼓裏的模樣讓人瞧著心疼。

我本想以“手機沒電”爲藉口給糊弄過去，沒想到推銷保險的電話適時進來（被我三言兩語給打發掉），這下子“堂而皇之”的理由沒了，我只好硬著頭皮打電話。

“李奧想見妳，待會兒過去。”我祈禱對方說不。

電話裏的艾瑪倒很平靜，她說現在不是攤牌的好時機，但不介意與他一談，就讓李奧過來吧！她等著。

掛上手機，我把"好消息"告訴那個一臉期待的人。

李奧顯得很開心，轉身想走，我叫住他，替他整理衣領又拍掉肩膀上的頭皮屑。

"無論如何，記得你是最好的，還有，我是你的朋友。"我說。

"我當然是最好的，妳也是我的朋友，講的什麼廢話？真是的。"他笑了。

送走他像送走即將赴死的戰士，我的心裏其實很悲涼。

Monica 沒喊我去上工，但兜兜轉轉我又回到羅迪歐大道，想著還是進去跟老闆娘打聲招呼吧！遂推開巧克力色的拱門，沒成想導演也在，他正盯著施華洛世奇的天鵝系列手鏈。

" Mengmeng ，come here. Which one do you like? "光頭男把我叫過去，問我喜歡哪一條？

我太驚訝了，可是送我的？

他答不是，是送女友的，因爲老闆娘說每一條都好看，他只好轉問我的意見。

原來導演已經有女友，看來Monica今晚要失眠了。

我把所有的手鏈都看過一遍，選了一條我最不喜歡的，也算是幫老闆娘出氣。

Monica 消沈地把那個有著黑、白兩隻天鵝的金色手環放進精美紙袋內，然後口是心非地希望導演的女友會喜歡這個禮物。

“Definitely.”他答肯定會。

光頭男走後，Monica 問我爲什麼好男人都被訂走了？是不是她不夠好？

“妳也好，不是被Peter 訂走了嗎？”我反問。

“那不算，他是有老婆的人，說穿了我們就是炮友，他連‘離婚娶我’的念頭都未曾有過。”

老闆娘雖然保養得不錯，但年紀已接近四十，我以爲她早斷了結婚的想法。

Monica沒好氣地說有哪個女人不想穿上白紗走入婚姻殿堂？問題是她看上的，人家沒看上她，能怎麼辦？落到現在小三的處境，她也不願意呀！

“別難過，導演只是有女友，尚未結婚，妳還是有希望。”

“但願如此。”她揉揉太陽穴，似乎對今天突來的爆炸性消息感到頭疼。

哎！說頭疼還有比我更頭疼的嗎？不知艾瑪和李奧談判的結果如何，我希望是和平解決而非“鍋碗瓢盆齊飛”。

回家後發現一切如常，没見血光，還好。

我敲了敲艾瑪的房門，她答累了，有話明天說，然而隔天直到我出門，她依舊没現身，我只好怏怏地上班去。

在排練中心没看到李奧，導演要我打電話過去問問，鈴聲響了好幾聲他才接。

“怎麼今天缺席？”我明知故問。

“今天天氣好，碧空如洗，我正要上船海釣。”

美國加州有“釣魚者的天堂”之稱，洛杉磯位於加州南部，又靠近聖莫尼卡灣，垂釣非常便利。

知道他沒尋死覓活，我放下心來，問他該怎麼向導演解釋他的無故缺席？

"告訴他我去釣魚了，今晚讓大夥兒上我家吃燒烤。"

"此話當真？"

"當然，不過酒類飲品由你們提供，我只負責吃的。"

記下他的住址後，我轉告導演。他倒沒生氣，反而要大家自發給錢，排練結束後，他好上Kmart買啤酒及果汁。

北京有秀水街, 香港有女人街, 東莞有虎門，台北有五分埔，韓國有東大門……在美國洛杉磯則有善提街，那裏有超過150家的商店販賣服裝、鞋類、配飾、化妝品……等。

李奧就住在離那裏不遠的窄小巷道內，是棟有些破舊的兩層木造房子，後院很大，擠得下二十餘人。

" Rock fish is ready."他喊著石斑魚已烤好。

沒幾分鐘，那條約有半米長的魚已被瓜分得七七八八，只剩魚頭、魚骨及魚皮。

"老美不知道用這些熬湯再美味不過，待會兒妳留下，我做魚粥請妳。"他用普通話對我說。

酒足飯飽後，在眾人的起哄下，"主廚"李奧分享了今天的海釣經驗。原來在美國釣魚首先得購買魚證，一天的魚證是15美元，他找的海釣船大概能裝下30～40人，船費一人49刀，船員會幫忙綁魚鈎及提供切好的魷魚當魚餌，船長則用雷達尋找魚群，找到後停船讓大家下竿。釣到的魚會有工作人員幫忙把魚頭、魚骨、魚皮去除，只保留魚肉部份，這麼一收拾完，兩斤的魚頂多只剩七兩。李奧看著心疼，要了冰塊，把整條魚都帶走，老美還在背後嘀咕中國人好可怕，居然吃 whole fish（整條魚）。

話一說完，有人問李奧是否真吃魚頭和魚尾？

他答那是魚身上最好吃的部份，引來哄堂大笑。

我卻笑不出來，難道只有我發現男主人帶笑的眼睛蒙上一層陰影？這不是強顏歡笑是什麼？他越灑脫，我越覺得風雨欲來，讓人胸悶得幾乎喘不過氣來。

“別……別走，我……煮……煮魚粥給妳吃。”賓客盡散，李奧滿臉通紅地坐在戶外的塑料椅上，手裏握著一罐啤酒。

“我不走，幫你善後。”我答。

杯盤狼藉最讓人頭疼，偏偏烤架還粘糊糊的，我尋思該找個鋼絲球來刷。

“呃、嘔、唔………”李奧突然作噁，吐了一地。

我放下手中的活，趕去照顧他。

“艾瑪，”他抱住我，“別走，妳一走，我的心……空了，什麼都沒有……沒有了。”

“我不走，我在這裏陪你。”我柔聲地說。

李奧本來就有七分醉意，加上抱著我，重心更不穩，沒兩下我們便雙雙跌在濕漉漉的草地上。

“我愛妳，艾瑪。”他邊親吻我邊將我的衣服褪去。

第十一章/河東獅吼

今天的排練沒有我，我成了最認真的觀眾，當看到女主角周旋在癡情老公及混賬情夫之間，我給予深切的同情，心想如果有分身，她也不用如此糾結……

" She is like a white lotus, white only scheming. Don't you think so?" 劇中男主角問我同不同意"她像一朵白蓮花,白得只剩心機"？

我問這個"她"是誰？

男主角用下巴指指台上的女主角，她正和拳擊手眉來眼去兼欲語還休。

我答自己不這麼想，女主角沒那麼壞。

他笑我沒看穿慾女的把戲，根據他的解讀，劇中女主角刻意隱藏內心邪惡的本質，表現在外卻是善良、無辜、純潔的"受害者"形象，恰恰正是這種"聖女"帶給別人毀滅性的災難……

噢！不，我不是白蓮花，我也不屑做，所以當李奧來找我時，我刻意表現出一副"非受害者"的模樣。

“昨晚……我喝醉了，如果……對不起……請原諒……”他低下頭去，和台上的流裏流氣完全兩碼事。

“没事，我不是處女，不會賴上你。”

“妳……不是？”

“當然不是，我長得不醜，以前也有過男友，男女之事不是一片空白。”

李奧鬆了一口氣，那樣子像甩掉一個大包袱：“這下子我放心了，我以爲……不是就好，否則我真不知該如何面對妳。”

我是長得不醜，也有過男友，但我的處女情結很深，希望到結婚那日再……我從未想過是在這種情況下交付出去，而對方還視我爲某人的替代品。

“李奧，能回答我一個問題嗎？”

“妳問。”

“昨晚……你有幾分清醒？”

他“張口結舌”的樣子看起來很滑稽，我心中了然了。

“呵呵！瞧你嚇得……惡作劇成功，哪！”

“Naughty girl.”他罵我是調皮女孩。

我對他吐了吐舌頭，賣萌賣得很賣力。

知道家裏無人後，我趴在床上痛哭流涕，没有比這個更讓人糾心的了，明明很在意卻表現得不在乎，我是怎麼了？腦子被502膠水粘住了？

我突然嫉妒起艾瑪，她什麼都有，有餞、有顏還同時收獲兩個男人的愛情，而我只擁有一夜，噢！不，是幾分鐘，還是草草了事，連前戲也没有。

“扣、扣、”聽到敲門聲，我趕緊停止哭泣。

“萌萌，妳還好吧？”艾瑪在房外問。

咦！她怎麼回來了？

“我很好，正在練習哭，明天有場哭戲。”我答。

艾瑪要我出來一下，她給我帶了碗鳳城的雜果西米撈。

鳳城在時代廣場附近，環境很像茶餐廳，菜單上有飯、麵、粥、熱炒及甜品，甚至還能吃到大餅油條，廣受海外華人的歡迎。

“不了，我已經刷過牙。”隔著門板，我拒絕。

“那好吧！不吵妳了。”

知道房東回來後，我也不好再自憐自艾，抽出面紙擦淨被淚水弄糊的臉，這才留意到客廳裏其實還有第二人，標準的京片子像在說相聲。

是誰？

我佯裝上廁所，出外一探究竟。

“萌萌，妳終於出來了，”艾瑪轉向那個男人，“給你介紹我的室友，未來的大明星-衛萌萌。”

“幸會幸會！”他站起身來，我才發現這是個“巨人”，怕有兩米高。

我問他上層的空氣可新鮮？

“什麼？”他一頭霧水的樣子看起來很可愛。

艾瑪趕忙替我下注腳。

“原來是拐個彎說我高，和姚明比，我差多了，不過192公分。”他答。

“那也很高了，打籃球一定吃香。”

他們兩人聽完後大笑，原來艾瑪的新男友以前真的是籃球運動員，退役後改在拍賣行工作。

我問可是大名鼎鼎的蘇富比？他答没那麼有名，但也是世界十大。

由於他没明說，我也不好多問。

"你們聊，我上個廁所。"我很適相地走開，没做電燈泡。

～

艾瑪的新男友不僅個兒高，顏質還在線，絕非她謙稱的"過得去"。

我再一次被擊潰，為什麼有人要風得風、要雨得雨？什麼時候好運也來眷顧我，讓我如城中名媛般有個開掛人生？

～

經過幾天的調適，我才接受自己已非完璧之身，但面對李奧還是有困難，我選擇當一隻逃避現實的鴕鳥。他大概也感覺到，不僅没有勉強我，而且積極配合，我們互當對方是空氣。

然而怕什麼來什麼，導演決定加戲，讓拳擊手調戲女僕。

我立馬抗議，誰不知道拳擊手是個渣男？何需畫蛇添足？

導演沈下臉來，指指我身後的大門，然後祝我好運……

我說過導演是文明人，文明人有文明人的處理方式，罵人從不帶髒字，但殺傷力十足。

此時李奧走上前和光頭男咬耳朵，我看見後者點了一下頭，轉身喊男女主角各就各位，現在先排練第23幕……

"走，到小排練廳，我有話對妳說。"他先行一步。

排練中心有十五間5○平米的小排練廳，此時已有大半正在被使用，我們走入其中一間尚空置著的。

"妳到底想不想演？"他劈頭就問，"如果不想，如同導演所說，馬上能走人。"

"我當然想演，當時擊敗多少人才得到這麼個機會，何況……何況我需要這份薪水活下來。"

"那麼妳何苦和導演槓上？他要妳演，妳就演，哪怕演的是死屍。"

死屍我倒不怕，也不是沒演過，當時下半身還浸在臭水溝裏，問題是導演要拳擊手強吻女僕，經過那次不美麗的"第一次接觸"，我害怕與李奧再有"肌膚之親"。

"你能不能要導演別加戲？或者……把肢體調戲改成語言挑逗？"我退而求其次。

"爲什麼？"他想了想，"妳該不會沒接過吻吧？"

沒接過吻是騙人的，但我總不能說自己被他奪走貞操，到現在還耿耿於懷吧？

"嗯！"我弱弱地答。

"真沒接過吻？"他皺緊眉頭，"那麼我不得不懷疑妳的前男友是Gay。"

"說什麼啊你，他正常得很，只是……只是我們兩人沒吻過罷了。"說得我心虛死了。

他嘆了口氣說那麼來吧！與其在台上出糗，倒不如現在先練習一下。

"練習什麼？接吻？噢！不，我不要！"我捂住嘴，拼命搖頭。

"那是什麼？"李奧指著我身後。

我轉過頭去，眼前除了把桿、落地鏡和淺棕色的木地板外，再無其他。

待我回頭，他的唇適時壓住我的唇，一股熱流湧入，幾乎要奪走我的呼吸……

"啪！"也許壓抑過久，我毫不客氣地賞他一巴掌。

"妳……怎麼了？"他捂住臉問。

"在你眼中我就這麼廉價嗎？太欺負人了，信不信我報警抓你！"我河東獅吼起來。

他怔住了，問我是不是藉題發揮？這幾天總見我怪怪的……

"Excuse me."一個年輕人探頭探腦地走進來，"Is this room available？"

想來這個排練廳已被登記使用，我們兩人很快收拾起紛亂的心離開。

第十二章/鴿子血

他將我攔腰一抱，再奉上溫潤熾熱的唇，我的嘴裏立即充滿男性的味道。

我配合他的動作，雙手繞上他的脖子，化被動爲主動。好，你豁出去，我也拼了，誰怕誰？！

他隨即加重放在我腰上的力量，我則狠狠掐住他的後頸，並且張嘴咬住他伸進來的舌頭，就在唇舌往來中，口水四溢。

我們像有什麼深仇大恨似的，向對方不斷地索取、不斷地用力，時間越久，激起的不安與躁動也就越多。這種吻簡直就是場災難，耗盡雙方的體力，有三十秒了吧？……有一分鐘了吧？怎麼還不喊停？

" Cut."光頭男終於下令，引起圍觀演員的一陣騷動，" Fantastic."

媽的，這種史詩般的接吻才用Fantastic 來形容？再怎麼著也得是Fabulous 吧？

經過這場戰役，我和李奧像極兩個洩了氣的皮球，呆呆地坐在座位上，即使導演宣佈休息十分鐘，演員們魚貫走出排練廳，我們依舊紋風不動。

“妳不需要使用蠻荒之力。”他氣若如絲地說。

“你也不需要如此殫精竭力、鞠躬盡瘁。”我答。

“爲什麼？”

他問的是我爲什麼“反其道而行”？這還真不好回答。

甩了他一巴掌後，我原本想高傲地離去，但再一想，任性的結果換來的是打包回國，從此背負“出師不利”的十字架。念此，我退縮了，灰頭土臉地繼續“爲五斗米折腰”，而且因爲害怕NG，我把“接吻”這場戲演得淋漓盡致、爐火純青。

“一向都是你主動，這不公平，所以換我主動一次。”我故做瀟灑地答。

我們又沈默了半晌，他開口：“萌萌，能回答我一個問題嗎？”

“問。”

“那天……妳有幾分清醒？”

現在換我“張口結舌”。

燒烤派對那一晚，大家都喝了酒，李奧是當中喝的最多的一個（而且多種酒混著喝，最容易醉），就是一副想把自己喝死的模樣。

我只喝了一罐啤酒，喝過酒的都知道，一罐啤酒很難喝醉，頂多達到身體放鬆的程度。怪就怪在當晚月夜太迷人，加上貓叫春的聲音很蠱惑人，李奧“藉酒裝瘋”也就罷了，害我也跟著“將錯就錯”，没反抗兩下就棄械投降，這也是我一直無法“理直氣壯”的原因。真要追究起來，我是在“半推半就”之下與李奧行了周公之禮，當然，我没料到將就的結果不僅少了花前月下的浪漫，還惹來一身髒。

“我……”

“別說了，我全知道。”

我問他知道個啥？到現在我還迷迷糊糊著呢！

“我知道妳不願意，是我強迫妳，每每想至此，我很自責。真的，如果再回到從前，我鐵定不這麼做。”

由於他說得特別誠懇，表情特別真摯，我原諒他了，我是說打從心底，而非違心之論。

“既然這樣，我也向你坦白，艾瑪會提分手，有部份原因在我，我不小心提到你可能兼職不正當行業……看你幫老女人拎袋子……我猜的。”

李奧冷哼一聲：“她父母嫌貧愛富，在無計可施之下，我只能出賣自己，如今的存款也有小二十萬刀,就等著賺到五十萬那天能趾高氣揚地把錢堆在她父母面前。現在她說棄就棄，叫我情何以堪？也罷，從今往後我只對自己好，不再輕易言愛。”

他的回答無異作實我的猜測，李奧真的做鴨了。

我正想安慰他大丈夫何患無妻？別爲了一棵樹放棄整座森林……

“妳見過艾瑪的新男友嗎？”他忽然問。

我答見過一次。

“和我比起來怎樣？”

“你們是兩種類型，一隻是貴賓狗，另一隻是土狗，貴賓狗高貴，土狗忠誠，各有各的好。”

他撫掌大笑：“就爲了這一針見血的好比喻，我今晚請吃飯，讓妳見識一下土狗之家，如何？”

我答不了，Monica今晚和男友飛夏威夷度假三天，要我過去兼職，時薪雙倍。

"那好，祝妳大賺一筆。"他說。

我們的對話因導演走入排練廳而停止，他大喊著43幕準備起，我看見李奧走上前就定位。

～

推開巧克力色拱門，我驚見Monica還在，她正在整理櫃台上的二手珠寶。

"我以爲妳早登機了。"我說。

"不急，還有四個鐘頭才起飛。"她把珠寶放妥，然後鎖上櫃子，"這是鑰匙，妳收好。"

我說自己白天不在店裏，還是把鑰匙交給金小姐或尹小姐吧！

"給自己人收著才放心，還有，接下來的三天妳不用排練了。"

"大後天是公休日，的確不用排練，但明、後兩天還是要的。"

她用手撩了撩垂下的長髮，意味深長地一笑："聽我的準沒錯。"

就因爲這個撩髮的動作，我注意到她的手腕上戴著金色手環。

"這個……"我指著施華洛世奇的兩隻黑白天鵝。

她眉開眼笑地答是男友送的。

這也太巧了，Peter竟然選了一模一樣的手環。

"看來他的品味不咋地。"我下結論。

"不咋地？我覺得挺好的，兩隻天鵝代表鶼鰈情深，雙宿雙飛。"

戀愛中的女人看什麼都美，我懶得爭辯，提醒她還是早點兒上路，免得遇上交通堵塞，錯過了航班。

~

看著大排練廳上貼著的告示，我大呼不妙。

其他演員議論紛紛後，很快笑顏逐開地離去，任誰都會爲突然多出的假期雀躍。

“真是奇怪，導演一聲不響地辦私事去了，怎麼昨天排練時不提？”李奧說。

“也許他上夏威夷找靈感去了。”

“夏威夷？他告訴妳的？”

我“當然”否認。

“反正閒著也是閒著，我也上夏威夷瞧瞧！”

“太好了，記得買條慕慕裙給我。”我當他隨便說說，自己也跟著瞎起哄。

夏威夷的慕慕裙是從傳教士婦女的長裙演變而來，這種拖地束腰的長裙雖然很讓夏威夷女人著迷，但緊身的設計並不適合當地氣候。經過改良後，現在的慕慕裙已經發展出多種款式，有露出後背的短裙也有高領拖地的長裙，還有酒會裝、休閒裝、浪漫裝……等。

“沒問題，絕對讓妳穿上後像仙子一樣飄逸。”他答。

~

當Peter推門進來，問我老闆娘在哪裏時，我支支吾吾半天。

“妳這是怎麼了？得了失語症？”

“Monica只說店裏需要幫忙，我不知她上哪兒了，她沒義務告訴我。”

“這個老妖竟然說消失就消失，手機也不接，好不容易我才把老婆送上機，現在怎麼辦？誰陪我玩？”

我答自己玩唄！那麼大年紀了，又不是小孩子……

“自己玩？呵呵！這不像良家婦女會說的話。”他湊上臉來，我本能地往後退。

這個老不修！滿腦子骯髒的想法，Monica是怎麼看上他的？

“你若不想自己玩也行，到大街上隨便找個拜金女，幾張票子的事。”

“用錢買來的多沒意思，我想跟可愛的小虎牙玩。”

他喊我“可愛的小虎牙”，害我雞皮疙瘩掉滿地。

“抱歉，Monica付我錢不是讓我來挖牆腳，而且我是‘外貌協會’的忠貞會員，對我來說，你太老了。”

我的“直言”無疑傷了他，他指著我的鼻子道：“好，我記住妳了衛萌萌，咱們走著瞧！”

他走了，把煩躁也帶走。

我將精力放在店內來來往往的客人身上，幾個鐘頭下來，發現Monica的工作並不輕鬆，光無聊就能把人無聊死，難怪她上夏威夷找樂子去了。

看“人”沒意思，我轉而低頭看珠寶，那些晶瑩剔透、光彩奪目的寶石經過精湛的工藝，個個成了不朽的傳奇，即使是二手貨，依舊閃著耀眼的光芒。

看著看著，我發現有事不對勁，紅寶石男戒哪裏去了？我明明看見老闆娘親手將它放在展示玻璃櫃的右上角，當時我還爲那鴿子血般的豔紅而驚歎，如今何在？

我趕緊打開電腦查看，以爲會有奇跡出現，可惜那枚緬甸產的一級寶石仍在出售之列，沒有交易記錄，這意味著什麼？

我不禁瑟瑟發抖起來。

第十三章／失竊疑雲

紅寶石具有二色性，一般會呈現紫紅或者粉紅，要想達到鴿血紅的程度相當不易，全世界也只有緬甸出產的紅寶石才有這個級別，那種張牙舞爪、紅得近乎放肆的強烈色彩，最能將寶石的美表達到極致。

物稀當然價貴，可想而知，店內的那枚鴿血紅寶石男戒會有多昂貴。

果真，當我看到電腦上顯示的售價是58，○○○刀時，頓時想死的心都有。Monica臨走前把鑰匙交給我，現在東西沒了，我責無旁貸，上哪兒找那麼多錢賠給她？我陷入前所未有的焦慮之中。

"Are you ok?"韓國店員尹小姐走過來問我可好？

我想起曾經目睹她將手伸進顧客的包裹，有一便有二，尹小姐成了最大的嫌疑人。

"Fine."我努力擠出一朵笑容給她。

在事情不明朗前，最忌打草驚蛇，還好Monica兩天後才回，我還有時間從長計議。

～

回家後，看見艾瑪和她男友擠在沙發上打遊戲，我弱弱地喊了一聲Hi後，打算回房反省兼三思。

"萌萌，桌上有杯子蛋糕，Steve 買的。"我的房東說。

"又一個Steven."我隨口一答。

上回匆匆見面，沒來得及問那個高個兒叫什麼名字，今天總算對上號，不過有些小失望。

Steven 轉頭問我此話何意？

我告訴他中國男子名常見的有凱、剛、海、勇、軍、偉……等，國外同樣也有爛大街的，Steven便是其一，幾乎每隔幾天就會遇上叫Steven的人。

"呵呵！我同意這個名字很普遍，但涵義很好，代表高壯、英俊、沈靜、有禮、和善等。"

聽他這麼一說，我突然起了共鳴，雖然只見過兩次面，Steven給人的感覺正如同他所說，是個五A的好男人。

"這麼棒？"艾瑪插話，對著她男友，"以後我們的男寶寶也取名Steven, 好不好？"

她的嘴角在笑，眼睛也在笑，完全是熱戀中女人的模樣。

老實說，這樣的情境讓我坐立不安，好像突然闖進情侶的房間內。

"你們聊，我進去了。"

"等等，"Steven 叫住我，接著起身到桌上取東西，"這是我特意上Berko 買的，很好吃，妳也試試。"

早聽說過Berko的傳奇，它來自巴黎的高顏值甜品店，已有三十多年的歷史，標榜低脂、低卡、無添加，聽說創始人曾為了尋找達標的香草園，前後花費了6個月的時間。

"謝謝！"我收下兩個宛如藝術品的小蛋糕。

"妳忘了什麼？"他問。

忘了什麼？沒有呀！已經道謝過了。

"我忘了什麼？"我反問。

"妳忘了妳的笑容。"他用手指比出V型，然後將自己的嘴角往上推了推。

那倒是，最近煩心事太多了，都快忘了怎麼笑。

吃人的嘴軟，我盡可能地回贈他一個可愛的笑臉，没料到他死盯著我瞧，害我以爲牙縫裏塞了菜葉子，趕緊閉上嘴巴。

" Steven快來，你的橡皮小人快被我推到懸崖下。"艾瑪突然大喊。

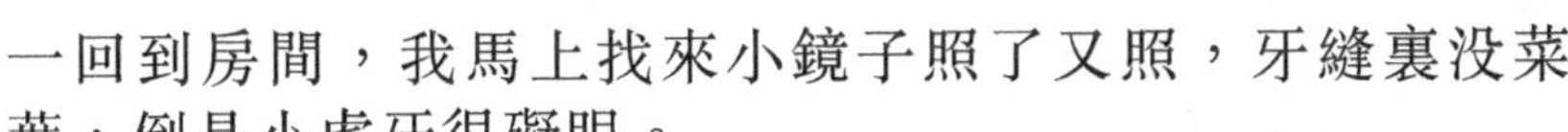

一回到房間，我馬上找來小鏡子照了又照，牙縫裏没菜葉，倒是小虎牙很礙眼。

" Steven 大概没看過長虎牙的女人，所以嚇到了吧？！"我猜。

將鏡子往旁邊一扔，我躺在床上呈大字型，一想到58，ooo美元，宛如巨石壓頂，頓時没了力氣。

Monica打電話給我時，我正把氧化了的銀袖扣清洗完畢，打算待會兒用風筒吹乾再塗上一層透明指甲油，用這個方法能保持銀飾一年内不會發黑。

"店裏可好？"她問。

"很好，生意不錯，連LV的'山寨蛇皮袋'也賣掉了。"我答。

話說今年是LV 設計師的瞎眼年，他們設計出一款我大中華偏遠地區入城必備的編織袋。没錯，就是那個紅白藍相間的春運爆款，原價一千多美元，估計賣菜的中國大媽都要偷著樂。

"那好，辛苦了……有人找我嗎？"

"没有，除了Peter。"

"別理他，妳没告訴他我在夏威夷吧？"

我答當然没有，連同行的是個大光頭也没說。

"呵呵！"她乾笑兩聲，"不瞞妳說，我對他有怦然心動的感覺。"

"不用解釋，這是你倆之間的事，與旁人無關。"

Monica 稍停片刻後表示既然没事，她掛了……

"等等，"我忽然想起重要的事，"那個……如何查看監視器的錄像回放？"

"怎麼，掉東西了？"

"没有，就是求個心安。"

Monica 遂讓我上電腦的監控系統，輸入用戶名Monica及密碼6個6即可。

掛上電話後我照做，同時設置好日期，然而電腦頁面卻顯示此通道無錄像文件，這是怎麼回事？

我把目光投向ı號嫌疑人尹小姐身上，她恰好也轉頭看我，我們兩人的目光對接没幾秒，她馬上望向別處，果然是"做賊心虛"。

"還是報警吧！至少能證明自己的清白。"我心想。

此時 Peter 推門進來，我馬上告知Monica 還没回來。

"嘖嘖嘖！我說來找她嗎？没有妳著什麼急？"

今天的Peter身穿花襯衫配五分短褲，腳上登的是土到掉牙的白邊鞋（這是金融高管該有的穿著嗎？我實在欣賞不來，加上他曾對我口頭性騷擾，若不是因爲他和老闆娘的關係不一般，我早請他走路了）。

"店裏生意好嗎？"他問話的口氣儼然把自己當成大老闆。

"還行。"

話一落音，他突然跨步上前，我本能地往後退，還好他只是看櫃台玻璃櫃裏的貨。

"咦！鴿血紅寶石男戒哪裏去了？"

我嚇死了，問他怎麼知道店裏有這個東西？

"我怎麼知道？呵呵！我當然知道，那是我放在這裏寄賣的，怎麼，是不是賣掉了？"

"嗯……"我模棱兩可。

"既然賣掉了，爲什麼没通知我？"

我支支吾吾地答可能Monica忙，忘了通知。

"把東西調出來看看，我想知道是何時賣掉的。"

"不行，得經過老闆娘的同意才准看。"

"妳該不會不知道我是這家店的大股東，有權查賬吧？！"

我被問得啞口無言。

他無視我的窘態，逕自面向電腦屏幕，按下鼠標……

第十四章/STEVEN

"奇怪，爲什麼我的鴿血紅寶石男戒還在 for sale ?"Peter 轉頭問我。

"這……可能……可能……"

他問我可知道這枚男戒的售價是58，000美元？

"我知道，那個………"

"幾點下班？"

"什麼？"我揚起聲，以爲自己聽錯了。

"我問妳幾點下班，我們可以針對這個問題好好討論一下。"

我肯定是被下降頭了，居然乖乖地答六點。

"那好，到時我來接妳。"他居然對我眨眼睛，"別忘了妳是非法打工，被抓到直接遣返，五年內不准再入境喔！"

哎呀！我怎麼把這麼重要的事給忘了？

本來想著大不了報警，這下好了，就算知道小偷是誰又如何？張揚不得呀！何況唇亡齒寒，一旦鬧開，不止黑工受罰，雇主也得跟著罰款兼坐牢，等於拉Monica下水……

我思考Monica自認倒霉的可能性，不，這太不切實際了，58，○○○美元不是個小數目，在美國鄉下甚至買得到帶院子的獨棟小屋。

看來只能由我"自認倒霉"地背下債務，哎！那不得猴年馬月才能還完？

艾瑪打電話給我時，我正在做最後的清點工作，時間：差一刻六點。

"我和Steven正要去吃飯，妳也一起來？"

"不了，我有約。"

艾瑪很好奇，問我是不是有男友了？我答沒有的事，而是被老男人纏上，然後把事情經過簡單交待一下。

"萌萌，這是個陷阱，別往裏跳，妳若是跟他走，今晚就別想全身而退。"

"我知道，只是聽聽他的方案，要真是過份，我就不談了。"

艾瑪說我天真，老男人都成精了，怎麼可能讓煮熟的鴨子飛走？這樣吧！窟窿她先替我補上，讓我在老闆娘那裏能交差，如此一來，我便不用赴約了。

"58，○○○刀。"我冷冷地答。

"這……這麼多？我沒想到要這麼多錢，嗯……看來這件事得從長計議。"

艾瑪和我非親非故，有這份心意我已經很滿足，斷不可能讓她代付這麼一大筆錢。

"放心，我保證自己不做傻事，祝妳和男友有個愉快的夜晚，Bye!"

掛上手機，門上的銅鈴聲適時響起，我知道老男人來接我了。

此行難道真如艾瑪所言是條不歸路？我很迷惘。

Il Pastaio 位於羅迪歐大道附近的 Canon 街角，店名在意大利語中是"製麵者"的意思。我多次在店門口的操作區觀看手工製作意麵的過程，但從未親自品嚐過，這當然與錢包息息相關，我可不想吃完一餐後，接下來的一個星期只能啃白麵包裹腹。

沒想到如今我也能光顧，而且是在"被逼上梁山"的情況下。

大概因爲進高級餐廳的緣故，今晚的Peter換上正式服裝，人模狗樣的，讓人忘了幾個小時前他那身痞子裝扮。

"想吃點兒什麼？"他問我。

"隨便。"

因爲不知他葫蘆裏賣什麼藥，我的心七上八下，即使美味當前也興趣缺缺。

對於我的消極抵抗，Peter不以爲意，轉頭用意語點餐，講的什麼不清楚，倒是侍者因此恭敬許多。

"你會講意大利話？"侍者走後，我問。

"我精通多國語言，這年頭沒點兒真功夫當不了高管。"

然後的然後，我們吃了多久的飯他就吹噓了多久，大意是他年收入好幾百萬美元，又因投資得當，現在想買什麼基本都能買得起，如果不是老婆及一雙兒女花錢如流水，他的財產會更多……

"你這是在抱怨家人拖累你嗎？"我明知故問。

"不，我在表達自己是有錢人，妳若跟著我，肯定吃香喝辣。"

果然狗改不了吃屎。

"瞧你，把Monica餵得雙下巴都出來了，我是易胖體質，還是敬謝不敏。"

"不想吃也成，多希尼路上新出了一個樓盤，哪天我帶妳過去瞧瞧。"

我問可是買給我的？他答那得看我的表現，如果表現好，買艘航空母艦也不成問題……

奇怪，談話至今他都未提及那枚男戒，倒是有意無意地口惠了不少好東西給我。

"嘟……嘟嘟……"

"怎麼今晚妳的電話這麼多？"那男人明顯不高興。

離店後，一直有個不明電話打進來。我通常不接陌生電話，又怕國內父母臨時來電，所以並未關機。

"大概是拉保險的，爲了業績不得不如此，我現在回了人家，也好斷了對方的念想。"

没料到按下接聽鍵後，耳中傳來排山倒海而來的轟炸聲，Steven問我怎麼不接電話？還好嗎？有沒有做傻事？………

"怎麼是你？艾瑪呢？"

"妳先別管，告訴我妳在哪裏，我馬上過去接妳。"

我答自己没事，正在羅迪歐大道上吃意式奶凍及杏仁小餅，要他千萬別過來。

没想到最後一道傳統的草藥消化酒Amaro還没喝完，Steven就上門了。

“家裏孩子哭著找媽媽，妳還坐在這兒幹嘛？”他衝著我喊。

我轉過身去，四周圍大多是俊男靚女的洋人，僅有的兩個黃皮膚看起來也不像華人……

“妳找什麼？說的就是妳。”

由於Steven在高級餐廳內大聲嚷嚷，很快經理便過來了解情況，那人還好意思把憑空捏造的“故事”講得有鼻子有眼睛，說的還是英語，這下子全餐廳都知道我是個不負責任的母親，把孩子扔在家裏，自己跑出來吃喝。

美國法律規定12歲以下的兒童必須時時有人照看，以免發生意外，換言之，我正在觸法。可想而知，我很快便被四周圍正義感十足的唾沫星子給淹没了，而其中最大的一坨來自那個剛剛說要買航空母艦給我的人。

“我以爲妳還是個黃花大閨女，没想到已經結婚還拖著三個小孩，真是瞎了我的狗……咳、咳、瞎了我的眼，竟然動起殘花敗柳的念頭，妳還是趕緊回去吧！省得給我帶來麻煩。”

說完，他用手揮了揮，像趕狗一樣，讓人看了很不痛快。

“媽咪快走吧！”Steve對我狡點一笑，“老三還在家裏等著妳餵奶呢！”

第十五章/心太軟

"你怎麼知道我在Il Pastaio ？"走出餐廳，我問。

"妳說正在吃意式奶凍，羅迪歐大道上的意大利餐廳就那麼幾家，加上老男人都好面子，把妹肯定吃高檔的，所以......"

"是艾瑪要你來的？"

這回他沈默了。

"怎麼，難道不是？"

" It's a long story.艾瑪說完妳的事後提議去斯特恩碼頭喝蛤蠣濃湯配炸大蝦，可是兩地相距一百多公里，騎車起碼兩小時，明天有個拍賣會，我不想頂著熊貓眼去主持，所以........."

"你們......吵架了？"

看他緊皺眉頭的樣子，可見是真吵了。

我告訴他女人都好哄，講幾句窩心的話，馬上就能雨過天晴，估計艾瑪現在在家，我們這就去"負荊請罪"........

“不了，時間不早，有話明天再說吧！”

我以爲他只是一時拉不下臉來，賭氣說的，没想到他來真的，放我下車後便急駛而去。

“Hi.”我跟正在看電視的艾瑪打招呼。

“妳說這男的是不是不愛那女的？連巧克力也捨不得買。”

我順著她的目光望過去，肥皂劇上的女人正責問男人爲什麼連一盒五十美元的巧克力都捨不得買給她？

“嗯！這男的太小氣了，不過也得看他的收入，如果收入不高，五十美元的巧克力的確夠奢侈的了。”我答。

艾瑪轉過身來，嚴肅地告訴我那男的不窮，自己的女友想吃Godiva不可得，他倒好，轉身買了porcelana給女友的室友吃⋯⋯⋯⋯

據說porcelana是世界上最貴的巧克力，比其它“高檔”的巧克力貴出兩、三倍，因爲採用的是罕見的可可豆，年產只有20,000包，每一包都有編號，有機會吃到的人都是幸運兒。

爲了當公正不阿的包大人，我又花了幾秒鐘在肥皂劇上，可惜女的仍然在哭訴，看不出個所以然。

“聽妳這麼一說的確可疑，也許那男的真的不愛那女的，女的可以洗洗睡了。”

“萌萌～”

“什麼？”

艾瑪直視我，像要把我看穿似的。我又問了一聲，她才收回眼光答没什麼，她這就去洗洗睡。

MONICA 今天下午回洛杉磯，聽說買了紀念品送我們。我很忐忑，不知該如何面對她，整個早上渾渾噩噩的。

臨近中午，我讓金小姐和尹小姐先去用餐，自己留著看店，就在這時候銅鈴聲響起。

"怎麼是你？"看到Steven，我很驚喜。

"拍賣行就在附近，我走過來的，看看妳這裏有什麼好貨。"

我說精品多的是，問他可是買給艾瑪的？

"嗯！她還在生氣，電話也不接。"

情侶間有爭吵再正常不過，有時越吵感情越濃，因爲吵架也是一種溝通。

"那麼我們得找個能讓她開心的好東西。"我說。

那是一枚金色玫瑰胸針，由丹麥的FLORA DANICA 製作，雖然不是純金打造，但工藝做得好，連花瓣的皺褶及葉子的鋸齒狀邊緣都做得唯妙唯肖。再有一點，Flora Danica 目前已經停產，意即留世的每一枚胸針都極具收藏價值。

"就它了，請幫我包裝得好看一點兒。"他說。

"那是當然的。"

我特意選了表面光滑的象牙白三柸包裝紙，右上角再繫上寶藍色蝴蝶結，然後裝進象徵喜慶的紅色小禮袋裏。

"嗯！很有法蘭西的味道。"他說。

"什麼？"

"法國國旗不是紅白藍三色嗎？"

我笑著答那正好，法國代表浪漫，恰恰吻合他的心意。

～

Monica進門時，裙角掀起一陣風，我們三人都讚美她身上的慕慕裙好看，彷彿仙女下凡。

老闆娘聽完可開心了，她說我們的嘴巴真甜，又要我們猜猜她買了什麼送我們？

金小姐答999純金金塊，尹小姐答五克拉大鑽戒，我答歐胡島上的臨海大別墅一棟。

Monica睨了我們一眼，問我們可當她是搖錢樹？然後一人給了兩塊人工香皂及一盒曲奇。

韓國妹紙失望透了，問可否折現？被Monica啐了幾句後，轉身各忙各的。

"這曲奇很有名，是用當地的堅果製成的，早想嚐嚐味道；手工香皂也好，有我喜歡的梔子花香。"我說。

"萌萌說話我愛聽，還是妳懂事，"她回到櫃台，滑動鼠標，"我不在的時候，一切可好？"

完了，該不該坦白？

"那個........."

Monica的手機音樂聲適時響起，看她臉上亮得見春，肯定是光頭男的來電。

哎！我真不想在這個甜蜜時刻給老闆娘來個驚天動地的大惡耗，所以當她掛上手機再次問我時，我以一句"還行"含糊帶過。

～

回家後聽到華語電台正播放王力宏的《大城小愛》，艾瑪一邊哼歌一邊把切好的土豆塊扔進鍋裏，空氣中有蔬菜湯的味道，想來兩口子已盡棄前嫌。

"恭喜。"我說。

艾瑪問喜從何來？

" 看來 Flora Danica 的 胸 針 發 揮 作 用 ， 妳 不 再 生 Steven 的氣了。"

"妳怎麼知道他送胸針給我，又如何知道我們在鬧彆扭？"她一字一句慢慢地說。

我告訴她玫瑰胸針是Monica店裏的東西，還有，斯特恩碼頭離 這 裏 有 段 距 離 ， 對 隔 天 一 早 要 上 班 的 人 來 說 ， 確實有點兒吃不消。

"原來他找妳買東西，還當妳是告解的神父。"她沈下臉來，"告解就告解唄！怎麼不說實話？"

我問她什麼意思？

"没什麼意思，妳就當我發神經好了。"

我還想說什麼，但艾瑪將電台的聲音調大，放的是任賢齊的《心太軟》。

你總是心太軟，心太軟，

獨自一個人流淚到天亮。

你無怨無悔地愛著那個人，

我知道你根本没那麼堅強……

不知怎的，我竟想起了李奧。

第十六章/禁果

辦完"私事"的導演容光煥發，休息時間還給每個人派發了紀念品（兩塊人工香皂及一盒曲奇），讓我不禁懷疑是不是夏威夷的特產店正在做促銷，買一送一？

看到李奧分到的香皂竟然是薰衣草味的，我提出跟他交換，因爲這個牌子的梔子花味我已經有了。

"喏！都給妳，"他將手中物一股腦地全塞給我，"妳怎麼也有夏威夷的手工香皂？"

我告訴他Monica也買了相同的紀念品送我，她和光頭男一起跑到夏威夷曬太陽。

"他奶奶的，這叫'玩忽職守'，丟下演員自己去Happy，害我無聊到把土狗之家上下打掃了一遍，腰都直不起來。"

李奧的"土狗之家"是棟上下兩層的木造房子，不難看，但長年缺少保養維修，有些"蒙塵"的滄桑感。

"我以爲你也去了夏威夷，我的慕慕裙呢？"

李奧答下回再兌現，因爲即使直飛，兩地往返也得去掉半天的時間，還玩什麼？只能作罷。

"哎！你至少還有錢度假，我怕我這輩子都度不了假，只能打長工還債。"我感嘆。

在李奧的追問下，我告訴他店裏失竊了一枚58，000美元的男戒，不能報案，只能吃啞巴虧。

"這豈不是便宜了作案人？"

"能怎麼辦？亨利詹姆斯曾說過生命中往往有連舒伯特也無言以對的時候。"

見我心情鬱鬱，下一秒他邀我上他家吃台灣客人送的烏魚子，這種東西賊貴，是下酒菜的首選。

台灣……客人……難道他又"重操舊業"？

我們四目相望，他立馬意會。

"以前健身俱樂部的學員送的，男的。"他嘆了口氣解釋。

"噢！我就怕……"

"艾瑪離開我了，我無需再卑躬屈膝，如果妳覺得和我這種人交朋友有失顏面，大可明說。"

我要他別誤會，自己也沒多清高，我很樂意上他的"土狗之家"吃貴死人的烏魚子。

"那好，排練結束後我們一起走，我知道哪裏有賣低酒精濃度的酒。"他對我眨眼睛。

真是的，哪壺不開提哪壺，讓我想起那個倉促之下完成的"第一次接觸"。

～

其實今天稍早Monica曾發來短信要我過去幫忙，我害怕她發現店裏短少東西，找了個藉口回絕（這當然是逃避心理在作祟）。

李奧的邀約來得正是時候，它讓我的"缺席"顯得名正言順。

上車前，我發現李奧換車了（是輛嶄新的斯巴魯）；到了土狗之家，又發現住房也不一樣了，外表雖然依舊破爛，但裏面大變樣，牆壁塗上新漆，地板也打上蠟，連昏黃的燈光都換上明亮的LED照明。

"真讓人耳目一新，我還以爲自己走錯地方了呢！"我說。

"人不能閒著，一閒下來就會想東想西。這兩天我把家裏該修、該換的全寫下來，一樣一樣收拾著做，居住環境改善了，自己看著也舒服。"

"這房子可是你買下的？"

"不是，租的，如果是自己的，我連廚房及衛浴都會大改造一番。"

說完，他要我 Take this place as my home, 然後轉身進廚房忙去。

我換了幾個電視頻道，没一個喜歡的，又不想麻煩"廚師"教我如何操作 CD Player, 想來只能看看書。

書架上的書大部份都很艱澀難懂，比如懺悔錄、物種起源、夢的解析、周易正讀……等，所以當我發現其中竟然有一本女性雜誌《時尚巴莎》時，不禁眼前一亮，這肯定是艾瑪遺留在此的。

我翻了幾頁，內容無非提供最新的時尚資訊，另外還有人物專訪及女性話題。就在讀完雜誌對周迅的採訪報導後，我一翻頁，看到艾瑪和李奧的合影，他們兩人站在Beverly Hills 的指示牌下笑得一臉燦爛。

如果這只是一張普通的五寸照片也就罷了，問題是兩人之間有道歪歪扭扭的裂痕，透明膠帶是後來粘上的。

不知怎的，看到照片我有心痛的感覺，他一定很愛她，連撕照片也捨不得弄傷她，反倒把自己分割得四分五裂，脖子斷了，左手臂也被削去一半……

"可以開飯了。"

聽見李奧的聲音，我趕緊把雜誌塞回去。

桌上有三菜一湯：肉炒三絲、麻婆豆腐、冬瓜排骨湯以及一個金黃色薄片（很像風干了的木瓜）。

"這就是烏魚子，"他指著不明物，"盛產於台灣，是將烏魚的卵巢鹽漬後陰乾而成，製作繁複，需經過數十道工序，吃時可與蘋果片一起食用。"

該怎麼說呢？烏魚子吃起來很像鹹味橡皮糖，帶著腥味，還好有酸甜的蘋果片中和，味道不致於太糟糕。

"聽說台灣人拿它配啤酒，妳若不喜歡，別勉強，光這盤就值一百多刀。"

我咋舌，五百克不到的量也值這麼多錢？

很快吃飯成了拼酒大會，酒喝多了，我反倒覺得烏魚子對味，越嚼越有股異香，那是別的下酒菜所達不到的境界，原來貴也有貴的道理。

"哎！58,○○○美元可以買好多好多的烏魚子，我卻無福消受。"我忍不住發牢騷。

"別想了，我幫妳付，什麼時候要？明天？"

我問他哪來的錢？

"過去爲了討艾瑪父母的歡心，省吃儉用存下的，不然呢？妳以爲我搶銀行？"

“不，我不能使用你的辛苦錢。”

“我看妳還是拿去用吧！就當我把錢存在妳那兒。老實說，我偶爾有放把火將所有一切都燒掉的念頭，那些錢讓我作嘔，時刻提醒我曾經如此卑微過。”

他接著告訴我那些有錢太太有多麼令人難受，個個像井底蛙似地躲在自己的世界裏無病呻吟，他得同時充當生理及心理治療師，遇到力不從心時還得藉助“偉哥”的幫助，要多慘有多慘………

“如果我是艾瑪，我寧願你不賺這個錢。”

“妳這是站著說話不腰疼，五十萬美元要怎麼賺？妳告訴我。”

“五十萬美元的確不好賺，但美國是個尊重人權的國家，你想和誰結婚，兩情相悅即可。”

李奧笑得好大聲，他說若能那樣就好了，也不致於拼死拼活。

“怎麼回事？”我問。

“艾瑪是個大孝女，她不願違背父母的意願，原本我以爲假以時日總能守得雲開見月明，如今看來夜長真的會夢多，她居然跑到敵對陣營那邊去。呵呵！女人變起心來也不過三、五日的工夫。”

“別一竿子打翻一條船，我就不那樣，看準的，絕不放手。”

“那麼妳的前男友又是怎麼死的？”

我答不是我叛變，而是他找到能和他共嚐禁果的人，因爲禁慾的滋味不好受，他不想再當柳下惠了……

“那妳……”

“是呀！”我終於承認是他奪走我的初夜。

李奧很吃驚，一口氣喝光一罐啤酒。

"對……"

"別說對不起，那會顯得我很可憐。"說完，我竟哭了起來。

李奧很吃驚，一口氣喝光一罐啤酒。

"對……"

"別說對不起，那會顯得我很可憐。"說完，我竟哭了起來。

第十七章/先來後到

隔天我到Monica那裏兼職，總能感覺芒刺在背，當我回望時，老闆娘馬上將目光移開。

莫非她發現男戒不見了？果真如此，斷不可能保持沈默才是。

又過了兩天，Monica終於沈不住氣，約我下班後到Molly那裏吃肉夾饃。

哎！果然找到一同出氣的人。

想到同時得面對兩個屬害的中年姐妹花，頓時胃口全無。

"我腸胃不太好，晚上就不吃了。"我可憐兮兮地說。

"那怎麼成？我現在就打電話讓我姐給妳煮碗粥暖暖胃，她的粥又稠又軟，妳吃了就知道。"

完了，這是"通風報信"，暗示我今晚會到，好讓Molly先磨刀霍霍。

我想過各種自救的方法，但最後還是雙手一攤，畢竟丟東西不假，早晚都得面對，還是早死早超生。

～

“萌萌，這麼早就收工了？”Molly在櫃台後笑盈盈地問。

Monica代我回答不早了，都快七點了。

“也是，”那個胖墩墩的女人捧來兩碗粥，“接到電話後我就熬上，現在吃正好。”

老實說Molly的粥不輸她的肉夾饃，看來店名可改爲“莫先生的中國漢堡及粥店”。

Molly答那可不成，偶爾做做還行，人手不夠，光準備肉夾饃的內餡就忙不過來。

我們安靜地吃著粥，我的內心卻波濤起伏，兩姐妹果然都是道行高深的狐狸，先餵飽我再大開殺戒，讓我來個措手不及……

“吃飽了嗎？吃飽了我們上園藝公園走走。”Monica說。

比佛利園藝公園像一條巨龍環繞著聖塔莫尼卡大街，公園裏有芬芳的玫瑰、生命力頑強的仙人掌以及古老的噴泉。

“坐，”她拍拍公園裏的座椅，“咱倆說說體己話。”

啊！終於也到了攤牌的時候，我決定先主動出擊。

“東西搞丟了我會賠償，但請允許我慢慢還，現在實在是囊中羞澀，對不起！”我低下頭去。

Monica很驚訝，問我難道不知道有人已代還了這筆錢？

現在換我驚訝，沒想到李奧說到做到，在沒通知一聲的情況下，默默行了善事，莫非……莫非心中有愧？

“原來他的動作這麼快，我以爲不過是嘴上說說而已。”我喃喃道。

Monica接著還原事情始末，原來從夏威夷歸來的當天晚上，Peter就上門告狀，要她把錢吐出來。她憋了一晚上的氣，想著隔天我上班時再賣問我（省得我半夜開溜），沒想到一大早就有個大帥哥上門替我擦屁股，並且叮囑別在我面前提起此事，就讓"船過水無痕"。

啊！原來李奧如此貼心，等等，那時李奧和我正在排練中心，他尚不知我捅了個大婁子……

"我先聲明哈！原本我想對這件事三緘其口，但昨天又有人上門表示要扛起妳的債務，讓我不免好奇妳是如何讓兩個男人同時拜倒在石榴裙下？還有，多出的58，○○○美元怎麼辦？五五分嗎？我是守法好公民，千萬別把我扯進詐騙案中。"

兩個男人？這叫我從何說起？除了已知的李奧，另一人是誰？

Monica大呼不可思議，有人幫我還錢，我卻不知對方是誰，天下竟然有這等好事？

"是真的，除了肌肉男，我想不起來還有誰？"

"說到肌肉男，他看起來很面熟，不記得在哪裏見過，至於那個高個兒……"

"妳說什麼？高個兒？有多高？"

Monica答大概兩米高，打籃球一定吃香……

知道Steven不告訴我一聲就幫我解決債務問題，心中五味雜陳。

"能不能把多出來的58，○○○美元給我？我好拿去還給人家。"我問。

"那是當然的，我可不是什麼亂七八糟的人，快給我妳的銀行賬號。"她答。

我的想法是先把錢還給Steven, 李奧的部份只能欠著。不是我"偏心"，而是誠如後者所言，自從失去奮鬥的目標後，李奧

“視金錢如糞土”，新衣服買了好幾件不說，還噴上三宅一生的男士香水，一百多刀一瓶。

“我還是變相地幫他存錢吧！”我心想。

回家後，我看到艾瑪和Steven擠在廚房裏，空氣中有戚風蛋糕的香氣。

“萌萌回來了，”艾瑪將蛋糕從烤箱裏取出，“真有口福，趕上蛋糕新鮮出爐，等我泡好茶，我們三人圍爐夜話。”

說要“圍爐夜話”，其實大部份都是艾瑪在“自說自話”。

“聽說漁人碼頭的海鮮很好吃，哪天也去嚐嚐。”

“萌萌，衣服烘乾後記得取出。”

“附近開了家俄羅斯禮品店，櫥窗內有半人高的套娃，看著很新奇。我不買大的，就買小的，六個一組的那種。”

“萌萌，冰箱裏的東西別亂放，妳的是最下面一層，小心我把妳的優格給吃了。”………

直到她提起父母要她這週末回家，順便帶上人，我和Steven還一臉懵懂，不知她指的是誰？

“當然是你呀！傻瓜。”艾瑪笑對男人，“父母想見未來的女婿，天經地義。”

我趕忙敲邊鼓，提醒Steven第一次上門得給岳父岳母留下好印象，艾爸爸喜歡喝兩杯，買瓶中國酒合適；艾媽媽喜歡編織，中國城的手工店有賣來自新疆的羊絨線……

"呵呵呵！萌萌嘴巴真甜，連我爸媽都被收服了，不過這次我不能邀妳一同前往，怕他們誤會妳和Steven才是一對。"

我沈下臉來，問她什麼意思？

"意思是妳比我討人喜歡，"她轉向那個沈默是金的男人，"對不對？Steven."

看Steven一副困窘的樣子，我出手相救。

"妳真愛說笑，哪有把自己的男友往外推的道理？我是不討人厭，那是因爲懂得先來後到的道理，我相信Steven先生也有此共識才是。"我站起身來，"上班挺累人的，你們也早點兒休息。"

躺在床上我鑽起牛角尖來，艾瑪是什麼意思？她在暗示什麼？這屋子我還能繼續住下去嗎？……

本來今晚想當著艾瑪的面歸還那58,000美元，以示心中坦然，現在更不能提了，搞不好她還以爲我和Steven私下做了什麼不可告人的交易，那就跳進黃河也洗不清了。

正在胡思亂想之際，手機忽然傳來短信："台灣客人又送我烏魚子了，明晚妳過來消滅它，可好？"

我回覆好，外加一個笑臉。

Steven碰不得，逼得我只能向李奧靠攏，還好他單身，否則我就成了女性公敵……

"叮咚！"此時手機又傳來短信，Monica要我明天下午過去兼職。

"只能做到六點，因爲有人請我吃卵巢。"發完短信，我笑得像個瘋子似的。

第十八章／人形娃娃

嘴巴吃著烏魚子芥末奶油意麵，我問李奧這個台灣客人是不是巨有錢？再不然就是烏魚子進口商，否則無法解釋爲何二度送他昂貴的水産品。

"錢可能有一些，但肯定不是進口商，"他喝了一口配海鮮的白葡萄酒，"實話告訴妳，這次的烏魚子是我花錢買的，不是送的。"

"爲什麼？"

"因爲過去幾年我總是勒緊褲帶過日子，現在不需要了，總算可以對自己好點兒，想吃啥就吃啥，妳反正也愛吃。"

呃……這算放縱還是解脫？我決定好好開導他。

"聽著，以後你會遇到一個看對眼的人，倘若她的父母也嫌貧愛富，你怎麼辦？難道又重新做……"我趕緊咬住舌頭。

李奧冷哼一聲，表示從現在起將只談戀愛不結婚，被別人放在台面上品頭論足的滋味他受夠了，何況婚姻這玩意兒……

說著說著，他竟然成了憤青。

“需不需要我給你一個擴音喇叭好昭告天下？”我問。

“不需要。”他終於停止演說。

看他的神情轉爲落寞，像極原本歡快的小狗突然落了水。哎！我是怎麼了？李奧好不容易才找到宣洩口，我有必要將它堵上嗎？

“得！”我舉起酒杯，“如你所說，婚姻是愛情的墳墓，讓結婚的人通通死去！”

我先乾爲敬。

“喂！想不想和我談戀愛？”

聽他這麼一說，我嘴巴內那些還沒來得及下肚的酒水“噗嗤”一聲向外噴去。

“對不起！”我趕忙四處找面紙。

李奧要我別管，先回答他的問話要緊。

這次我囫圇吞了兩杯酒，再一口吃掉二十美元的乌鱼子，冷靜幾秒後才說：“雖然我們已經越過男女之間最後的一道防線，但你還未從上一段感情中走出來，我不想當任何人的替代品。”

“哎！連妳也没看上我。”

我要他別曲解我的意思，他應該徹底和前任做個了斷再開始新的戀情，這才是交朋友的正確態度。

“好！聽妳的，這週末我就和前任做個了斷。”

這週末？這週末艾瑪不是要帶Steven回家見父母？

我想提醒他改日，但李奧把酒當白開水喝,一杯又一杯，我把到嘴的話吞進肚裏去，想著還是另找個良辰吉時再告訴他吧！

明天是公演前的最後一個休息日，逢戲服到，今天下午我們每個人都抽空拍了定妝照。

我以爲女僕服會是仿中古歐洲的傳統樣式，沒想到是改良型，圍裙雖然依舊是白色加荷葉邊，但黑色連身裙換成了粉色，長度也縮短至膝蓋以上，白色網狀絲襪讓人浮想聯翩，我感覺自己就像日本成人漫畫裏的女僕形象。

"Jesus, 妳這是要抓幾個魂？台下的男觀衆估計都管不住自己的老二。"李奧說。

我一直不明白導演的思路，原來走的是"黑色幽默"路線，拐個彎又往"情色"路上奔去，還好關鍵時刻點到爲止，否則我要以爲自己演的是"黃色小電影"了。

拍照過後，李奧匆匆離去，這幾天他總是這樣，好像在進行什麼計劃似的。

與他不同，我不著急回家，因爲害怕面對艾瑪和……她的新男友，那感覺像是看到老鼠護著它的奶酪，兩隻眼睛賊溜賊溜地瞪著我瞧。

有家歸不得，但民生問題總得解決，我不想再吃肉夾饃，任誰吃了第兩百個"中國漢堡"後，即便是忠誠的中國胃也會舉白旗。

一聽說我在找美食，同事們紛紛給意見，我因此知道羅迪歐大道附近的小巷裏新開了家韓式烤肉店，二話不說便趕過去，心想口袋裏的錢應該還負擔得起便宜的拌飯或冷麵（講實話，我是衝著餐前小菜去的，因爲無論客人點什麼都附贈小菜，這是韓國餐廳的特色）。

就在經過威爾希爾酒店（沒錯，就是電影《風月俏佳人》的拍攝地），正要彎進羅伯森大街時，我與那人不期而遇。

"去哪兒？"他像大樹般擋住我的去路。

我答找地祭五臟廟，反問他怎麼也在這裏？

"我工作的地方就在附近，明天有個拍賣會，今天是預展的最後一天，我留到最後才走。"他解釋，聽起來像在向上級做報告。

我早聽說過拍賣會，印象中那是超級有錢的人會去的地方，一般的升斗小民大概一輩子也不可能踏入。

Steven說此言差矣，拍賣行賺的是傭金，價高當然傭金也高，但市場不是每天都有梵高、徐悲鴻這樣的大師作品在流通，所以價廉的小商品還是有可能參與拍賣。說白了，拍賣會並沒有那麼多的傳奇色彩。

價廉？都說"瘦死的駱駝比馬大"，我問所謂的"價廉"是多廉價？

"起碼也得好幾萬刀，若比這個還低，那就只能試試其他小的拍賣行，反正我工作的地方是不收的。"

呵呵！果然很廉價。

"怎麼，有興趣瞧一瞧嗎？就現在。"他問。

"Are you kidding? 我哪有錢參與競拍？"

"看看也好，這次的拍賣品中有王羲之的'草書平安帖'。"

聽到竟然能親眼目睹"國寶級"的文物，哪有錯過的道理？

"好呀！王羲之老人來一趟美國多不容易，我這就過去打聲招呼。"我答。

我們進入拍賣行時，保安正要啓動保全系統。我聽見Steven向他們介紹我是VIP客戶，要做最後的確認。

待保安離開後，我抱怨："你不應該這麼說，我看起來根本不像有錢人。"

"妳以爲有錢人長什麼樣？還不是兩隻眼睛一個嘴巴。妳除了年紀輕點外，沒什麼大問題，何況很多大老闆都是委託競拍，自己不出面。"

知道自己沒被人一眼看穿，我放鬆心情，也有閒情逸致瀏覽拍賣品，它們大多是字畫瓷器，也有玉器珠寶、衣服及玩具。

Steven 走向角落的人台，指著上面的華服："這三件禮服都是黛安娜王妃穿過的，出自英國服裝設計師Catherine Walker之手，預估可拍出6～8萬美元。"

"呵呵！果然名人穿過的就是不一樣，價錢能往上翻兩翻。"我說。

衣服也就罷了，畢竟是黛安娜王妃穿過的，拿出來拍賣總有迷哥迷妹買單，但玩具屋是怎麼回事？有人會花高價買玩具嗎？

Steven要我別小看這個不起眼的玩具屋，"埃爾金樓"已經有兩百多年的歷史，是弗朗西斯·帕爾格雷夫爵士爲孩子們製作的，特別之處在於兩側有把手設計，方便攜帶（沒錯，當時上流社會爲了讓乘馬車的孩子不感無聊，往往會帶上玩具出行）。

"真是大開眼界！對了，平安帖呢？"我想起"國寶"。

Steven 歉然地表示我們來晚一步，帖子已經被鎖進保險箱裏了。

"好失望呀！沒能一賭王羲之的真跡。"

"噢！不，王羲之的真跡早就不存於世，現留世的有稱宋摹或唐摹，專家更傾向唐摹。"

什麼？！原來是仿品，那還有什麼收藏價值可言？

Steven說即便是高古摹本也得到過歷代皇帝的讚賞，堪稱頂級藏品。

啊！真是隔行如隔山，仿品也能做出高規格，甚至被供奉爲精品，也没那個誰了。

此時 Steven 駐足在一個玻璃櫃前，很投入的樣子，讓我感到好奇。

"你在看什麽？"

"日本人形娃娃。"他答。

人形娃娃顧名思義是根據真人所做的娃娃。每當日本女孩節到來，有女孩的家裏都會擺上人形娃娃爲她祈福，這是從平安時期就流傳下來的習俗。

我走過去一瞧，玻璃罩下是一對極爲精緻的玩偶，做工非常考究。

"不錯，很美。"我品評。

"妳不覺得那個女娃娃很像中山美穗？"

中山美穗？誰是中山美穗？

他答日本影星，曾拍過電影《情書》，他看過後驚爲天人。

"噢！原來是你的夢中情人呀！"我笑說。

"是的，"他的目光重新回到娃娃身上，"如果不是規定了拍賣師不能參與競拍，我很想買下。"

"起拍價多少？"我問。

"20，○○○美元。"

我一直想著該如何把錢還給Steven？既然他要求老闆娘三緘其口，可見不願我知道後心裏有疙瘩，但58，○○○美元畢竟不是個小數目，總得歸還。

現在聽他這麽一說，我心中有了主意。

第十九章／拍賣會

離開拍賣行，Steven問我是否回家？他今天騎哈雷，能順路載我一程。

我曾看過重型機車呼嘯而過的身影，那聲音之大震耳欲聾，想不引人注目很難。

"不了，今天穿裙子不方便，何況待會兒我要去吃韓國烤肉，吃完才回家。"我答。

"那麼吃完飯，妳要如何回家？"

我覺得好笑。昨天怎麼回，今天就怎麼回，我又不是小孩子………

Steven 聽完雙手叉腰，似乎在思考什麼。

"你在想什麼？"

"我在想我也好久沒吃韓國烤肉了。"他答。

韓國烤肉以牛肉和五花肉爲主，事先醃製過，略帶甜味，吃時在手裏攤開生菜葉或蘇子葉，夾一塊烤肉，放一些辣椒，抹一點兒醬料，最後收攏菜葉，裹成一團塞進嘴裏。

這樣的一餐人均在三、四十美元之譜，白領偶爾聚個餐也能負擔得起，只是我還是太小看羅迪歐大道上"高級餐廳"的價位，同時也氣同事的惡作劇，這哪是拿著最低時薪的人能上的餐廳？

"對不起，我不知道這麼昂貴，要不，我們換別家？"閣上燙金的菜單，我壓低聲音說。

"既來之則安之，和矢澤燒肉比，這裏算便宜的了。"

"矢澤燒肉"是L.A.有名的日式燒肉店，吃的是貴死人的和牛，肉身有漂亮的大理石紋理。

老實說，我原本想在高級餐廳點便宜的拌飯或冷麵吃，無奈Steven喊來服務員加熱烤肉盤，害我只能跟著吃烤肉。還好他家的肉很出彩，對得起鈔票，特別是雪花牛及豬五花，前者肥瘦相間、肉質嫩滑；後者焦脆，外皮裹著肥腴的汁水，蘸上店裏秘製的醬料，再拌隨豆芽蔥絲，簡直是人間美味。

"妳的同事沒介紹錯，這家的確好吃。"他說。

我尷尬地笑了笑，沒吐槽。

"嘟......嘟嘟......"Steven 的手機響了，他接聽。

"是......和同事聚餐，今晚不過去了......有男有女，吃韓國烤肉......明天拍賣會結束就去接妳......下午四、五點吧......Bye！"

不用猜也知道是艾瑪的來電。

"你明天去見艾瑪的父母？"

"是。"

"吃晚餐？"

"是。"

我特意避開他撒謊的部份（哪裏來的同事？什麼叫有男有女？），專挑安全的問題問。

他很配合，巧妙地轉移話題，問我知不知道那個人形娃娃爲什麼如此昂貴？

"該不會曾經屬於日本皇室所有？"

"這倒沒有，價昂是因爲它們來自後藤工藝世家。"他答。

日本的人形娃娃代表獨一無二的夢想，它們陪伴主人成長，所以每個娃娃一定得力求完美才行，這是"後藤人形娃娃"第一代創始人的信念。

一個做工精緻的"後藤人形娃娃"，背後往往是IOO多名工匠的傾心投入，用料也極爲珍貴，木料選的是樹齡超過3OO年的老木，縫線則來自京都最有名的西陣織線，無論材質還是做工都精確到一分一毫無誤，堪稱藝術精品。

"不過有部份妳說對了，明天拍賣的這一組娃娃雖然不屬於皇室所有，卻是爲了紀念德仁親王大婚所製作的，採素雅的平安時期皇室造型，服裝上的花紋參照英國玫瑰品種，非常的浪漫。"Steven 附帶一句。

我就知道這娃娃大有來頭，否則不會在大型的拍賣市場上出現。

"明天的拍賣師是你嗎？"我問。

"是的，上午一場，下午一場，早上的那一場只拍賣王羲之的'草書平安帖'。"

"還好，錯過今晚一睹廬山真面目的機會，明天尚能彌補。"

"噢！不，'草書平安帖'的起拍價是一百萬美元，競買人得交2O%的保證金才能入場。"

呵呵！我若有二十萬美元就先從艾瑪家搬出，"寄人籬下"的感覺並不好受。

"真可惜，明天是公演前最後一個休息日，我本來想藉此觀摩一下拍賣會……"

"那麼下午來吧！保證金只需繳納5000刀，没有成交的話，全數退還。"他說。

儘管我一再說不，STEVEN 還是堅持送我一程，而且保證騎得慢慢的，不讓我的裙子飛揚。

到了家門口，他没多做停留，道別後急駛而去，氣管排氣聲之大好似有坦克壓境。我忍不住擡頭望向那個熟悉的窗口，昏黃的燈光代表艾瑪還未入睡。

"回來了。"我一進門，房東喊了一句，又低頭看雜誌。

"嗯。"我趿上拖鞋。

她問我吃過了没？如果没有，桌上有麵疙瘩，今天煮多了⋯⋯

"不用了，今晚我吃韓國烤肉。"我答。

"妳也吃韓國烤肉？"艾瑪擡起頭來直視我。

也？我一驚，Steven不是在電話中說他正在吃韓國烤肉嗎？

"那個⋯⋯和同事聚餐，有男有女⋯⋯"我猛然住嘴，搞什麼？越描越黑。

"萌萌，妳⋯⋯"

" Hello⋯⋯⋯Yes, that's right. I will be there ⋯⋯⋯"慌亂中我掏出手機，佯裝有來電，順理成章地躲進房裏。

下午的拍賣會從一點開始，繳完5000美元的保證金後，我得到一個號碼牌（1331）。

工作人員提醒我這場的加價規則是兩千刀，也就是舉一次牌加價兩千美元，當然也可直接喊一個高價，避開層層累進。

呵呵！我肯定是慢慢爬，若不是有加價規則在，我寧願一次加一百。

門開後，競買人依次入場，從閒言碎語中我得知早上的王羲之"草書平安帖"拍出了天價，加上給拍賣行的傭金，買受人一共得付五千多萬美元，相當於三億多元人民幣，這大概是有史以來最貴的仿品吧？！

Steven上台後，稍做拍賣流程的介紹，很快便開始第一件商品的拍賣，那是民國時期的單色釉老陶瓷藍釉圓筆洗，起拍價兩萬五千美元。

我看了一眼工作人員給的順序表，"後滕人形娃娃"排在第19號，起拍價兩萬美元。

"希望最後的成交價低於五萬，因爲還得付傭金。"我心想。

今天的Steven 穿著阿瑪尼雙排扣灰色西裝，頭髮梳得一絲不苟，語速跟著現場的節奏，時快時慢，能Hold住全場。

" Going once......going twice......going three times, gone."他將槌子高高舉起，輕輕落下，意味著帝陀古董錶成功賣出，由一個看起來油膩的中年大叔競得。

" Next one, number 19......"

來了，來了，下一個便是人形娃娃。我握緊拳頭，蓄勢待發......

第二十章/分手儀式

起拍價從兩萬美元開始，陸續有競買人舉牌。

"Twenty-two thousand dollars………Twenty-four………Twenty-six……forty……"

喊價到四萬美元時停了下來，拍賣師Steven 環顧四周，喊了聲："Forty thousand dollars going once."

我怯生生地舉起自己的1331牌子，Steven 看見我，怔了一秒鐘，很快穩住情緒。

"Forty-two thousand dollars."他宣佈四萬兩千美元。

此時前排有人舉牌，Steven 高喊四萬四千美元，我只好又加價。

雙方你來我往，很快便炒到我的上限。

"One hundred thousand dollars."那個女人喊出十萬美元的數字，大概厭倦與我競爭，想一次性將我甩出好幾條街外。

我咬咬牙，舉起1331，這次全場嘩然，像在看即將上演的好戲。

Steven 望向前排，那個頭頂酒紅色梨花頭的女子隨即轉過頭來看我，我認出她是Monica的"供貨商"Elsa,住在大到不能一眼看到盡頭的比佛利山莊豪宅內。

我心中暗自叫苦，這叫"雞蛋碰石頭"，我怎麼可能拼得過人家？還是早早偃兵息甲要緊。

神奇的是，當Elsa 將目光從我身上移開後，一切都變得不一樣了。

" One hundred and two thousand dollars going once.........One hundred and two thousand dollars going twice.........One hundred and two thousand dollars going three times, Gone."

聽到落槌聲，我心想完了，哪來的錢？

工作人員隨後告訴我，加上傭金，我總共得支出107,100 美元，14個工作日內到賬。還有，支付完所有的款項後，一個月內得提取拍賣標的，否則按日收取保管費用。

我意興闌珊地走出拍賣會場，完全沒有競拍成功的喜悅。

"什麼時候Monica 也對人形娃娃感興趣？"Elsa趕上我，問了一句。

"不關Monica的事，是我買下的。"我弱弱地答。

"行哪！小助理也買得起有錢人的玩具，看來妳不是一般的助理。"

是呀！我的確不是一般的助理，現在的我已經是不折不扣的"負翁"了。

"Elsa,"Steven 介入我們的談話，"謝謝妳大老遠跑來。"

"哪裏，許久沒參加拍賣會了，老實說，你們的貨每下愈況。"

Steven 答如果她上午來就不那麼說了，王羲之的"草書平安帖"拍出了高價。

"我上午能來嗎？"她睨了他一眼，"Sabina有芭蕾舞課，非得我親自接送不可。"

"看來妳需要一個好保姆。"

"誰說不是？已經前前後後換了好幾個，小公主的脾氣不好，現在這一個大概也做不長。"

從談話中不難看出他倆私下有交情，還有，Elsa有個脾氣乖張的女兒。

"走了，有空來家裏坐坐。"

貴婦人走後，Steven 望著我，等我做出解釋。

"如果……如果拍下後無法及時付款會怎樣？"我小心地問。

"首先會面對來自拍賣行的催繳壓力，接著便會收到律師函，若仍不支付就走法律程序進行訴訟，保證金當然是不退的。"

聽完簡直讓人生無可戀。

"我不知道妳也喜歡人形娃娃，而且……手頭寬裕。"他說。

我把頭搖得像波浪鼓："不，我不喜歡娃娃，我也没錢，拍下它純粹是爲了你。你代還了戒指錢，我無以回報，就想用另一種形式歸還，没想到……我是不是被下降頭了？"我可憐兮兮地問。

"妳………哎！"他的反應無疑宣告我的智商爲零。

"我知道了，我會盡快湊錢，不給你添麻煩。"

"妳要怎麼湊？"

好問題，也許去買張強力球彩票，聽說獎金池已經累積5.32億美元了。

離開拍賣行後，我真的掏出四美元買了兩組機選號碼。

"我能不能翻身就靠你們了。"我竟對著彩票說話。

強力球（power ball）是美國最受歡迎的博彩彩票之一，每張彩票2美元，從59個白球中選出5個，再從35個紅球中選出1個，若6個號碼全中即可奪得頭獎，中獎概率爲1/1.75億，每週三和週六開獎。

我揣著幾億美元的希望回家，沒想到艾瑪還沒出門。

"我以爲妳今晚回父母家吃飯。"我說。

"心情不好，改期了。"

本來想問爲什麼心情不好，但看她一臉愁容，我把到口的話吞下肚。

"大概今天的黃曆不對吉時，我的心情也不好。"我喃喃道。

"萌萌，能談談嗎？"她問。

雖然我也有一堆煩心事，但有人向我發出求救信號，我不能坐視不管。

"好，妳說我聽。"

這一說就是半個小時，她把自己和李奧的感情路巨細靡遺地給交待了。

"看來妳還是放不下他，那又何必分呢？"

"父母只有我一個孩子，除了這件事外，我幾乎沒讓他們失望過，加上李奧把錢賭光又⋯⋯又做了不光彩的事，不管當初的用意爲何，我認爲有重新審視這個人的必要。"

"既然如此，那就分唄！有什麼好糾結的？"

艾瑪答今天下午李奧來找她，邀請她參加下個月二十號在眉州東坡酒樓舉辦的婚宴……

"他要結婚了？"我瞪大雙眼，"怎麼這麼突然？新娘子妳認識嗎？"

"我不認識，但妳認識，聽說演的也是女僕。"

我的心喀噔了一下，話劇中的女僕角色只有我一人，什麼時候我要結婚了還有勞別人告訴我？

見我不吱聲，艾瑪問我那女孩是怎樣的人？怎麼要結婚了也沒發喜帖給劇組人員？

"她……她……很古怪，平常不喜歡交際，也……也許就是個小型婚宴，請雙方至親吃個飯就算定了。"說得我口乾舌燥、冷汗直流。

"李奧也說女方想低調，只請了兩桌。"

"哈！那不正好？李奧要結婚了，妳也有了新男友，豈不皆大歡喜？"

"妳不懂，李奧說分手有個儀式，經過那場儀式後，我們的感覺又回來了。我……我不想看他挽著別人的手走進婚姻殿堂，妳說我是不是太貪心了？"

儀式？什麼儀式？

看艾瑪羞紅了臉，我心中了然了，問Steven怎麼辦？

"這就是我煩惱的地方，我也不想放棄他。"她答。

第二十一章/COSPLAY？

果然壞運一來，擋都擋不住。強力球彩票星期三夜裏開獎，六個號碼竟無一個中，神不神奇？意不意外？如果全不中也有錢拿，那該有多好？

這一天排練完畢，導演要大家聚集起來聽他講話。

等我們像精子游向子宮似地將他團團包圍住，他開始長篇大論，不外兩天後的星期六是第一次公演，大家得嚴陣以待，拿出最好的狀態示人，千萬別犯低級錯誤，因爲劇評人和城中有影響力的大佬們都會來觀看，這是鯉魚躍龍門的最好時機……

我們的排練中心在好萊塢，但演出地點卻在洛杉磯市中心的艾曼森話劇院。這所劇院曾推出過許多知名的百老滙音樂劇，如《音樂之聲》、《人質》、《國王與我》等。

冗長的談話結束前，導演不忘爲我們打雞血，要我們向全球連續上演時間最長的劇目努力！

你知道戲劇史上演出最久的舞台劇是什麼嗎？答案是推理女王阿加莎·克里斯蒂的名著《捕鼠器》。

想當年，爲了慶祝英女王伊麗莎白二世的奶奶過八十大壽，這部阿婆級神劇已經連續演出超過半個世紀，早已成爲歷史的一部份。光頭男要我們向全球連續上演時間最長的劇目努力，這無非是種激勵罷了，我很難想像六十幾年後的我還站在舞台上扮演風騷又略帶神經質的女僕，那簡直是種災難。

打完雞血，我以爲可以回家休養生息，没想到手裏被導演助理硬塞一沓的硬紙片。我低頭一瞧，原來是入場券，怕有二、三十張。

"呵呵！竟有這等好事，每個演員都能得到免費票。"我笑出聲來。

李奧問我是不是犯傻？要不就是腦子開小差，剛剛導演已經明白表示首場的售票情況不佳，今、明兩晚，每個劇組人員都得上街兜售。

"媽的，我是演員，不是銷售。"

"這句話麻煩妳去跟導演說，他還未走遠。"李奧無情地打擊我。

好萊塢的星光大道有超過2500枚用五尖水磨石及黃銅做的"星星"，它們全被鑲嵌在人行道上，具體分佈在好萊塢大道的15個街區和藤街的3個街區，是對娛樂產業界的傑出人士所做的致敬。

此時的我正腳踩著李小龍的星星向過往行人推銷話劇門票。

"這個劇講中國話嗎？"好不容易我逮住一個中國來的觀光客，他問。

"不是，"我感到灰心，"不過聽不懂没關係，就當看默劇。"

這位中國大叔轉問我票價多少？我答好一點兒的位置120刀，差一點兒的只要30刀。

"30刀？鹹濕電影有一場囉！"他大笑而去。

我快快不樂，像被人甩了兩耳光。

"妳賣了幾張？"李奧走上前來。

他被分配到緊鄰中國劇院和柯達劇場的杜莎夫人蠟像館，離我站著的地方，少說也有20分鐘的步行距離。

"少來搶我的地盤，我一張都沒賣掉。"我沒好氣地答。

"這麼悽慘？"他把我手中的票拿走一半，"我幫妳賣。"

我要他別泥菩薩過江還拉我一把，咱們各掃門前雪吧！

"才一個小時我就賣掉一半的票，總得留幾張明天賣，否則導演會讓我別演戲，專心賣票得了。"他揚揚眉梢，算是對我的疑慮做出解釋。

艾瑪曾告訴我經過"分手儀式"後，她的感覺又回來了。其實不只她，我覺得李奧也變得不一樣了，整天處於亢奮狀態。

看他堆起笑臉向過往行人推銷，我也強打起精神來，畢竟票賣不出去等於宣告自己的演藝生涯短命，這是我最不願看到的事。

我拖著疲憊的身軀回家。

"今天晚了。"艾瑪擡頭看了一眼時鐘說。

"是的，被抓去賣票，站三個小時才賣掉一張，可悲啊！"我倒向沙發。

我的房東問我話劇何時開演？演的什麼？

"這週六晚八點首演，演的是白蓮花大戰潘金蓮。"

艾瑪聽了呵呵笑，她說這劇一定很有看頭，給她來四張票。

"真的？"我大喜過望，"要便宜的還是VIP？"

"當然坐前排，我想看看李奧的新娘子長什麼樣。"她答。

明天就要公演了，我們這幫演員應該早早上床養精蓄銳才是，偏偏還夾雜在熙熙攘攘的人流中，我感覺自己就像"賣火柴的小女孩"一樣可憐。

" Do you want to buy some matches？Madam."說時遲那時快，一個小女孩輕輕拉我的衣角，問我要不要買火柴？

她身穿一件做舊的連衣裙，赤腳，手上挽著一個竹籃子，裏面躺著幾個零星的火柴盒。

第一個念頭閃過腦海的是—這絕對是個整人節目，隱藏式攝影機就躲在某個角落對準我，看我面對突發狀況會做何反應。

於是我蹲下身，柔聲地問她幾歲了？父母呢？

她答五歲，父母雙亡，只能賣火柴養活自己……

他奶奶的，劇能編得真實點兒嗎？這年頭誰還用火柴點火？

" Poor girl, I will look after you forever. You can live with me."我說，大意是她可以搬過來和我一起住，我會永遠照顧她。

" Really?"她驚叫出聲，" Promise."

我遂伸出食指和中指起誓。

想想"始作俑者"此時也該現身了吧？我正好可以藉此機會面對鏡頭，替即將上演的話劇打打廣告，沒想到……

" Sabina～"一個司機模樣的人衝了過來。

女孩見狀，拔腿就跑，我下意識拉住老男人，他氣急敗壞地表示那女孩是老闆的女兒，不抓住她，他會有麻煩。

這是怎麼回事？

我左顧右盼，想找出攝像頭，就這麼一蹉跎，被老男人掙脫了，他追隨小女孩而去……

“怎麼了？”李奧走過來，眼光從那對老少的身影移開，轉落在我身上。

“我也不清楚，大概是玩Cosplay吧？！”我答。

第二十二章/SABINA

他將我攔腰一抱，再奉上溫潤熾熱的唇，我配合他的動作，雙手繞上他的脖子，化被動爲主動，然而他的吻像蜻蜓點水，匆匆掠過。

咦！狂風暴雨似的激吻哪裏去了？

我原地愣了幾秒鐘，趕緊將劇情節奏快轉，斥問他爲何突然熱情爆棚？

" Forgive me for needing you in my life;Forgive me for enjoying the beauty of your body and soul;Forgive me for wanting to be with you when I grow old."拳擊手答。

我欲迎還拒，此時燈光漸漸暗了下來，我和拳擊手陸續下台。當燈光再度亮起時，台上只留莊園黑奴做內心獨白。

～

" 喂！你今天吃大蒜還是我有口臭？那樣冷漠的吻如何表現熱情爆棚？害我台詞都唸不下去，簡直打臉！"

相較於我的怒氣衝天，李奧倒很平靜，他說那一段本來就是多餘的，交待過去就行，讓觀眾自行意淫……

虧他說得出口！

我不再發言，泡了杯咖啡到角落平復心情。

其實李奧的表現不難理解，因爲台下正坐著他心愛的女人（哎！都怪我大嘴巴，本來他不知道艾瑪今晚會來看首場演出）。

然而一碼歸一碼，當調情聖手突然變成循規蹈矩的老實人時，導演的憤怒自不在話下。果然這幕還未結束，光頭男就衝進後台罵人，而且下了殺手鐧，如果下一幕李奧再這麼不溫不火下去，明天就不用上台了……

" I'm sorry. No more. I promise."他低頭認錯。

導演瞪了他一眼後，回到觀衆席上。

看此情景，我不得不曉以大義，撇開演員的職責不說，我相信艾瑪會希望看到台上的他發光，而不是絆手絆腳的演技。

李奧想了想，同意我說得對，他會把感覺找回來，不讓大家失望。

果然接下來的演出順利多了，他把流裏流氣的渣男形象刻畫得入木三分，我們終於又見到導演欣慰的笑容。

首場演出不過不失，閉幕後，導演和男女主角被留下來接受各路媒體的採訪。

我換下戲服，卸好妝，匆匆離去，走之前沒看到李奧。

回家後，裏面靜悄悄，我當艾瑪吃宵夜去了，果然……

"萌萌，我們現在在頤豐園吃夜宵，妳別睡，給妳帶了紅油抄手及鍋貼。"

“不用了，我現在正處減肥期，胖了上台不好看。”

“呵呵！我還以爲胖了穿新娘服不好看。Anyway, 吃剩若不打包，難道留著餵狗？妳可不許睡，睡了也把妳叫醒。”

掛上電話，我彷彿吃了一嘴的爛蘋果，卡在喉嚨裏不上不下，難受死了！

艾瑪買了四張票，叫上父母及Steven一同捧場，這我老早就知道，看完話劇吃宵夜也在情理之中。換言之，這一天我與她完全沒交集，連話都說不上，搞不懂哪裏得罪她，冷嘲熱諷地，什麼意思嘛！

等等，新娘服？什麼新娘服來著？

我的腦筋快速運轉起來，哎呀！李奧的“激將法”把“女僕”推出去當靶心，而今晚整齣劇的女僕只有我一人，艾瑪肯定對號入座，誤會我就是那個即將與李奧“秘密結婚”的女人，這下子可怎麼辦？

我一通電話打給李奧，要他馬上給我解決！

“妳是說艾瑪真的吃醋了？”他問。

“可不是？好大一罎陳年老醋！”

他在電話那頭嘿嘿嘿地笑。

“你倒是說話呀！”

“在艾瑪回心轉意之前，我只能對不起妳了。”

什麼？！哪有這種無賴？豈有此理！

我還想發飆，他已先一步掛機，害我氣得直跳腳。

面對即將到來的風暴，我決定躲進被窩裏避難。奇怪的是，艾瑪回來後倒沒如同她所說的將我從床上挖起，反而很快進入房間，連動作都是輕柔的。

没想到劇評那麼快就出來，大概寫手都是夜貓子，半夜趕工趕出來的。

我以爲那必是慘不忍睹的評論，會讓接下來的票房雪上加霜，没料到除了一、兩篇持中立態度的報導外，大部份都是一邊倒地讚揚，譬如：從作品中看到導演爲社會生活、影視藝術及廣大觀衆提供了一條新的思考方向；劇本有"懸念大師"希區考克及"黑色幽默作家"庫爾特的影子；燈光運用得宜，呈現一種鬼馬的氣息；演員的表現可圈可點，發揮了戲劇的張力；整齣劇算是最近舞台劇中比較出彩的，後期可待……等等。

"導演該不會請水軍了吧？"我的中國式思維開始發酵，但很快被打消，因爲連專業劇評人Mike Williams 也發聲表揚，我才知道自己跟對老大、壓對寶了。

下午一點，當我走進後台，發現每個人都在笑，我問是否有好消息？

"白蓮花"告訴我接下來一個星期的票都售罄了。

Well, 這真是個好消息，至少我們不用在大街上鞠躬哈腰地售票了。

週末一天有兩場，分別是下午三點到五點及夜裏八點到十點。夾著戲劇好評的威力，所有演員都卯足了力，甚至比昨天的表演更勝一籌，然而……

當我拿著左輪手槍衝進房間，想一槍擊斃正在床上巫山雲雨的狗男女時，一個童稚的聲音響起。

" I know her. She promised me to look after me forever."一個前排的小女孩站起來，手指著我說認識我，還說我曾發誓要永遠照顧她。

" Plato.........Plato is dear to me, but ......but dearer still is truth."面對突發狀況，我把亞里士多德的名句說得坑坑巴巴的。

還好燈光暗下，帷幕拉起，劇終。

當再度聽到如雷掌聲，帷幕拉開，我們一衆演員一字排開地向觀衆揮手致意，也只有在這時候才能感覺到身爲演員的榮耀，同時拭去收入低微所帶來的屈辱感。

" Hi，do you remember me?"剛下完階梯，一個女孩衝了上來，問我是否還記得她？

眼前的這個小女孩身穿質量很好的亮紅色連衣裙，外罩有小鳥圖案的真絲印花小背心，披肩的長髮上繫著粉紅色髮帶，十足的小公主裝扮。

" Are you ...."

" Do you want to buy some matches ? Madam."她給了提示。

我想起來了，她就是那個"賣火柴的小女孩"。怎麼她會在這裏？而且翻身一變成了上流社會小名媛的模樣。

" Sabina，告訴妳別亂跑，怎麼又不聽話？"一個女人適時出現，並且與我四目相望，" 我道是誰呢？原來是小......助理。"

她特別加強"小"字，讓我很受挫。

" 没錯，我就是小助理，没想到又見面了，希望你們喜歡這個劇。"

我正要走，叫Sabina的女孩突然擋住我去路：" You were lying. You said you will look after me forever."

呃! 這叫我從何說起？當時我以爲是整人節目，隨口胡謅的，嚴格來說不算說謊，我也無庸兌現諾言……

然而小女孩聽不進去，就地撒潑，讓人好生尷尬。

" 小助理，藉一步說話。"

我被Elsa叫到一旁，她要我先答應下來，後續由她處理。

" 答應什麼？"我問。

" 答應……妳不是答應永遠照顧她？就這麼答覆。"

" 可是萬一……"

Elsa說不會有萬一，他們一家三口就要到法國度假，等一回來，小公主早把我丟到九霄雲外。

既然母親都這麼說了，我樂得做順水人情，於是走向Sabina，重申照顧她的心意没變。

" 那麼妳什麼時候搬過來？"這次小女孩索性說起普通話。

我看了一眼Elsa, 她對我點個頭。

" 妳從法國度假回來後，我就搬過去和妳一起住。"我答。

她仍不放心，又要我發誓。

" I promise."我伸出食指和中指起誓，老實說，心裏很忐忑。

" 哪！"Sabina終於露出笑臉。

" 那麼兩個禮拜後見。"Elsa說，然後拉起女兒離去。

我待在原地苦不堪言，原來說謊的滋味並不好受。

" 對不起，Sabina."我對著那個小小身軀表達無聲的歉意。

第二十三章/小虎牙

艾瑪對我不冷不熱，縱使我有"千言萬語"，也不知從何說起，只好給她冷默臉。

經過週末的暖身，我倒沒有"星期一綜合症"（指在星期一上班時，出現疲倦、頭暈、注意力不集中等症狀），反而很期待今晚的演出，然而自從兩分鐘前收到拍賣行發來的短信通知，一切都變了，我的發病症狀開始出現，不想工作，只想當一隻躲進殼裏的龜......

" 嘟......嘟嘟......"

這又是哪個討債鬼打來的？我捂住雙耳，決定來個耳不聽爲淨，但它卻很有毅力，一聲接著一聲。

"該不會是導演打來的？"我忽然想起，趕緊爬起來接聽。

"是我，代表拍賣行給妳打電話。"

聽到拍賣師Steven的聲音，我頓時洩了氣。

" 我會籌錢的，能不能讓人喘口氣？拜托了。"我幾乎是哀求著。

與想像不同，Steven 不是來催款的，他告訴我拍下的人形娃娃有瑕疵，請我務必過去察看。

我的媽呀！107,100美元的娃娃還給我出狀況，到底讓不讓人活？

"我這就過去。"我下床找涼拖。

"就是這裏，看到没？"Steven指著玻璃櫃裏的精緻娃娃，"女娃娃的髮帶上有個線頭跑出來。"

我湊臉上去，都快貼緊玻璃面才總算看到一個短到不足一毫米的黃色線頭。

"是有，但……這不正常嗎？"

Steven答對於自我要求嚴苛的工藝匠人來說，這是不可饒恕的錯誤。

"噢！那怎麼辦？"我隨口一問。

"妳可以退貨，拿回保證金。"

什麼？！這麼容易就讓我全身而退，我問他說的可是真的？

當聽到"Yes"的答案時，我像飛出鐵籠子的鳥，欣喜若狂。

"太好了，你中午想吃什麼？我請客。"連我都能感覺到自己的聲音像浸過蜜似的。

"這麼高興？嗯……就吃妳一頓。"他上下打量我一番，"還好妳今天没穿裙子。"

爲了吃燒餅油條，Steven 不惜花兩個鐘頭從比佛利山莊騎到爾灣，當我從哈雷機車上跨步下來時，腳都伸不直。

"不礙事的，坐久了就習慣。"他對我說。

爾灣是美國加利福尼亞州橘郡的一個城市，氣候宜人、治安好加上學區優良，吸引了很多華人在此居住。有華人的地方就離不開吃，中國餐館隨處可見。

我們點了豆漿、豆花、蘿蔔絲餅、涼麵、醬牛肉燒餅及饅頭夾蛋，隨便吃吃竟也花掉40多刀，就當把美金當人民幣使吧！

"妳演得不錯，就是不夠風騷，沒辦法，女人的騷味與生俱來，不過看得出來妳很努力。"Steven吃飯之餘不忘對我的演技下評論。

哎！其實我的角色本來是個打醬油的，但導演導著導著就加戲了，而且天馬行空。我猜一開始他根本沒想好故事要往哪個方向走，邊拍邊改寫劇本，活活地把個"路人甲"拍成女二，也沒那個誰了。

"呵呵！可不是每個人都有這等好運氣，妳該去買彩票。"

"已經買了，六個號碼無一個中。"我唉聲嘆氣。

"有人算過，一個號碼都不中的機率約爲25%。恭喜！這麼低的機率都被妳碰上，了得。"

我要他少氣我了。

說到運氣，今天的確是我的"幸運日"，如果不是他火眼金睛看出瑕疵，我恐怕得到青樓賣身才能還上那筆巨款，說到底，他是我的貴人。

"快別這麼說，認識妳是我的福氣，我有第六感，妳會是將來的中山美穗。"

這是我第二次聽到"中山美穗"的大名，上一次他提是因爲人形娃娃長得像中山小姐。

"如果你說我是未來的Angelina Jolie或Molly Alba，我會很高興，偏偏你提一個小日本，誰知道她是誰？"

"我知道她是誰就好，在我心目中，她永遠是《情書》裏癡情的博子。"

爲了印證自己是頭號粉絲，他給我看他的手機牆紙，那是一位有知性美的女子。

"《情書》裏的她短髮，如果妳把頭髮剪了，會更像她。"Steven補上一句。

有沒有搞錯？我爲什麼要像一個八竿子打不著的人？

"我叫衛萌萌，中國人，這輩子還未踏上日本國土，你若想做日本夢，別找我，我一句日語也不會說。"我沈下臉來。

"對不起，交淺言深了，"他將手機放回口袋，"吃飽了嗎？吃飽了我載妳回去，不會耽誤妳今晚的演出。"

雖然和中山美穗不熟，但我還是在幾天後的深夜再度與她打上照面。

"妳在看什麼？"我問。

下班回家已近夜裏11點，艾瑪還在客廳。

"《情書》，日本電影。"她答。

電視屏幕中出現一個短髮女人，她身穿褐白格子衫，正騎著單車，一轉頭，那叫個"驚鴻一瞥"。

"她就是中山美穗。"我坐了下來。

"妳也知道？"她看了我一眼，"Steven買了一對日本娃娃，他說因爲女娃娃長得像演員中山美穗。我一好奇，跟個日本友人借錄相帶看，沒什麼特別的嘛！長得非常普通。"

我的心喀噔了一下。

"妳說……Steven買了……娃娃？"

“是的，今天我上他家吃飯看到的，就擺在一個玻璃櫃裏，娃娃的衣服上有玫瑰刺繡，看起來很精緻。”

原來Steven 對我撒了個彌天大謊。

“妳覺得我長得像中山美穗嗎？”我問艾瑪。

她細細打量我，又對照一下電影裏的女人。

“不是很像，不過小虎牙倒是如出一轍。”

原來這才是主因。

“明天我就把小虎牙給拔了。”我說，然後氣沖沖地回房。

第二十四章/白色謊言

考慮到觀眾的作息，逢工作日，劇場每天只安排一場演出（晚八點到十點）。這倒不錯，整個白天都是我的，所以當Monica問我願不願意到她那兒打全職工時（當然排除週末），我一口答應下來。

所謂"人無遠慮，必有近憂"，爲了不寅吃卯糧，我不得不事先囤好大米，尤其打從搬進艾瑪家，除了第一個禮拜曾付過300刀後，一直没付房費，日積月累的結果，我已欠下五、六千美元，哪天房東若問起，我拿什麼付？

"萌萌，妳是不是特別喜歡吃曲奇？"這一天老闆娘突然問我，她正給寄賣於此的LV包寫下售價的小標籤。

"曲奇？没有呀！我對零食不感冒。"我答。

"怎麼'燈泡'說劇團的曲奇都被妳包辦了？"

Monica和導演的戀情正火速蔓延起來，她叫他"Bulb"(燈泡，因爲大光頭)；他則喚她"Sweet Bun"(甜餡小圓包，因爲豐滿的身材)。

"哎呀！還不是因爲這邊六點下班，那邊八點就得上台，又要化妝及換衣，哪有時間吃飯？劇團若提供炒飯、炒麵當點心，誰還吃曲奇？"

" 難 怪 妳 瘦 了 ， 這 樣 吧 ！ 我 讓 妳 提 早 兩 小 時 下班，薪水照付。"

這是什麼狀況？Monica竟成了大慈善家了？

老闆娘要我別替她戴高帽，這完全是"燈泡"的主意，因爲我經常缺席上台前的暖身排練，導演已經無法服衆，爲了留住我，所以……

原來光頭男才是那個大善人。

"得，爲了報答導演的'知遇之恩'，我決定跟定老大，只要他不嫌棄。"我說。

" 喂 ！妳可別跟定他，他是我的。"Monica如臨大敵，" 對了，那筆58,000美元的款妳還了沒？"

我問她爲何突然提起此事？

"我可不是什麼亂七八糟的人，當時收下兩筆58，000刀時，分別都留下手寫收據，現在妳收回了一筆，理應交回其中一張收據，省得落人口實。"

Monica說的没錯，錢的事還是得"清清楚楚、明明白白"。

"好，這週末把事給辦了。"我答。

我跟Steven約了週日中午吃飯，他說朋友送他一隻阿拉斯加帝王蟹，足足有八斤，就等我來好開膛剖肚。

因爲是抱著"還錢"的目的前去，我有"底氣"吃昂貴的食物，所以立即要他把地址發過來。

"叮咚！"短信很快來到。

當看到屏幕上面寫著Beverly Hills, 我才驚覺原來他住在比佛利山莊裏。

"這是個富家子弟，難怪買得起107，100美元的娃娃！"我的疑問終於得到解答。

~

我沒有車，加上對比佛利山莊的門牌號不熟悉，所以雇了輛出租車前往，當看到那扇"似曾相識"的歐式鐵藝電動門，上面還有兩隻四腳獸的金色Logo時，大大吃了一驚，這不是Elsa的家嗎？

" Do you have an appointment ?"門衛沒認出我來，問我是否有約？

我報上Steven的大名，他很快啓動大門讓出租車進入。

" Are you somebody?"開車司機是個皮膚不太黑的非裔，此時他問我是不是重要人物？

我當然否認。

他接著說這座豪宅的主人肯定不一般，雖然比佛利山莊到處是大房子，但還沒見過佔地這麼遼闊的，目測起碼有三個足球場大。

有沒有三個足球場大我不清楚，地大倒是不假，光地皮應該就值不少錢。

車子開過近萬平米的生態園林後，停在一棟都鐸風格的英式建築前。

" 32 dollars."司機跟我要32美元。

老天！十幾分鐘的路程也要三十多，坑人呀！

我給了他三張十元及兩張一元的紙鈔，司機老大不高興，問他的小費在哪裏？

小費？坐出租車也得給小費？

那個老黑反問我是不是第一次來洛杉磯？在洛杉磯坐出租車向來給小費。

我半信半疑地給了他一枚上面印有華盛頓總統頭像的金色硬幣，他沈下臉來，連謝都沒說就加速離去，大概還沒遇見過這麼小氣的客人。

"扣、扣、"我輕敲用檜木做成的拱門。

開門的不是上回的小個子，但一樣腰繫白色荷葉邊圍裙。她微笑著說Steven正在餐廳等我，然後走在前面爲我開路。

餐廳在一樓，經過有巨型巴卡拉枝形吊燈的客廳、再繞過令人瞠目結舌的室內高爾夫練習場以及三、四個緊閉的房門後，我看到Steven坐在一個復古型的大理石餐桌前，帝黃金材質的桌面上還帶著自動轉盤。

"妳來了。"他收起《Los Angeles Times》。

"我來過這裏。"我冷冷地說。

他答Elsa很好客，卻没對兩人的關係做出解釋，讓我如鯁在喉。

"想不想看我煮帝王蟹？我的廚藝不錯，在朋友間小有名氣。"

我聳聳肩，答："客隨主便，主人要我看，臣妾豈敢不從？"

他笑了笑，起身走向一牆之隔的廚房。媽呀！這廚房也太棒了，不僅有時新廚櫃、鋼化玻璃面爐灶、壁掛式抽油煙機、雙門大冰箱、骨瓷餐具、擦得雪亮的大小鍋子⋯⋯等，還有一個大到可以打桌球的中島，中島上面放置一個中型泡沫箱。

"爲了等妳，我不得不把螃蟹放進韋廷家的冷凍庫裏。"

"韋廷家？難道這裏不是你家？"

"當然不是，"他又笑了，"Elsa和老公、孩子去法國度假，我借用他們的廚房而已。"

噓～我鬆了一口氣，雖然不確定自己在緊張什麼。

Steven把泡沫箱打開，裏面赫然有一隻灰黑色的龐然大物，尺寸之大的確不是一般冰箱的冷凍室能容得下。

"帝王蟹要長這麼大個兒可要好幾年的功夫，它們是螃蟹中的異類，平時所見的螃蟹都是八條腿，帝王蟹卻只有六條。再者，它們不僅可以'橫行霸道'，還可以'縱行霸道'，素有'蟹中之王'的稱號。"他介紹。

"哎！即使是海霸王，到了人類手裏也只能成爲盤中餐。"我感嘆。

"你說的没錯，人類的確是地球上其他生物的終結者。"

他邊和我對話邊動作麻利地將已解凍的帝王蟹斬成大小適中的塊，再把小米椒切小段，蔥、姜、蒜切片待用，萬事皆備後開大火爆炒一下，一大盤色澤紅潤、鮮香味美的"姜蔥帝王蟹"便上桌了。

"咱們不講究，就用手抓著吃，要啤酒嗎？"他問。

我答來點兒，結果他給了我一瓶最受美國人歡迎的啤酒王Bud Light，口味清淡爽口，配海鮮正好。

酒足飯飽後，他告訴我剛吃掉的蟹，市場價約五百美元。

其實早料到那麼大一隻蟹不可能便宜，但得知價格還是嚇一跳。還他58，000美元已經是我的最大極限，再多就吐不出來了。

他要我別誤會，請客他樂意，58，000美元也没催我還。

"欠債還錢本來就是天經地義的事，請給我銀行賬號，收到款後別忘了歸還Monica的手寫收據，只是……那個因一時腦熱所拍下的巨資娃娃，一時半會兒我還給不了差價。"

“妳……妳怎麼……”

“艾瑪告訴我你買下那個有‘瑕疵’的娃娃，謝謝你的白色謊言及……善心。”

本來我挺生氣他“欺騙”我，但再一想，難不成我要“全款”買下娃娃？他不僅把我的麻煩一肩扛起還顧及到我的顏面，到哪裏找這麼好的人？

“没事，最終我還是得到我想要的東西，這才是重點。”他說。

我問他一向都那麼大方嗎？

“不，我只對妳大方。”

“爲……爲什麼？”我想起了中山美穗。

“因爲……”

此時他的手機音樂響起，是艾瑪的來電，她問電影快開演了，人呢？

掛上手機，Steven 問我看不看《饑餓遊戲 2》？

“不了，我得趕著回去表演，下午三點有一場。”

“那麼我載妳回去，電影院就在Santa Monica Blvd上，離艾曼森話劇院不遠。”

本來想回答遠多了，兩地相距起碼半小時車程，但一想到我是隻身前來，時間又吃緊，乘坐公共交通工具回去肯定趕不上，倘若再坐出租車，我這兩天就別想吃飯了。

“好的，麻煩你了。”我說。

第二十五章／禍從天降

表演讓我重生，我能從角色裏體驗到另一種人生，舞台劇又是反饋最及時的，好與不好，能從與觀衆的互動中立馬得知。我愛極了那種感覺，連突發狀況的産生也讓我有冒險的快感，好比現在，我拿著左輪手槍衝進房內，剛給了白蓮花致命的一槍，緊接著就出狀況，擊錘竟然卡死了。

我不信邪，試了又試，依然扳不動。拳擊手見狀，趕緊抱著中槍的白蓮花呼天搶地：" How can I live without you ？", 然後在觀衆（包括我）的瞠目結舌中跳窗自盡（爲了這一幕，他憑空捏造出一扇窗，而且使盡吃奶的力氣往外跳，一躍躍到帷幕後）。

我甩了槍，立馬喊出亞里士多德的名句："Plato is dear to me, but dearer still is truth."

燈光暗下，帷幕拉起，劇終。

~

回到後台，我馬上檢查左輪手槍，擊錘好好的，又可以扳動了，真是奇怪！

李奧一拐一拐地走過來，問哪裏得罪我了？害他扭傷腳。

"沒得罪我，是個意外。"我答。

他說下次得把床移到邊邊，否則他若跳不遠，還得連翻好幾個跟頭才能滾到簾幕後⋯⋯

"你跟導演說在床頭櫃上放一把武士刀，下次手槍若再出狀況，你就切腹自殺比較快。"

我們正說笑著，冷不防艾瑪大喇喇地走進來，把我們嚇壞了。這是後台，她是怎麼進來的？警衛呢？

沒等我們發問，艾瑪主動交待："我說我是某演員的太太，來接老公回家，門口的老先生就放我進來了。"

"這老頭兒也太好說話了，若進來一個恐怖份子怎麼辦？"我說。

艾瑪反問我看過長得一臉無公害的恐怖份子嗎？

我本來想答壞人的臉上又不會寫上"壞人"二字，但看她一副"來者不善"的姿態，我把嘴巴閉上。

"李奧，我想吃炒飯。"艾瑪突然點名。

李奧看了一眼牆上鐘："十點多了，去鳳城吧！他家營業到凌晨一點，萌萌也一起來。"

我正想答不，艾瑪接話："我不想吃鳳城的炒飯，油膩膩的，我想吃你炒的。"

這個"你"指的當然不會是我。

李奧愣住了，那樣子像是中了頭彩。

"你需要問你的夫婚妻同意不同意嗎？"艾瑪提示。

這個"未婚妻"指的當然是我。

"不，不用，我們現在就走。"

李奧牽起艾瑪的手義無反顧地離開，留我在原地五味雜陳，像吃了什麼大雜滙。

房東一夜未歸，知道她和前男友在一起，我沒往壞裏想，一覺到天明，然後趕著上羅迪歐大道打卡。

"怎麼，男的還是沒買？"看那對男女走了，Monica問。

"沒，男的鬍子都還沒長齊，看穿著也不是什麼富貴人家，女的又專挑貴的看，怎麼可能買？"我答。

在二手奢侈品店做久了，不出一分鐘我就能判斷買賣能不能成交，屢試不爽。

Monica大呼不信，指著金小姐和尹小姐正在服務的客人，問我能不能成交？

金小姐的客人是個手挽鱷魚皮皮包的中年女士，尹小姐的客人則是一個高管模樣的男子。

"金小姐的成交機率在50%以下；尹小姐的就容易多了，幾分鐘能搞定。"

話剛落音，尹小姐就帶著客人過來買單，他買的是一條黑底金色印花的桑蠶絲圍脖，很顯貴氣。

送走客人，老闆娘對我伸出大拇指，說我了得，此時門上銅鈴聲響起。

"那個呢？"Monica問。

我轉過頭去，當下判斷這個一定能成交，然後迎上前去。

"有什麼好建議？"Steven問。

"看你買給誰？男的女的？送禮目的？"我答。

"買給女朋友的，Say sorry."

對照昨晚艾瑪的表現，他們兩人應該吵架了，所以女的向前男友訴苦去。

"那麼別買二手的，艾瑪一眼就能看出，嗯……買香水吧！我們進了新貨，沒開封過。"

"好，聽妳的。"

在我的建議下，Steven買了兩款，分別是CHAM PANGME的果香香水和 BVLGARI OMNIA AMETHYSTE 的紫晶淡香水。

我把它們放進Monica特製的小禮袋裏，然後問："怎麼吵架了？你不像會挑事的人。"

"讓艾瑪看不成電影的確是我的錯。"他答。

還是沒趕上？這麼說我也有錯。

昨天下午爲了省下出租車費，我沒拒絕Steven的好意，加上想當然爾地認定電影有好幾場，錯過這一場，還有下一場，沒想到小倆口還是起齟齬。

"艾瑪認爲我沒把她放在心上，已經從看不看電影升級到愛不愛她的問題上，我想了想，自己的確有錯，說話不算話，難怪她生氣。"

"放心，女人哄一哄就沒事，加上有這麼好的禮物，拿人的手短，我相信很快就會雨過天晴。"

他答但願如此。

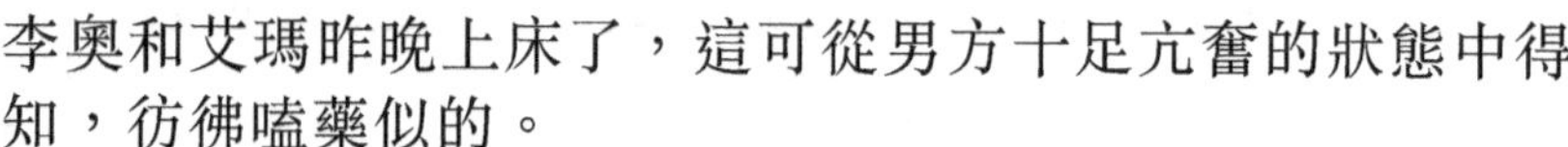

李奧和艾瑪昨晚上床了，這可從男方十足亢奮的狀態中得知，彷彿嗑藥似的。

“要上台了，拜托你調整好自己的情緒，你是渣男，不是大情聖。”我說。

然而他依舊在夢幻裏神遊：“女人都是水做的，所以愛哭，但哭也是有選擇性的哭，絕不會在不喜歡的人面前掉眼淚。昨晚艾瑪梨花帶雨，是男人都會動容，何況我……我是如此愛她，爲她犧牲生命也在所不惜。”

“好了，好了，知道在現實世界裏你是大情聖，但她是有男友的人，你……”

李奧說這就是重點，那個書生根本不懂愛，除了有好的家庭背景外，給不了艾瑪幸福，他很快就能將前女友重新追回。

我問他的底氣從何而來？

“他是Gay，妳不知道？”李奧答。

Steven是同性戀者？我試著回想他的一舉一動，的確，對女性“發乎情止乎禮”，如果這樣就是Gay,未免太過武斷！

回家後，我發現艾瑪還沒睡，桌上有個小禮袋，上面寫著“Monica”。

“喜歡Steven的禮物嗎？”我問。

“嗯！是兩瓶很好聞的香水，妳推薦的？”

我没忘記胸針事件，謊稱自己當時不在店內，是老闆娘告訴我才知道Steven今日上門。放心，店裏的香水全是正品，一手貨，有批號可查……

“好了，我又没懷疑你們賣假貨，只要是Steven的心意就足夠了。”

看艾瑪心情大好，果然禮物送對了。

“你們和好了，我也不用再心懷愧疚，那天若不讓Steven送我就沒後面什麼事了。”

“Steven送妳？”

“對呀！吃完帝王蟹，S……Steven……送……送我一程……”

看艾瑪的臉色漸漸不好，該死！她竟不知情。

“難怪我覺得香水有一股騷味，老遠就能聞到。”

她起身把精美小瓶連同禮袋一起扔進字紙簍裏，再把房門甩上，聲音之大，天搖地動。

五百多美元就這麼扔了？造孽呀！

我還在心疼錢，殊不知更大的災難正等著我……

第二十六章/燙手山芋

第一次和艾瑪見面，我就發現她是個豪爽的女人，不拖泥帶水，表現在情感上也是敢愛敢恨、劍及履及，所以當看見衣服上裂開一個小口了時，她選擇立馬扔掉（而不是找來針線縫補），也就不難理解了。

"有人預約了妳的房間，後天搬進來。"我剛把腳伸進高跟鞋裏，艾瑪在我背後說。

"那我住哪裏？"我轉頭，一臉懵相。

"妳......有很多選擇呀！華爾道夫還是半島酒店都不錯。若住不慣酒店，羅迪歐大道附近也有很多高檔公寓出租。"

我總算聽明白，自己被掃地出門了。

"好，我會盡速搬走。"我沈下臉來。

"房費6120刀，加上清潔費20刀，總共6140刀，我幫妳抹去零頭，妳給我6000刀即可。"

我答不必，一分錢都不會短少她。

“很好，妳可以付現也可以選擇支付寶支付，看妳方便。”她說。

我悶悶不樂一整天，連Monica都看出來了。

“怎麼了？昨天還活蹦亂跳的，今天卻像林黛玉似的。”

“没什麼，花死了，我得葬花。”

“還說没什麼，哪朵花死了？工作花還是情感花？”

聽Monica這麼一問，我噗嗤一笑，回答都不是，而是被房東趕出來，現在連落腳地都没有。

“我還以爲是什麼大事呢！在找到租處前，妳可以搬過來和我一起住。”

“真的？”我喜出望外，“太好了，妳真是我的貴人！”

Monica要我別高興得太早，所謂“救急不救窮”，讓我短住幾天没問題，久了就不妙，容易有嫌隙。

“知道了，我會盡快找房子。”

没想到剛解決了一個棘手問題，另外一個麻煩又上身。

謝完幕回到後台，李奧在我身邊鬼鬼祟祟的，我問他是否有事？他答請我吃宵夜。

“不了，我累了，想早點兒回去休息。”

“那個……那個……”

“你是不是有話要說？趕緊地，我真的累了。”

然後另一個惡耗傳來，李奧說他急需用錢，能不能……能不能歸還那筆58,000美元的借款。

"是艾瑪要的？"我喉嚨發乾地問。

" 不是，她說好久没度假，很想到迪拜旅遊。妳也知道前陣子我花錢如流水，一時半會兒還真没有，如果……方便的話……能不能……"

我答没問題，問他接受支付寶支付嗎？

哈！綁定支付寶的銀行卡裏只有幾千元人民幣，爲了收工資而開的富國銀行卡裏雖然有四、五千美元，但給不了房費更還不了債務，虧我還一副老神在在的模樣，我都快被自己給愁死了。

隔天一早，艾瑪問我租處找到了没？我答找到了，是西木區的penthouse,能俯瞰整個加州大學洛杉磯分校。

我那即將成爲過去式的房東有些欲言又止，但還是把話吞下肚。

" 放心，新的住處大到能開派對，我還巴不得早點兒搬。"我説。

話可以說得很滿，但我的心卻是空的。果然口袋裏没錢，人會像離岸的水母，馬上成了乾癟的塑料袋。

想到明天就得付6140刀，我思忖著該不該去申請小額貸款？

我問MONICA明天能搬過去嗎？她答可以，我乘勝追擊，問能否預支下個月的薪水？最好是現金，馬上要。

Monica的眼光很快從電腦屏幕移開落在我身上，她表情嚴肅地說："生活教會我凡錢的事都是大事，其他是小事。妳一時没地方睡覺，上我家擠擠可以，但別想向我借錢，很多糾紛都是因錢而起，最後連朋友都做不了，反倒成了仇人。"

我抿了抿嘴答知道了，是我欠考慮，對不起。

中午吃飯時間我衝向富國銀行，只因金小姐說用信用卡借款最快，幾千美元不成問題。我心想自己在富國銀行開戶，是老顧客，肯定行，沒想到板上釘釘的事也會出狀況。

" You can receive your credit card after 3 weeks."櫃台行員說三個星期後我會收到信用卡。

" No.No.No. I need it now."我趕緊表明自己現在就要。

那個年輕女孩給我一個莫可奈何的表情。

我垂頭喪氣地走出銀行，不巧撞上一個人。

" Hay, watch out."那男人要我小心點兒。

我擡起頭來，看到Monica的老相好—Peter.

"我道是誰呢！原來是小虎牙，家裏的三個小孩還好嗎？"

我瞪了他一眼，轉身想走。

"等等，上次……是騙我的吧？妳沒生過孩子，對嗎？"

"騙你幹嘛？今天上銀行就是爲了借錢買奶粉。"

"是不是銀行不肯借？要多少？我有。"

"何必對殘花敗柳的人nice?"

他解釋上回氣昏頭了，等冷靜下來才發現自己上當。一般來說，生過孩子的女人，骨盆和臀部會比較大，胸部也會下垂，不像我，還是水蜜桃一個……

"原來你還身兼婦産科醫生，失敬失敬！"我揶揄他。

誰知他忽然俯身在我耳邊低語：“妳還是處女，對吧？”

我用力推開他：“滾！你這個老不修。”

“五萬美元，一口價。”他說。

我煩躁了一下午，見誰都沒給好臉色，讓好幾單從我手上溜走。

“萌萌，到廚房說話。”老闆娘下令。

所謂的廚房不過是茶水間，了不起有個微波爐，連蛋都煎不了，因爲沒有爐灶及抽油煙機。

“聽著，別把妳的壞情緒帶到我的店裏來，妳的債務是妳的，跟別人無關，想在我這裏做就得帶上妳的笑容和好心情，否則請盡早離開，我不是非用妳不可。”

我馬上低頭認錯，保證不再犯。

Monica看了一眼牆上鐘：“還有一個小時下班，這樣吧！我讓妳提早走，去喝杯咖啡舒緩心情，免得晚上上台又出差錯。”

儘管我一再表示不需要，她還是跟我Say Goodbye, 大概害怕我再趕走客人。

走出店鋪，下午三點多，陽光正好，我不知該何去何從？

“小虎牙，妳在找我嗎？”

我沒想到Peter的車就停在店外。

“你怎麼在這裏？”我問。

“中午遇見妳之後一直想妳，班都上不了，只好到這裏等妳。”

我又讓他滾，他要我別逞強了，如果事情不緊急，我也不會一副天要塌下來的模樣……

他接著把副駕駛座的門打開：“要不了兩個鐘，妳馬上就能丟掉手上的燙手山芋。”

“我不……”

Peter已經先行上車。

第二十七章／搬家

債務追著我跑，左肩是艾瑪的房費6140刀，右肩是58，000刀，總共64，140刀，我被這個數字壓得喘不過氣來，如果⋯⋯如果只是忍耐不到兩個鐘頭的時間就能讓我卸下重擔，我要不要⋯⋯是不是⋯⋯

"叭⋯⋯叭叭⋯⋯叭叭叭⋯⋯"

在美國按喇叭被視爲不禮貌（某些地段甚至屬於非法行爲），只有在緊急情況下才允許按喇叭，想來Peter大概等不及了。

我伸手剛觸及副駕駛座的車門，馬上被一隻孔而有力的手抓住。

"妳又想上哪兒去？家裏的三個小孩哭著找媽媽。"

没想到我的"老公"又出現了。

"喂！"Peter下車，很氣急敗壞地走向Steven，"別再做戲了，這次我可不傻，你再從中作梗，小心吃我拳頭。"

"我剛從Monica那裏拿到監控硬盤，只要利用'視頻偵查作戰系統VICS'內的丟失視頻提取功能，就能將文件進行重組，達到還原的目的，現在你還動拳頭嗎？"

"什……什麼意思？"Peter的臉霎時慘白。

"意思是很快就能知道是誰偷走你的鴿血紅寶石男戒，是不是很神奇？"

Peter馬上轉向我，語帶威脅地要我別忘了自己是黑工，被抓到後直接遣返，五年內不准入境美國。

Steven 馬上接話："別忘了不是只有黑工受罰，雇主同樣也得罰款，甚至坐牢。"

"呵呵！不關我事，是Monica要倒大霉。"

孰料Steven說Peter是實際出資人，Monica不過是個打工仔，擒賊當然先擒王……

那個"老頑童"開始不淡定了，暴跳如雷地表示要回店裏責問Monica爲什麼把監控硬盤交給不相干的人。

" Go ahead. 只怕你再回到這裏時，我和萌萌已經帶著硬盤消失了。"

此時Peter才灰頭土臉地問Steven到底想怎樣？

" 把 58,000 美元歸還給我身邊這個傻女孩，並且永不再打擾她。"

Peter想了想，回答"一手交錢一手交貨"。

就在Steven的監督下，我當場發了銀行的個人信息給Peter, 他收到後，神情很不悅地走了。

"怎麼回事？"我問。

"監守自盜。"他答。

我又問他怎麼知道整件事的來龍去脈？

"一切只是猜測而已，我沒有硬盤，什麼都沒有，是做賊者心虛，主動入甕。"

聽他這麼一說，我驚訝到不行，原來真正的演員在此！

"你真讓人出乎意料。"

"妳才真讓人出乎意料，如果我不及時出現，妳是不是就上車了？"

被人瞧見了秘密，我尷尬死了！

"兜兜風，沒什麼。"我懦懦地答。

"兜兜風沒什麼，哈！我記住了。"

他取笑我，我卻一點兒也不以爲忤，反而心生感激。

沒有了兩肩的重擔，我立馬走路有風。

隔天，我把6140刀當面交給房東。

"我還以爲肉包子打狗了呢！"艾瑪收下錢，"萌萌，妳該不會以爲我是小氣之人吧？！如果不是踩了我的底線，我斷不會趕盡殺絕。"

我問踩了她什麼底線？

艾瑪欲言又止，最後還是以一句"妳上班要遲到了"帶過。

我拉著兩件行李出門，預定的Uber車已在外面等候（這次我學乖了，不再使用價貴的出租車）。

你一定很好奇我是怎麼籌到房租6140美元？

預支薪水在Monica那裏受挫後，我轉向光頭男，他很豪爽地答應下來，並且親自陪我到ATM機取款，因爲財務那裏得等到天長地久。

我感動得無以復加，没想到導演面惡心善，對待我這個小演員如此之好，他日若有機會必湧泉相報。

" Don't mention it. I 've been in a similar situation myself."他説。

哎！也只有可憐人才會心疼可憐人，我永遠不會忘記這雪中送炭的情誼。

因爲從奢侈品店下班後我還得趕著上台表演，所以計劃是：Monica將我的行李拉走，戲演完後，我跟著導演回家。

" 醜話先講在前面，因爲妳第一次上我家，所以我允許'燈泡'帶路，以後可不許單獨坐他的車，很多感情都是在車內談出來的。"她説。

啊？老闆娘竟然以爲我會對光頭男感興趣，真是太瞧得起我了。

" 是是是，以後即使是刮大風下大雨，我也絕不讓導演送。"

Monica對我的回答很滿意，還說今晚煮宵夜請我吃。

因爲從比佛利山莊向西行，沿著威雪爾達或聖塔莫尼卡大道便可直達Monica位於西木區的家。這是一個有著很多戲院、書店以及服裝店的大學城（加州大學洛杉磯分校在此），到處生機勃勃，不論日夜都可以見到穿梭的人群。

我們進屋時，濃烈的麵包香撲鼻而來。

光頭男給了Monica一個吻後快速回房去，我走進開放式廚房，問屋主可需要幫忙？

" 不需要，妳洗個手過來吃宵夜吧！"她答。

此時流理台上除了剛從麵包機出爐的吐司外，就只有一盒黃油。我問她烤串、湯麵、雞蛋捲哪裏去了？

"没辦法，我老公就喜歡吃黃油吐司當宵夜。"

乖乖，"老公"都喊出口了，我這個"借住者"還有什麼話好說？

"謝了，加了黃油的麵包是女演員的天敵，我不吃了，還是早早洗洗睡。"

Monica說我的房間在樓上，左手邊第一間。

我才注意到這個penthouse竟然還是複式的，也好，上下樓隔開，保持一定的隱密性。

"萌萌，"我才上到第一個階梯，屋主就喚住我，"還是那句話—醜話講在前面，妳住我家，我不收妳房費，但家裏的清潔工作還是得分擔做，否則我會誤以爲自己是個老媽子。"

"没問題，我樂意做。再說了，現在到哪裏找像妳這樣豔光四射的老媽子？"

一句話把Monica的毛給撫順了，她提醒我入睡前記得拉上窗簾，否則明日的太陽準五點鐘會叫醒我。

我給了她一個甜甜的笑容後，轉身上樓。

第二十八章/颱風眼

兩天後，我的富國銀行賬戶收到一筆58，000美元的滙款，我馬上轉滙給李奧，並且迅速將好消息告訴Steven.

"太好了，恭喜！"他說。

"哎！要不是你，我現在還處於水深火熱之中。這樣吧！週末我請你吃大餐。"

打電話前我就已經想好去"紅龍蝦餐廳"，這是一家主推龍蝦的海鮮連鎖店，味美量大，點套餐還送餐包和沙拉，估計一張藍票子就能解決民生問題。

"不了，這週末我有事，改天再讓妳請。"他答。

拍攝電影可以隨時喊停重拍，話劇不一樣，一旦登場就是全程現場直播，對演員的台詞功底、舞台應變能力都是考驗。倘若有演員因故缺席，那是很要命的，因爲後補者未必能達到要求，所以當我六點抵達艾曼森話劇院的後台，被導演告知今晚拳擊手換人時，立馬衝口而出："Why?"

原來李奧吃壞肚子，現在正在醫院吊點滴。

我很想馬上打個電話問明白，但光頭男要我趕緊跟後補演員對戲，看著那個一臉青澀模樣的新進演員，我的心裏很忐忑，待會兒上台可別出紕漏呀！

果然怕什麼來什麼，他應該將我攔腰一抱，再奉上溫潤熾熱的唇，可是……

新演員太緊張了，用力過猛的結果讓我的身體呈45度傾斜，而他的臂力沒那麼大，可想而知，我就這麼硬生生地跌落在舞台上。

我愣了兩秒鐘立馬爬起，直接賞給那隻菜鳥一記響亮的耳光，並且趕在他做出任何反應前化被動為主動，張嘴就給他粗魯之吻……

這幕結束回到後台，菜鳥怯生生地走到我面前say sorry,我安慰他，說他的表現已經很好了，假以時日必是萬丈光芒的明星。他這才鬆了口氣，轉身喝咖啡去。

沒多久，導演走到我身邊，坦言新演員讓他失望。

我答每個人都有第一次，看得出來菜鳥已經很努力了，還好只是一晚，影響不大。

事實證明影響可大了，因為接下來的五場竟然場場讓新人出席，我是次次惶恐不安，怕他又做出什麼令人膽戰心驚的舉動。

由於聯繫不上李奧，整個劇組因他的惡意缺席而炸開，有人甚至提議報警，就在我們亂成一團之際，那個不負責任的人出現了，帶著一隻傷眼。

" Jesus, what's going on ？"白蓮花首先發難。

李奧解釋洗廁所時不慎被潔廁液噴到，經過多天的靜養後已無大礙……（我不知別人是怎麼想的，反正我是不信。）

導演問他成了獨眼龍要如何上台？

他答那豈不是更好？能把渣男的流氓樣表現得更加淋漓盡致。

光頭男搖搖頭又嘆了口氣，大概也没別的選擇，因爲新進演員的表現實在不如預期。

終場後，我問李奧迪拜好玩嗎？

他環顧四周，壓低聲音：“妳怎麼知道我去了迪拜？”

我怎麼知道？那肯定是，誰受傷歸來後還一副像被神仙妙水洗滌過了一樣？他也應該收斂收斂，這裏的人估計没幾個信他的鬼話，只是拉不下臉來，索性將錯就錯罷了。

“這是不是意味著明天我就能將紗布取下？”他問。

我啐了他幾句，轉身離去。

爲了不惹“房東”生氣，我主動接下所有的清潔工作，把上下樓都打掃得一塵不染、乾乾淨淨，連Monica都讚美我比鐘點工給力，哪天若吃不了演員飯，還能上比佛利山莊應聘女傭。

“女傭？”我揚起聲，“太小看我了。”

“妳可別瞧不起這份下人的工作，薪水不比高級白領低。”

“算了吧！若真淪落至此，我就隨便找個人嫁，在自己的家當女傭還理直氣壯些。”

Monica說我稚嫩，這世界只有毛爺爺最實誠，其他都是過眼雲煙……

哎！說的也是，如果我有錢，就不用寄人籬下、仰人鼻息了。

～

“呵……呵呵……呃……嗯……碰碰碰……”

雖然我住在樓上，但樓下妖精打架的聲音還是穿牆而入。我把耳塞塞進耳朵，再把毯子拉高，希望能阻斷那些歡樂的笑聲。

可惜“安靜”沒多久，那兩人就衝出房外大玩追逐遊戲。Monica也不知是不是故意的，一溜煙跑上樓來，一個房間一個房間地躲藏。光頭男也是眼瞎，一路喊著：“Where are you?”, 把我僅存的少數幾隻瞌睡蟲全給趕跑了。

“I'm here.”我憤而嘶吼著。

萬萬沒想到光頭男竟然尋聲而來，不僅開了門，還在我沒搞清楚東南西北的狀態下，趴在我身上猛親。

“What are you doing?”Monica很快現身，責問這是怎麼回事？

這個You不是別人，指的正是我，因爲經過方才的“你來我往”，此刻的“始作俑者”竟然像沒電似的，一動也不動。

“我……導演喝醉了。”我慌忙將那個男人推開，他像自由落體般跌到床底下。

“妳的門爲什麼不上鎖？”她接著問。

剛搬進來時，我也想過將房間上鎖，但又怕屋主多心，畢竟我是白住的客人，把門鎖上好似不信任她。

“我……忘了。”

“忘了？妳最好忘了，否則……”

正因爲Monica話說到一半，讓我下半夜徹底失眠。

“否則什麼？難不成我不鎖門就是爲了光頭男能臨幸我？”我憤恨地想著。

~

隔天早餐桌上一切正常，但我總覺得這是處在颱風眼中的假象，分分鐘會奪人性命。

"萌萌，今天我有別的事要忙,不去店裏了，妳坐燈泡的車走，他也正好要到羅迪歐大道附近辦事。"

我趕緊推辭，没忘了她曾經耳提面命不許我單獨坐導演的車，因爲很多感情都是在車上談出來的。

"我說坐他車就坐他車，明明順路何必趕公交？再說現在時間也晚了，妳不去開門，難道讓金小姐和尹小姐乾領薪水？"

話都說到這個份上，再推辭就是找罪受。奇怪的是光頭男從頭至尾未發一語，反倒像"逆來順受"的人是他不是我。

~

" Do you like Monica?"車子一駛離巷子，導演就問我喜不喜歡老闆娘。

這真讓人爲難，說討厭未必，但離喜歡也還有一段距離......

見我猶豫，導演像開了閘的洪水，開始細數Monica的種種罪狀：強勢、多疑、唯利是圖、性慾像脫繮野馬、身上有去不掉的狐臭味......

我張口結舌，不知說什麼好。

" Have you seen an Pit Bull Terrier wearing a skirt?"他問我有没有看過穿裙子的比特犬？

我Pardon 了兩次才明白光頭男的意思，原來他暗喻Monica是隻披上羊皮的狼，外表淑女，內心卻凶殘無比。

" Well, it depends ......"雖然我不見得喜歡雇主，但她曾在我困難時拉了我一把，我不得不開口護主。

大概話也講了，氣也發了，導演終於恢復理智，同意Monica沒那麼糟糕，否則他也不可能和她同居那麼久。

我馬上敲邊鼓說Monica的確沒那麼糟糕，若不是他昨晚喝醉跑進我房裏，她也不致於打翻醋罈子⋯⋯

導演聽完很吃驚的樣子，難不成他忘記曾糊了我一臉的口水？

"It looks like I need to apologize."他說看樣子他得道歉。

我點頭如搗蒜。

"Sorry."他很誠心地向我致歉。

我提醒他別忘了還有Monica。

"Of course."他答。

第二十九章/何去何從

我到店裏不到兩小時，Monica也跟著進門，一臉寒霜。

"萌萌，給我泡杯咖啡。"她粗聲粗氣地命令著。

老闆娘偶爾也會讓我們幫她泡咖啡，但都是輕聲細語地帶笑說，像這樣對人指來喝去還是頭一回。

想到也許她在外面受了氣，難免把氣發在不相干的人身上。爲了不被颱風尾巴掃到，我默默把事做了。

"萌萌，"她端起杯子喝了一口，"浴室的下水道又堵了，全是妳的頭髮。"

我噢了一聲答知道了。

Monica的主臥室帶衛浴，她指的肯定是樓上的客用洗澡間。昨晚我洗澡時還好好的，怎麼今天就堵上了？還用了"又"字。

我還在"大惑不解"，雇主突然宣佈最近是淡季，店裏有老員工在即可，人太多，轉不開身……

花了我好幾秒鐘的時間才搞明白自己被Fired掉。

哎！這世界老闆說了算，我沒得選，但⋯⋯她趕人的藉口也太奇怪了。

萬聖節即將來臨，對於美國人而言，這是個狂歡的時刻，人潮即是錢潮，我們的店也會跟著熱鬧起來，何來"淡季"之說？

"那好，明天我就不來了，正好趁這個空檔看看哪裏有房出租，老住在妳家，我也怪不好意思的。"我賭氣說。

"也對，有狐臭味的女人還是敬而遠之好。"

有狐臭味？這是什麼意思？難不成導演把車上的對話轉述給Monica聽？⋯⋯不對，話是導演說的，怎麼我成了替罪羊？

我還想說什麼，但老闆娘接了個電話走出店外，再回來時已錯過澄清的最佳時機，我選擇把委屈吞下肚。

"萌萌，這麼早就收工了？"櫃台後Monica的姐姐說。

"還沒收工，過了今天又得找兼職了。"我唉聲嘆氣。

"別難過，機會總會有的。"說完，她遞給我一個臘汁肉夾饃。

我邊吃邊閱讀桌上的華文報，雖然上面有油漬及醬油印子，但我還是不放過任何的租房信息。很明顯，Monica那裏是住不下去了，我還是自覺點兒，早早腳底抹油爲宜。

"Sabina，別走，給妳一個Chinese Burger。"

"Thanks, anti."

聽到"Sabina"這個名字，又聽到熟悉的童音，我轉過頭去，天哪！那不是"賣火柴的小女孩"嗎？只是這次沒那麼凄慘，腳上有鞋穿（雖然是拖鞋），衣服也有了色彩（不再灰撲撲）。

怕她發現我，我趕緊回過頭去，還將長髮抓來遮住半張臉。

"可憐呦！單身家庭出身，和生病的母親住在救濟院裏，到現在還沒有身份，連學都上不了。"Molly 向店裏的中國客人介紹那孩子的身世。

我聽了心中竊笑，他們若知道Sabina住在有三個足球場大的山上豪宅裏，不知作何感想？

吃飽喝足後，我問老闆娘能否把手上的報紙帶走？她很豪爽地答可以，反正報紙是免費的，要多少有多少，我也可以上華人超市取。

我沒時間上超市，因爲還得趕著回店裏上最後的半天班。

下完戲，我被導演叫住，他說順路載我回家。

" No, I don't think Monica will be happy."我立馬回絕。

沒想到光頭男答正是Monica下的聖旨，那女人還說今晚若讓我獨自回家，他也別想進門。

不知怎的，我惴惴不安，這該不會是個陷阱吧？！

導演要我別擔心，他會站在我這邊。

Well, 這才是我要擔心的，他若站我這邊，我不被老闆娘大卸八塊才怪！

在車上，我問光頭男是否把今早我和他在車內的談話轉告給Monica?

" No, of course not."那男人否認，甚至對我的提問感到莫名其妙。

於是我把Monica白天說過的話複述一遍，他也覺得可疑，不過把它歸爲更年期前的歇斯底里症狀。

我笑說老闆娘没那麼老，這反而打開導演的發洩口，他喋喋不休地抱怨那女人是他媽，什麼都想管，心情好時没事，樂得有人照顧；心情不好時，還真想拿縫衣針將她的嘴巴縫上……

"HaHa."我乾笑兩聲，算是回應那個抑鬱男人的幽默。

再也没有比這個更令人難受的了。

Monica難得煮了炒麵，我滿心歡喜地坐下來享用，没想到一張嘴就悲劇了，麵條没煮熟，硬梆梆的；豆芽菜發黃，讓人誤以爲是菜場撿來的；豬肉是腥的，還帶血水（任何人都知道吃了没煮熟的豬肉容易感染寄生蟲）。

我客氣地把盤子往前一推，說自己忘了正處減肥期，不吃了，請他們慢用。

上到二樓，我往下探去，那"兩夫妻"一副山雨欲來之勢，我突然有"背叛盟友、自行逃脱"的罪惡感。

果然不到十分鐘，樓下就開打，鍋碗瓢盆齊飛。

通過"唇槍舌戰"，我終於搞清楚導演的車被Monica裝上竊聽器，當那個不明究裏的男人正"大鳴大放"時，全被Monica遠程監聽到。

光頭男知道事情真相後暴跳如雷，他大罵Monica是間諜，什麼偷雞摸狗的事也幹得出來；Monica則說還好竊聽了，否則哪天被人用縫衣針縫上嘴巴都不自知……

我捂住雙耳，希望黑夜趕緊過去，這樣的爭吵讓我作噁、讓我頭疼、讓我煩躁不安。

天還沒亮我就拉上行李箱步出Monica的家門，原以爲蜜月期會比這個長一些，没想到住不到兩個星期就徹底鬧翻。

"我該上哪兒去？"面對朦朧的天色，我没有答案。

第三十章/處心積慮

我拉著行李箱跳上BBB7公交，它沿著聖塔莫尼卡大道往東行。由於很多人在Ocean and Santa Monica 這一站下，我也跟著下，而之所以又跳上紅色的Metro 4路,那也是命運的安排，因爲見它剛好停了下來……

Well, 你也看出我就是一隻無頭蒼蠅，根本不知要往何處去，所以當有人在Crescent 站拉扯黃色繩子，提醒司機停車時，我也跟著下。沒別的理由，只因兜兜轉轉，我又看到Mr.Mo Chinese Burger 的招牌，想想還是先吃個肉夾饃當早餐，再開始我的"找房之旅"吧！

"萌萌，這麼早就……就搬家了？"櫃台後的Molly問。

"是的，人在屋檐下。"我唉聲嘆氣。

"別難過，住的地總會有的。"說完，她遞給我一個臘汁肉夾饃。

走一趟"老莫的中國漢堡店"其實收獲頗豐，因爲就在吃一個肉夾饃的時間裏，老闆娘及食客紛紛給了我不少小道消息，包括哪個商場在打折、哪家餐廳在促銷，還有還有，羅迪歐第二大道的Gucci名店正在招店員，提供住宿。

"萌萌，如果真能這樣就好了，一石二鳥，工作和住宿一次搞定。"Molly興奮地說。

由於我已有一份全職工（週六和週日基本無望），我不認爲Gucci會雇用週末無法上班的員工，但爲了不拂他們的美意，我答自己待會兒就過去瞧瞧。

Molly 很體貼，她允許我把行李箱擱在店裏。

羅迪歐第一大道是世界聞名的名店聚集區，很短的一條路，走走最多1o分鐘，都是一些非常精緻又看起來昂貴的店面，這裏的名言是：**買東西不要問價錢，問了就表示買不起**。

近年來又開張了羅迪歐第二大道，和第一大道的奢華不遑多讓，有手雕大理石、黃銅大門、擎天的拱柱、音樂噴泉……等，氣派輝煌，宛如美術館。

不管是第一大道還是第二大道，我通通買不起，若不是爲了找工作，斷不會在此停留。

由於離開始營業的時間尚早，我便覷了個空先去參觀一下附近的市集。

國外的市集不外手工藝品的銷售，時間多半安排在週末，今天是週五，一大早竟然也有市集，倒叫人詫異。等我發現好幾處都在售賣南瓜及手工製作的糖果時，這才恍然大悟，原來明天是萬聖節，所以市集提早開張了。

我已經過了"裝神弄鬼"的年紀，南瓜除了吃之外，我想不起別的，但"閻王易見，小鬼難纏"，我要不要買包糖果以防Trick or Treat(不給糖就搗蛋)呢？

“真是的，今晚都不知睡哪裏，我反倒擔心起孩童會不會敲門討要糖果？”我搖搖頭，對自己的“傻氣”感覺不可思議。

此時，一隻小手輕輕拉我的衣角，問：“ Do you want to buy some matches？Madam.”

老天！這不是富家女Sabina嗎？怎麼又出現了？簡直陰魂不散！

“ No, thanks.”我答不，同時腳底抹油，期望她沒認出我來。

“ You promised me to look after me forever.”她衝著我的背影喊，口氣很是委屈。

呃！我的確說過要永遠照顧她，但任何人都聽得出來這是白色謊言，誰能跟隨某人一輩子？就算是親生父母也未必做到。

“ Sabina,”我蹲下身去，剛好和她等高，“ 我也想照顧妳，但怎麼辦？口袋裏没錢，連住的地方也沒有，我照顧自己都有困難，何況照顧別人？”

之所以說普通話也是爲了讓她“知難而退”，間接告訴她我的英語不太行，她得時時刻刻用我的語言溝通。

“ 妳要多少錢？我有；没住的地方也好辦，我家有好多好多房間，妳想住哪間就住哪間。”

呵！果然是名媛的口吻，而且這普通話說得也太溜了，跟北京孩子無異。

我站起身來，冷酷地表示這可不是她說了算，二十分鐘後我有個 interview, 如果面試結束她還在這裏，我就請她吃中國漢堡。

本以爲這是絕佳的拖延戰術，没想到……

“ Mummy, don't dump me again. I will be a good girl. I promise.”

那孩子戲精上身，用力抱住我，哭喊著要我這個當媽的別再次扔下她，她保證當個好女孩。

我的老天！真叫人百口莫辯。此時我若真棄她而去，左前方的刺青男肯定不放過我，看那雙"虎視眈眈"的眼睛就知道。

"好了，適可而止吧！我帶妳回家。"我不得不舉白旗投降。

如果說好萊塢是洛杉磯的王冠，那麼比佛利山莊就是這王冠上的明珠；如果比佛利山莊是明珠，那麼Sabina的家無疑是其中最大的一顆。

還是那扇"似曾相識"的歐式鐵藝電動門，上面有兩隻四腳獸的金色Logo，門衛依舊没認出我來。

" This is my new nanny."Sabina介紹我是新保姆。

那門衛一臉無奈地問她是怎麼偷溜出去的？他已經克盡職責，她還是有辦法開溜，女主人已經對他表達強烈的不滿，拜托別再給他添麻煩……

Sabina 笑 眯 眯 地 答 應 不 再 犯 ， 因 爲 她 已 經 找 到 她 的 "守護天使"。

她用"Guardian Angel"形容我，讓我很動容。

" All right. Please come in, my little master and guardian angel."門衛很快開啓電動門讓"小主人"和"守護天使"進入。

光從入口處走到建築物主體就花了我近15分鐘。

"如果我想減肥，就上妳家哈！"我對那個小女孩說。

" 妳 怎 麼 知 道 我 家 有 健 身 房 ？ 今 天 我 出 門 時 ， 我 媽 還在上課。"

哈！好極了，連健身房都有，這個家就是個小型社區，可以做到"足不出戶"……

Sabina問我什麼是"豬不吃虎"？

我正要解釋，小個子女傭突然跑向我們，拉拉雜雜說了一長串英語，大意是今天小主人又不見了，Elsa一生氣，辭了西班牙裔保姆，那女人走時哭哭啼啼的……

" Never mind. I got a new nanny. "

Sabina對照顧她的人如此冷漠，倒叫我心寒，難保自己不會落入失寵名單內，心想還是對這個"人小鬼大"的孩子保持距離爲佳。

" 小……助理，妳怎麼在這裏？"我們一踏入玄關就和Elsa打上照面。

我支支吾吾半天，還是沒講到重點，Sabina遂把話筒搶去："我在bazaar找到她，她說没錢，又說没住的地方，我就把她帶回來了。"

Well,這跟實際有很大的出入，要不要說一說我是如何"處心積慮"想擺脫這個女孩而不可得？然而女主人根本聽不進去。

" 今 天 Felicia 才 被 我 辭 退 ， 妳 想 來 就 來 吧 ！ 別再'處心積慮'了。"

什麼？怎能這樣顛倒是非？事情根本不是那麼回事！

我還没大義凜然地開始"澄清"，就被女主人給"封口"了。

" 一周一千刀，月休兩天，包食宿。"她說。

" 我……工作日晚八點到十點，週末的下午及晚上各有一場演出。"

Elsa 問 Sabina 接受不？見後者點頭，她答既然這樣， 她也没問題。

"hum......hum......"事情來得太順遂，一時真不知該說什麼好。

"妳有話快講，我馬上得飛華盛頓和美國第一女兒伊萬卡喝下午茶。"她邊說邊將腳伸進紅色高跟鞋。

比佛利山莊離首都華盛頓少說也有三千多公里，現在已是早上十點多，兩人約了吃晚餐還差不多，喝下午茶恐怕趕不上......

說時遲那時快，嗡嗡嗡的聲音由遠及近。

"小助理，Sabina今天下午有芭蕾舞課，晚上有鋼琴課，課程表跟管家拿，別再讓她跑了。"

說完，貴婦人快步走向綠油油的草坪，腳一跨，上了等候在那裏的橙色直升機。

第三十一章/UNCLE

"萌萌，面試結果如何？"櫃台後一個胖墩墩的中國婦人問。

"不錯，通過了。"我答，依舊渾渾噩噩。

"太好了，機會總會有的。"說完，她遞給我一個臘汁肉夾饃。

Molly不知道我没上Gucci面試，還絮絮叨叨地叮囑我就職後要注意穿著，那種店最會"看衣服辦事"，自己得先喬裝成有錢人，才能跟有錢人談得上話……

"知道了，我會的。"我給了她三美元，然後坐到角落狼吞虎嚥起來。

Sabina的芭蕾舞課排在下午三點，我得趕緊吃完午餐，再拿走寄放在這裏的行李箱，然後風塵僕僕地帶著小主人趕到Brighton Way和N Canon Drive交叉口的舞蹈工作室。它處在高檔餐廳、咖啡館、美容院、美髮沙龍、女裝店、女性內衣店、美甲店之中，大概母親把孩子交給舞蹈老師後，轉身就鑽進這些店內，正事、娛樂兩不誤。

～

我替小主人穿好芭蕾舞裙、連襪褲、軟底鞋，再用鋼絲U型卡、髮網、皮筋紮出一個丸子頭，等一切就緒，管家祝迪適時來敲門。

“ The driver's already waiting for you outside, understood?”她說。

我答知道了，並且迅速帶孩子出門。

這個據說擁有工商管理碩士學位的港女，屈尊降貴到韋廷家當管家，一時風頭無兩，把自己當成御前紅人，對於其他員工（尤其新進的我）更是趾高氣揚，一口一個understood, 把我當成百年前來美國開荒的華奴，英語一句不會。

猶記當我把行李箱帶進門，祝迪拋給我的第一個understood是指定我的房間在走道盡頭右側的那一間。

接下來的兩個小時，她又給我下了十幾道御令，每道御令的後面都加上一句 understood, 可見她對我的英語能力有多懷疑。

“ Do you have any questions?”她像很多開完工作會議的領導, 交待完畢後問我有沒有問題要發問？

我答Yes, 緊接著問她是否也在"下人"餐廳用餐？還有，跟女主人滙報時說英語不？（有此疑問是因爲Elsa的英語水平一般，用的詞語都很簡單，還夾帶很重的口音。）

祝迪首先表明自己的女管家身份，還說缺了她，韋廷家全亂套了。換言之，像她如此這般重要的人，當然是和主人用同一張桌子吃飯，只是時間安排在後，這也無妨，反正生理時鐘可以調整，至於語言問題……和男主人講話當然得用英語，他是德裔美國人，除非我會說德語；和女主人講話則用普通話，因爲Elsa認爲講家鄉話更自在些。

我心裏犯嘀咕，原來祝迪會講普通話（否則她如何與女主人溝通？），面對我卻非得用英語不可，還時不時問我聽懂了沒？真不嫌累。

不過有一點倒提醒我，男主人是德裔，代表他原是高頭大馬的歐羅巴北歐人種（多金髮碧眼），反觀Sabina，卻是十足的亞洲臉孔，根據遺傳學，再怎麼基因突變也應該有"混血兒"的模樣才是。

別看祝迪學歷高，又是一副咄咄逼人的姿態，八卦起來一點兒也不輸胡同裏的大媽，而且興奮非常，以致忘了使用她引以爲傲的英語。

" 這妳就不知道了，William 和 Elsa 都是二婚，不同的是William 的前任把孩子帶走，Elsa則擁有Sabina的監護權，每個月固定從前夫那裏拿到不菲的撫養費，understood?"

原來如此，William 的心好大，能接受與自己毫無血緣關係的孩子。

祝迪笑說我out了，這在洋人世界裏根本不算什麼，大概他們都沒有爲子女"鞠躬盡瘁，死而後已"的偉大情操，一旦孩子滿18歲就早早踢他們出門自立，既然"忍耐"是有期限的，樂得睜一隻眼閉一隻眼，況且William 還滿喜歡Sabina，這孩子很會諂媚，是牆頭草……

我早知道Sabina是個鬼馬小精靈，但聽管家這麼一說，我倒很期待親眼目睹那孩子是如何噁心人的。

" 今天能見到男主人嗎？"我問，說的是普通話，反正她聽得懂。

祝 迪 答 男 主 人 跟 隨 劇 組 到 新 西 蘭 的 天 堂 谷 取 景 ，怕是見不著。

" 那怎麼辦？Elsa去了美國東海岸，也不知今晚回來不，如果William 也不在，Sabina 會有多孤單？"

祝迪看著我直搖頭，問我是來幹什麼的？我的任務無非是代替Sabina 的父母行義務。

"可憐的孩子，現在我知道她爲什麼總是逃跑。"我喃喃道。

祝迪笑了，她說如果Sabina不可憐，那我就可憐了，死守一份低工資，前途茫茫，甚至没有個落腳地，不像現在，攀上加州最大電影製作公司的總裁，估計很快就能撈到一個好角色，在競爭激烈的演藝圈中殺出一條血路來⋯⋯

呃！我倒没想到這一點，也許⋯⋯也許哪天找個機會把自己推銷出去，說不定還真能在人才濟濟的好萊塢電影中撈個有台詞的角色。

通過落地玻璃門，我能清楚地看到Sabina習舞的情形，她總是慢半拍，還趁老師不注意，推了前面的黑女孩一把，害她跌個四腳朝天，舞蹈助理隨即上前將哭得稀里嘩啦的"受害者"帶到一旁安慰。

我對我家主子猛搖頭，她朝我吐舌頭又扮了個鬼臉，十足欠揍的模樣。

下課後，我還没來得及訓斥她就被舞蹈老師攔了下來。

" You must be Sabina's new nanny for this month."她說我必然是Sabina這個月的新保姆。

以"月"爲單位稱呼保姆，可見韋廷家換保姆的速度有多勤快。

我無奈答是。

接著那個氣質高雅的女老師便開始把想得到的讚美詞全送給了Sabina，包括有舞蹈天賦，一點就通；形體佳，天生就是吃這碗飯的料；容貌秀麗，Face 即是Pass⋯⋯結論是假以時日，我家小主必是第二個Svetlana Zakharova。

Svetlana Zakharova是目前俄羅斯乃至國際芭蕾舞界最走紅的

明星，無論相貌、身材比例、柔韌度、舞姿技巧……都堪稱頂級。有人評價她是上帝賜予人類的禮物，是爲芭蕾而生的仙女。

我完全無法將眼前這個折磨人的小妖精和芭蕾舞大師劃上等號，但仍禮貌性地答謝，接著老師才講到重點—學費該繳了，下學期有成果發表會，是不是很令人期待？

Well, 我對Sabina的舞姿完全沒有期待，倒是很好奇這個座落在寸土寸金土地上的舞蹈工作室收費多少？

她給了個數字，比我打兩份工的月薪還要多，徹底打消讓自己的孩子在比佛利山莊習舞的念頭。

下完課，我只想坐原車回韋廷家，一來司機已等候在外，二來我的行李箱還沒來得及打開，三來晚上有演出，最晚六點得離開比佛利山莊，而現在已經四點了……

" I want an ice cream."Sabina大聲宣佈她要吃冰淇淋。

我答家裏有（其實不確定，但那麼大一台冰箱肯定內藏冰淇淋，我猜）。

Sabina不依，她說她就要吃Sprinkles的巧克力冰淇淋。

比佛利山莊的甜食店數量之多堪稱世界之最，在這裏你可以輕易買到最高品質的蛋糕、冰淇淋、巧克力……等，當然價格也絕對不親民。

"妳媽還沒付我薪水，我沒錢哪！"我說。

"妳不需要付錢，只要給一張小卡片就行。"

我愣了幾秒鐘才恍然大悟，敢情Sabina以爲使用信用卡就不需給錢？

“寶貝兒，”我俯身對她說，“那也得付錢，只是晚一點兒付，而我身上連那張小卡片也没有。”

小主人很失望，但下一秒便意氣風發，衝著我身後喊“uncle”，我轉過身去......

第三十二章/韋廷家

"是你！"我很驚訝。

Steven 一把抱起奔入他懷裏的Sabina, 笑著答真巧，剛開完會走出來就遇見我們。

" Do you know my new nanny?" 小主人問他是否認識我這個新保姆？

" Nanny?"Steven 轉頭看我，" 我不知道妳換工作了？"

我答不是換工作，而是多了一份工作，我……接連被兩位房東嫌棄，没地方住，是韋廷家收留我，還給了好工資。

"哎！Elsa也不是好對付的。"他中肯地說。

" 我知道，"我也嘆了口氣，" 只能走一步算一步，希望這次的蜜月期能長一點兒。"

我們還没"敍舊"夠，談話就被Sabina打斷，她說她要吃Sprinkles的巧克力冰淇淋，now！

Steven答那正好，吃完冰淇淋還可以上公園走走！

"不了，我今晚有演出，再說司機已經在下一個路口等我們。"

他想了想說："那麼我們走過去告訴司機別等了，吃完冰淇淋，我載妳去艾曼森話劇院，不會耽誤妳上台。"

～

正值交通高峰期，STEVEN放我在N HIGHLAND AVE下，我步行過去就是。

走沒幾步，我又回頭叮嚀主子別忘了七點有鋼琴課，她一定得準時坐在鋼琴前。

"倒霉鬼！"Sabina 嘟起小嘴，"老師來了，我就跟她玩Hide and seek, 找得到我才上課。"

想到韋廷家有三個足球場大，這找起人來豈非海底撈針？

我還沒開始"威脅"，Steven就接手"利誘"。

"明天是萬聖節，如果妳今天乖乖上課，明晚我和保姆帶妳上街討要糖果。"他說。

"真的？"

"真的。"

Sabina不放心，還分別與我們打勾勾。

"我明晚有演出。"我壓低聲音對Steven說。

"妳不是十點下班？放心，越夜越精彩。"他對我微笑。

洛杉磯的道路白線區域僅限乘客上下車，且停車時間不得超過5分鐘，於是我很快揮手道別。看著凱迪拉克急駛而去的車影，有那麼幾秒鐘，我以爲是自己的老公送我上班，然後馬不停蹄地趕著回家讓女兒上鋼琴課……

～

臨上台前，李奧喜滋滋地宣佈他已經擊敗對手攻頂成功！

"噢！我不知你還有爬山的愛好。"我假裝聽不懂。

李奧答的確像爬山，他彷彿是西西弗斯，剛把巨石推上山又滾落下來，周而復始，他都快放棄了，好不容易這次終於把它安置在山頂。

"你怎麼知道從此石頭就屹立不動？"我竟較起真來。

"從迪拜回來後，那小子就沒找過艾瑪，大概知道自己不如人，所以早早偃兵息甲。"

我問他可是艾瑪親口說的？

"切，這哪需要親口承認？每次……從那久旱逢甘霖的銷魂表情就知道。早告訴過妳，Steven是gay, 那兩人基本沒戲。"

是這樣的嗎？爲什麼條件好的男人多半對女人缺乏"性趣"？那真是人類的悲哀，這年頭好基因的人不多了。

"恭喜囉！結婚時別忘了給我一張喜帖。"我忽然想起重要的事，"對了，請向艾瑪解釋我不是你的結婚對象，以前不是，現在不是，未來更不是。"

"妳怎麼知道將來不會愛上我？話可別說得太滿喔！"他對我揚揚眉梢。

老天！這世上竟然有如此"自我感覺良好"的人？

" Please attention."導演要大家聚集起來聽他講話。

突來的"集結號"讓我錯過揶揄李奧的機會。

如果我說我還來不及"看完"韋廷家，不知你相不相信？

昨天臨時接下任務，又一刻也不停歇地來回奔波，等我回到走道盡頭的房間時已接近午夜，稍微梳洗一下便早早上床，連行李箱內的衣服都還沒來得及進衣櫃。

"扣、扣、"聽見有人敲門，我翻個身繼續好眠。

"扣、扣……扣、扣……扣、扣、扣……Miss Wei, are you still alive?"

若不是敲門聲後夾雜女巫的聲音，我會誤以爲有人一大早就敲木魚。

"Coming."我揉揉惺忪的雙眼起床應門。

"Sabina needs you."祝迪面無表情地說小主人需要我。

我問那孩子現在在哪裏？

女管家睨了我一眼，反問我還會在哪裏？小主人的房間當然緊挨著主臥室。

我正想問她主臥室在哪裏？她接了個電話，很堂而皇之地走開。

媽的，這讓我從何找起？但再一想，這是讓我"認識"豪宅的絕佳機會，我能大搖大擺地四處參觀，藉以滿足我那爆表的好奇心。

Monica曾說過這棟房子原來是個英國佬的，所以房子外觀及花園都被設計成都鐸復興式莊園，Elsa購入後決定來個混搭，花了五百多萬美元把屋內打造成摩爾式建築風……

所謂的"摩爾式"就是由摩爾人所創造的混和伊斯蘭教與基督教的藝術風格，硬裝上多採用馬蹄形拱門及不加裝飾的拱頂，軟裝上則大量使用木器、象牙、金屬、紡織及陶瓷，偶見阿拉伯文或者幾何圖形做裝飾。整個開放空間中，水是重點，不僅花園中會有噴泉及水道，連屋內也有水池，結合光線運用，呈現出清晰的水中倒影，宛如海市蜃樓。

我一間房一間房地找去，順便驗證"摩爾式"建築風格，果然如同網上所說，到處充滿異域風情。

如果說這屋還有什麼特別之處，那就是每個房間都有無敵美景，能看到山景、海景及洛杉磯城市景，二樓還有超大陽台，大到能擺得下兩輛豪車，簡直奢華得可以！

拿破侖曾說"大就是美"，韋廷家無疑是大的，當然也很美，就是不知爲什麼，有股憂鬱的氣息，連播放的音樂也很憂傷⋯⋯

等等，這不是獨幕歌劇《賈尼·斯基基》中的一首詠嘆調 O Mio Babbino Caro 嗎？是誰那麼有音樂涵養，懂得欣賞這優美深情又動人的旋律？

我尋聲往那扇暗紅色的馬蹄形拱門走去⋯⋯

第三十三章/情非得已

O mio babbino caro,

Mi piace, è bello bello,

Vo andare in Porta Rossa

A comperar l'anello!

Si,si ci voglio andare

e se l'amassi indarno

andrei sul Ponte Vecchio

ma per buttarmi in Arno！

我輕輕推開那扇半掩的暗紅色馬蹄形拱門，液晶電視屏幕上正上演著電影《憨豆先生的假期》中的經典橋段，MR.BEAN與語言不通的俄羅斯少年因缺盤纏在法國市場表演默劇，背景音樂正是這首用意大利語演唱的歌劇《啊！我親愛的爸爸》。

. . .

MI STRUGGO E MI TORMENTO!

O Dio, vorrei morir!

Babbo, pietà, pietà!

Babbo, pietà, pietà！

我那個戲精上身的小主子此時化身爲懇求父親允許自己與愛人在一起的可憐人，嘴巴一張一合，對嘴對得很到位。

"Well done."音樂聲甫歇，我不吝給予讚美和掌聲。

Sabina起身致謝，順便問她的獎賞在哪裏？

"妳的獎賞就是梳洗過後會有一頓豐盛的早餐。"

"那是處罰不是獎賞！"她惡狠狠地看著我。

我可不管是處罰還是獎賞，一把抱起她往浴室走去。

顯然女主人仍然未歸，因爲早餐桌上只有一人份的早餐。

看小主人瞪著桌上物遲遲不開動，我忍不住問："妳會自己吃，對吧？"

"我的nanny 一向餵我吃。"她答。

"Well, 現在是我當保姆，如果妳等著我餵，那就餓死好了。"

Sabina把頭撇向一旁，一副誰怕誰的模樣。

"好，既然妳不吃，那我吃了。"我不客氣地坐下來大快朵頤。

今天的早餐有穀物、荷包蛋、薯餅、香煎西紅柿、德國熱狗腸、蜂蜜薄餅及橙汁。

等主子感覺苗頭不對時，桌上只剩一片薄餅及加穀物用剩的半杯牛奶，Sabina趕緊搶了去。

"記住，下回動作得快一點兒，否則連麵包屑都吃不上。"我露出勝利的笑容。

今天是週六又適逢萬聖節，一個五歲小孩的行程卻排得滿滿的。

09:00 KUMO MATH

10:30 practice playing piano

14:00 kids golf

16:00 English tutor

18:00 Halloween dinner with upper class

我指著行程表上的最後一項問管家是什麼意思？

"今天是萬聖節，小貝家的小七發了邀請卡給Sabina。"

我問這個小貝該不會是身價五億英鎊的貝克漢姆？那個小七是不是出門不帶腿，集萬千寵愛於一身的 Harper Seven Beckham？

"可不是，Sabina太幸運了，結交的都是上等人。"祝迪一臉羨慕。

果真幸運，也果真是上等人。

雖然我也想藉機一睹貝克漢姆的風采，無奈自己週末有演出（下午三點到晚上十點）。

"咳、咳、Elsa同意我繼續保有劇場的工作，也就是說把小主人送去打高爾夫球後，接下來的行程皆無法參與，我先知會妳一聲。"

"女主人肯定是腦子進水才會簽下不平等條約，住宿也是，以前的保姆住傭人房，這次竟然允許妳住大房，大概害怕Sabina再次出走。哎！壞了規矩可不好，有人會因此恃寵而驕，對其他下人來說也不公平。"

祝迪有很深的階級觀念，上等人和下等人中間隔著一個太平洋，而我偏偏被歸爲弱勢的那一方。

"這些話請對主人說去，有人有資格恃寵而驕，有人沒有，怨不得！"我反擊。

"呦！給幾分顏色就開起染房來？妳也不過是這個月的新寵罷了。"

我懶得理眼睛長在頭頂上的人，藉口主子學習的時間已到，有恃無恐地轉身離去。

～

上完數學課，我又盯著小主人練彈《湯普森》、《拜爾》及《哈農》裏的鋼琴曲後，很快便到了午飯時間。

有了前車之鑒，Sabina這次快速拿起刀叉。

"很好，以後都自己吃飯。"我微笑。

根據韋廷家的規定，我得等小主人吃完才能到地下室的下人餐廳用餐。

"妳爲什麼不吃？"Sabina問。

我答待會兒吃。

"你們吃的跟我的一樣嗎？"她又問。

Well,讓我告訴你我家小主吃什麼？有黑松露菲力牛排、鵝肝醬麵包、魚子醬溫泉蛋、蘆筍沙拉、煎蘑菇，外加一杯現榨的混合果汁。可想而知，若主人在場，豐盛的程度必是往上又翻了兩翻。

"嗯！差不多。"我答，雖然截至目前爲此，我還没吃過"下人餐"。

"那麼妳去把午餐端來和我一起吃，一個人吃飯很無聊。"

我說那可不成，管家會殺了我，然後那個熊孩子就有膽把祝迪喚來，命令她將我的午餐呈上。

管家也不是吃素的，立馬回絕。

" All right. I will call my mom."

聽到Sabina要打電話給Elsa告狀，祝迪曉以大義，說她媽正和美國"國王"講話，請別做無禮之舉......

呵！Sabina何許人也？若那麼好溝通就不是Sabina了。

只見她怒氣沖沖地起身，大有"魚死網破"的氣概。

祝迪大概也害怕小主人真會做出愚蠢的事，果真如此，她的飯碗就不保了。

" All right. You win."識時務者爲俊傑，管家很快舉白旗。

等我的午餐一呈上，我才知道今天吃的是炸魚和薯條，一種最平民且相對廉價的食物。

"原來你們吃得這麼好！"Sabina驚呼，"比我的好吃太多了，我不管，我要吃妳的。"

儘管我一再強調她吃的才是山珍海味，一般人吃不上，她仍嚷著要跟我換。怕她又使出殺手鐧（打電話告狀），加上我認爲懂得"民間疾苦"也是教育的一部份，所以沒怎麼堅持就讓她把炸魚薯條搶了去。

看小主人吃得津津有味的樣子，我忽然想到"得不到的才是最好的"這句話。

我把Sabina送往高爾夫球俱樂部，不忘提醒她今晚有萬聖節晚餐吃。

"我討厭Judy, 她總要假裝是我媽。"

"我也不喜歡她，但能怎麼辦？今晚我若不上台，整個劇組會急跳腳。"

讓祝迪送小主人上小貝家也是無奈之舉，若不是今晚有演出，我怎肯把大好機會送人？

"那麼今晚的Trick or Treat 還算數嗎？別忘了妳和uncle 跟我打過勾勾。"她可憐兮兮地問。

這也是我擔心的，有一板一眼的祝迪在，Sabina 恐怕很難脫身。

"妳放心，uncle說的話肯定算數，如果不能兌現，那也是情非得已。"

我以爲說得面面俱到，沒想到Sabina只聽進前半段，後半段自動屏蔽。

"哪！太棒了，我肯定能討到好多好多的糖果。"說完，她蹦蹦跳跳地跟隨教練走進高爾夫球場。

第三十四章/天國的回信

也許是萬聖節的關係，今天的上座率很慘淡，看著空蕩蕩的觀衆席，演員的熱情也跟著被澆熄，導演不得不爲我們打氣，還說演出結束後帶我們去吃宵夜，藉以避開被兒童騷擾（討要糖果）的可能性。

我心想這是治標不治本，表面上"外出"是遠離了糾纏，實際上更大的災難正在後面等著（熊孩子一旦討不到糖果，輕者在信箱內留下"威脅或咀咒"；重者扔雞蛋在大門及窗戶上，保管隔天一早臭氣熏天）。

果然工作結束後，衆人皆作鳥獸散，有人說孩子是天使，趕著回家發放糖果，也有怕事者，寧願給幾粒糖果也不想清理門窗上的穢物，只有李奧壞壞地說他就不給糖果，誰搗蛋就抓誰，最好來個胖小子，家裏的湯正炖著，就少塊肉……

"你也積點兒口德，不是每個孩子都作惡。"我說。

"真没幽默感，我早早買了環球影城'萬聖驚魂夜'的夜場門票，打算和艾瑪一起體驗恐怖時刻。一想到鬼屋及死亡電車，我就全身熱血沸騰，烹煮孩童的事還是留到明年吧！"

我問他真的和艾瑪復合了？她父母那關怎麼辦？

"艾瑪的年紀不小了，我就不信她父母不著急。聽過'持久戰'沒？我現在改打持久戰，只要死死咬住她不放，久了就是我的了。"

我想起大自然中的猛獸，牠們一旦咬住獵物就不鬆口，即使外力干擾也無視，直至口中物氣絕身亡爲止。

"那好，祝你和你的獵物今晚玩得開心。"

"You too."他把同樣的祝福也給了我。

我在艾曼森話劇院門口站了有一刻鐘，由於STEVEN沒接聽手機，我已經有被放鴿子的心理準備，孰料……

"萌萌，快上車！"那人從一輛似曾相識的豪車內探出頭來。

"你換車了？"坐上副駕駛座，我隨口一問。

"Uncle開的是我媽的車。"坐在後座的Sabina代答。

難怪我覺得眼熟！

韋廷家的車究竟有多少輛？我也搞不請楚，反正他家司機會換著開（據說若不"雨露均沾"，車子容易故障），所以"早上瑪莎拉蒂，中午勞斯萊斯，下午蘭博基尼"的情形司空見慣，其數量之多可見一斑。

"妳媽對uncle真好！"我轉頭對後座的小主人說。

"只有一個uncle, 我媽當然對他好。"

只有一個uncle？這是什麼意思？我望向Steven, 等著他解釋。

"Elsa是我姐。"他答。

什麼？都這麼久了，我竟沒有"對號入座"？怪就怪國外對所有的男性長輩一律稱uncle，無論有無血緣關係。

"Elsa不高，頂多160公分。"我仍心存懷疑。

他答他是隔代遺傳，他家姥爺的身高有兩米。

這樣說來，Steven也是家財萬貫，妥妥的富二代、富三代、甚至富N代。

我突然覺得自己像《愛麗絲夢遊仙境》裏的女主角一樣，喝下不明液體後身體瞬間縮小，小到能鑽進樹洞裏。

"太好了，都是上等人，呵呵！"我笑得很勉強。

他問我什麼意思？我遂告訴他祝迪的階級觀念。

"都什麼時候了還分等級？在我眼中人只有眼界高低的差別，無關貧富。"

瞬間，我又像愛麗絲吃了故事裏的神奇蛋糕一樣，身高蹭蹭蹭地往上衝，成了可以"小天下"的巨人。

"Uncle, 我們去哪裏？"Sabina突然問。

"馬里布。"他答。

馬里布位於洛杉磯西北部，是一個海邊城市。那裏的豪宅稍微便宜些（但對升斗小民而言，仍是天價），買不起比佛利山莊者會退而求其次在此處購置房產。

果然富人區就是不一樣，深宅大院的主人們個個出手大方，Sabina的紅色戴妃包兒童款很快就不夠用，還好我從1元店買來的帆布袋夠大，無形中幫了大忙。看小主人樂開花的模樣，也只有此刻我才發現她不過是個孩子，也有童心。

趁著Sabina又去敲門，Steven偷了一顆她的戰利品，剝了糖果紙後塞進我嘴裏。

"好吃嗎？"他問。

"嗯！橘子口味的。"我探向袋內，"你要不要也來一個？袋子裏有Lindt巧克力。"

他答不了，自己對甜食不感冒。

“你這個不感冒，那個也不感冒，難怪艾瑪找別人去了。”

原本只是腦中一閃而過的念頭，不知怎的竟然被我用語言給輸出了，Shit！

“艾瑪找別人？誰？李奧嗎？”

“我……胡言亂語來著，你可別當真，也別往心裏去。”我趕緊亡羊補牢。

“妳肯定不是胡言亂語，弗洛伊德曾說過沒有‘口誤’這件事，它往往來自內心深處的真實想法。”

呵！這個弗洛伊德也太會幫倒忙了。

“好吧！我承認自己不是胡言亂語，今晚艾瑪的確和李奧狂歡去了，但不怪她，你太溫吞也太不積極，這樣是不行的，女孩子會誤會你對她不感興趣。”

誰知Steven直率地表示他對艾瑪失去興趣了，也許一開始有，因爲她留著俏麗的短髮，和《情書》電影裏的渡邊博子如出一轍，但接觸下來以後發現完全不是那麼回事，加上艾瑪的前任積極介入，他覺得是時候退出……

“所以你不是Gay?”我問。

“艾瑪告訴妳我是Gay?”他很詫異。

“不是，李奧猜的，因爲你太克己復禮了。”

Steven笑得好大聲，他說自己的確是“克己復禮”，已經有三年不沾葷腥了。

我問爲什麼？

“因爲……”他猶豫了一下，“因爲我在等天國的回信。”

Steven送我們回家時已過了午夜。

"趕緊把孩子送上床，早過了睡覺時間。"Steven搖下車窗說。

"知道了，你明天上班嗎？"

"嗯！有個小型拍賣會等著我。"

於是我們很快互道晚安及再見。

服侍完小主人上床，自己又梳洗過後，躺在床上的我終於有時間思考Steven說過的話，什麼是"天國的回信"？

他是影星中山美穗的粉絲，愛屋及烏，喜歡電影《情書》裏的渡邊博子不難理解，但我總覺得哪裏怪怪的，就是不知道怪在什麼地方，也許看完電影會有所啓發，但到哪裏看呢？那是多年前的老片，連當初有水潤蘋果肌的中山美穗也成了皮膚鬆弛的半百老人了……

我忽然憶起不久前艾瑪曾借來《情書》錄相帶，只爲找出中山美穗的魅力所在，我也跟著看了其中片斷。

"哪天該向她借來看。"我心想。

第三十五章/初見男主人

興許是昨晚睡晚了，張開眼時已是早上九點多，我火急火燎地跑到Sabina的房間，她果然還在呼呼大睡。

"哎呀！我的小祖宗，快起床，不然趕不上做禮拜。"我一把將她從床上挖起。

" 媽咪不在，不用去。"她掙開我的懷抱，躲進棉被裏繼續好眠。

祝迪給的行程表上寫著週日早上十點到十一點上教堂做禮拜，顯然即使我三兩下將小主人穿戴完畢，趕到教堂時大概剛好來得及跟神父道別。

一想至此，我不再急如星火，Sabina想睡就睡吧！這個年紀的孩子很需要睡眠。

我氣定神閒地回房，待梳洗完畢，想著"下人餐廳"應該不提供早餐了，但喝杯咖啡也好（早上滴水未沾總是怪），於是往外走去。經過廚房時，我看到韋廷家的意大利廚子在擀麵皮，祝迪在旁絮絮叨叨，似在交待什麼。

"這時候就準備午餐未免太早了吧？"我心想。

與廚房一牆之隔是餐廳，裏面應該空無一人才是，然而我卻看到一個穿白襯衫的男人，他正坐在大理石餐桌前翻看報紙。

" Good morning."我向他道早安。

他放下報紙，看了我好幾秒後，問我是新來的女傭還是Elsa的親戚？

我還沒來得及回答，從我背後現身的祝迪搶先一步代答，她畢恭畢敬地稱呼對方Sir,想必這就是久聞其名的男主人，我因此細細打量起他來。

此人四十至五十歲，古銅的膚色、鵝蛋臉、濃眉大眼、高鼻樑、尖鼻頭、嘴唇很薄......氣質上予人一種滄桑感，像兩肩扛著大山，像極了"憂鬱王子"。

"行禮，叫人。"祝迪拉了一下我的衣角，大概怕男主人聽懂，說的是普通話。

我大夢初醒，趕緊行屈膝禮，喚了聲Sir.

" Good morning."他對我說。

" What?"我衝口而出（後來才想到他是回應我先前的道早安）。

我能感覺衣角又被往下拉了兩下，可見又講錯話了，趕緊說對不起。

他問我爲何道歉？

" Because ......"我看了一眼祝迪，她反倒瞪我一眼，" I don't know."

我的無釐頭回答讓"憂鬱王子"笑了，他的眼光重新回到報紙上，代表談話結束。

祝迪拉著我又行了屈膝禮，兩人退出餐廳。

管家說我讓她丟臉了，有必要重新教育我一番。

"可以，但先讓我喝杯咖啡，一個早上粒米未進，待會兒還得喚醒Sabina, 這個磨人精一起床，我哪有時間進食？我可不想不支倒地。"我說。

於是我們一同來到地下室的"下人餐廳"，我泡了兩杯咖啡，加奶加糖的給她，我的則是黑咖啡。

"昨晚你們幾點回來？"她問。

"記不清了，反正過了午夜，妳呢？"

"也差不多那個時候。聽著，以後......"

我趕緊岔開話題，問她貝克漢姆是否像電視上看到的一樣？

"比電視上的好看，全身散發男性成熟的魅力，光看他裸露的臂膀就讓我想入非非......"

然後的然後，我因此知道小貝原先的家"只有"4000平方米大，因為太小（啥？），不適合孩子成長，後來以2400萬英鎊賣掉。現在住的這棟莊園是2017年買的，佔地18615平方米，是洛杉磯目前最大的豪宅，有14個臥室27個浴室，還有健身房、網球場、保齡球間、游泳池以及可停100輛車的停車場，當時花了一億六千萬英鎊買下，折合人民幣14億元。

"呵呵！上等人果然不一樣，起步價以億元計。"我呼應祝迪的階級觀念。

"我還沒說完呢！他家的內景也奢華至極......"

於是我又得知小貝家的地板鋪的是黑白方格形瓷磚，通往臥室的樓梯則是乳白色大理石，與整個房間的單色主題保持一致……廚房是開放式，以深色系爲主，除了常見的鍋碗瓢盆外，還配有一台Fracino Contempo咖啡機，價格約在2700英鎊之譜……木質吧台把廚房和餐廳隔開，餐廳正中央擺放一張宴會式長桌，上方懸掛著一排水晶吊燈……靠窗處擺了一張卡其色長椅，小女兒Harper玩累了就窩在那裏打盹兒……屋外有花園，花團錦簇……

“房間呢？維多利亞號稱‘時尚女王’，她的衣帽間是不是比Elsa的大？”我忍不住問。

“這我怎麼知道？客人不能隨便進入房間。”她答。

說的也是。

話題瞬間冷了下來，祝迪又重新撿起舊話題，說我在男主人面前不夠莊重，這是不行的，遲早……

“Wettin這個姓氏很特別，不像美國人會有的。”我趕緊另起爐灶。

“當然特別，早告訴過妳William是德裔美國人，歷史上有名的韋廷王朝就是由他家開啟的，韋廷家族至今仍是叱咤歐洲的三十大家族之一。”

“難怪在家也得行屈膝禮。”我喃喃道。

祝迪說不止此，這個家處處可見家族盾徽，這又是皇族後裔的鐵證。

“說的可是電動門上的兩隻金色四腳獸？”我問。

“答對了，妳看看這比佛利山莊上哪家有貴族紋章？高低立馬可見。”

噢！原來“憂鬱王子”還真是“王子”，如果德國現在仍採君主立憲制的話。

“Well, 男主人回家了，可是女主人怎麼還是不見踪影？”我說。

" Elsa明天中午到。噢！對了，Sabina今天没吃早餐，我跟主人報告她昨晚參加萬聖節活動睡晚了，但若連午餐也錯過就不好交待了，妳......"

" 我這就過去喚她起床。"我立馬起身，很好意思地把空了的咖啡杯留給管家善後。

第三十六章/風雲變色

我喚Sabina的名字不下二十次，她像睡死了似，完全聽不見。

"妳爸爸回來了。"我冷冷地說。

"哪一個？"她突然坐起，眼睛睜得老大。

哪一個？我忽然想起Sabina有兩個爸爸，一個生父，一個繼父。

"好看的那一個。"我答。

"原來是William,"她洩了氣，沒過幾秒又喜形於色，"他答應給我買Souvenir, 我得看看是什麼好東西。"

"等等，"我把彷彿裝上強力電池的小主人抓回，"臉沒洗，頭髮也沒梳，妳想害我丟工作？"

就在Sabina的尖叫聲中，我抱起她走向浴室。

"Daddy."Sabina一見到繼父，立馬衝向他，"Where is my present?"

男主人抱起她親了又親，一臉愛寵，那樣子像極了一位真正的父親。

我没忘記該有的禮節，行了屈膝禮後，喚了聲Sir.

"Is she a good girl？他問我Sabina是不是好孩子？

呃！這叫我如何回答？我總得威脅兼利誘，加上過人的體力才能讓脫繮野馬的她按既定的路線走。

"Well, it depends ......"我答看情況。

William 因此深看了我兩眼。

"Where is my present? Where is my present? You told me if I am a good girl, I can have a present."

現在換Sabina對繼父親了又親，目的只有一個：索要禮物。

抵不過一個五歲女孩的死纏爛打兼撒嬌，William 問我能否上樓取禮物？深藍色的紙盒，就擺在書桌上。

"Certainly."我答。

主臥室不難找，祝迪曾說過Sabina的房間緊挨著主臥室，所以不是左邊那一間，就是右邊那一間。

當發現進到小型電影院後，我果斷走向另一間。果然是最好的房間，三面都是落地玻璃窗，陽台還有個按摩浴缸，美景就不用說了，山景、海景、城市景全囊括了。

待我將房間橫掃一遍後，很快發現那張帶異域風情的實木書桌，上面有個純銅打造的長臂折疊水晶燈，禮盒就在燈座旁。

本來我應該拿起禮物走人，不知爲什麼被椅背上的淺米色圍巾給吸引住。

“這是'憂鬱王子'的嗎？”我邊想邊將它取下，然後往脖子上一圍。

羊絨做的圍巾很保暖，我忍不住將鼻子往前一湊，大力吸一口氣。嗯！就是這個味道，混合柑桔的清甜及薰衣草的香味，是一種令人舒適愉快的清新氣息……

“衛萌萌，醒醒吧！他是不難看，但年紀大妳不止一輪，還是二婚，現任老婆Elsa刀槍不入，妳斗膽有非份之想，小心屍骨無存。”大腦的理智機制開始啓動。

我嚇得趕緊將圍巾取下放回椅背上，匆匆拿起禮盒往外走去。

客廳裏沒有那對父女，我尋聲找過去，原來他們已經開始用餐了，吃的是意大利餃（將麵皮做成袋狀，包入肉類及蔬菜，再放入熱水中煮，起鍋淋上麵醬）。據說意大利餃來自於中國的餃子,但確實來源已不可考。

“Sir.”我行屈膝禮，再呈上盒子，“Here it is.”

還沒等William道完謝，Sabina以迅雷不及掩耳的速度一把搶過盒子，並且三兩下拆封，當發現是一件白色羊毛童衫，上面有一隻紅色Kiwi鳥時，難掩失望之情，但也只是匆匆幾秒，很快又眉開眼笑。

“Thank you, daddy.”她給他一個感謝之吻。

眼看皆大歡喜，是時候告退……

“I don't like the Italian dumpling. I want to eat fish and chips.”Sabina忽然提起。

男主人答現在沒有炸魚薯條，然後我的小主指向我。

見“憂鬱王子”盯著我瞧，我只好據實以告。

“Then bring it here, please.”William竟然要我端上來。

莫非他以為我們餐餐吃炸魚薯條？

懷疑雖懷疑，我還是答Yes，然後轉身下到地下室。

今天沒有炸魚薯條，吃的是牛肉漢堡，我拿走自己的那一份。

" See, no fish and chips. Only beef burger."我對Sabina 說，還將手中物晃了晃，以示證明。

誰知她歡呼一聲，下桌搶走我的漢堡。

我微慍地表示那是我的午餐。

此時男主人開口了，他說如果我願意，可以坐下來一起吃午餐。

突然被天上掉下的餡餅打中，我支支吾吾了一下，"憂鬱王子"因此判斷我的答案是Yes，於是伸手招來小個子女傭，要她通知廚子給我做一份意大利餃。

在等待午餐到來前，William 說他下午沒事，打算帶Sabina到長灘曬曬太陽，Elsa不在，所以請我隨行，因為他照顧不好一個孩子……

我面有難色地表示自己下午得上台表演，Elsa同意的了。

" Are you an actress?"他問。

知道雇主老公是加州最大電影製作公司的總裁，此時不施展渾身解數更待何時？於是我點頭如搗蒜，並且主動告知自己曾拍過的電影及MV。

不知怎的，William 對我的態度有了180度的轉變，他很快用餐巾擦拭嘴角，客氣而生疏地請我慢用，然後留我和小主人四目相望。

“ Daddy 不喜歡妳了。”Sabina 壞壞地笑。

再怎麼反應遲鈍，我也知道他“突然”不喜歡我了，爲什麼呢？難道我說錯了什麼？

我感到困惑。

第三十七章/STEVEN的秘密

今天的李奧不似昨天神采飛揚，我問他怎麼了？

"女人心海底針，我越來越不了解艾瑪在想什麼，一會兒與我親近；一會兒又冷冰冰的，我對她還不夠好嗎？只差把心挖出來給她。"他唉聲嘆氣的。

我說他又不是第一次認識這個女人，應該知道她的雷區在哪裏，小心避開就是。還有，女孩子一個月總有那麼幾天不舒服，情緒不佳也正常⋯⋯

"通通都不是，昨晚她一聽說妳和Steven帶個孩子挨家逐戶地討要糖果，瞬間就不對勁，鬼屋也不去了，硬要我帶她上馬里布找人，妳說這是什麼狀況？"

我想起在馬里布時，Steven的確接了通電話，當時Sabina在旁嘰嘰喳喳的，我的心思也被搶了去。

" 我 不 清 楚 ， 也 許 ⋯⋯ 也 許 你 還 是 西 西 弗 斯 ， 石 頭 又 滾 落 下 來 了 。"

話 講 得 太 直 白 ， 李 奧 的 眼 神 因 此 更 加 黯 淡 無 光 ， 讓 人 瞅 著 憂 心 。

“別難過，愛情哪有一次就攻頂成功的？孫中山尚且需要革命 11 次，你……”

“我革命的次數比他多好不？再這麼下去，我只能革自己的命。”他嘆了口氣，姿態擺得很低，“萌萌，妳能幫我探探口風嗎？都說‘知己知彼，百戰不殆’，我需要知道自己處在什麼位置，好重磅出拳。”

我當然拒絕，我的“前前任房東”已經不把我當朋友看，我去了豈不是自討沒趣？

就這麼湊巧，戲剛演完我就接到艾瑪的留言，她約我下班後去她家，她調雞尾酒請我喝。

所謂“宴無好宴”，面對突來的邀約，我很忐忑，遂回覆“没空”二字，没想到很快又收到第二條短信：**Steven躲我一整天，妳不赴約也成，麻煩妳通知那個避不見面的人今晚到我家。**

呃！我竟然成了李奧、艾瑪、Steven三人間的傳聲筒？

我決定來個相應不理，但走出話劇院，經過停車場時，我看到一個落寞的人影坐在斯巴魯裏，樣子很萎靡。

哎！上輩子我肯定欠了他們三人。

我一伸手招來出租車。

“妳想喝什麼？只要不是太冷門的，我都能調。”說完，她打了個酒嗝，我聞出威士忌的味道。

才三個禮拜不見，艾瑪家的角落多了個小型吧台，牆面新置的架子上有好幾瓶酒，叫得出名字的有：伏特加、朗姆酒、威士忌、金酒、特其拉、白蘭地等。

"我不知道妳現在是調酒師。"我說。

她答還未出師呢！學著好玩，也許哪天不做包租婆可以改行當酒吧老闆娘。

"那麼祝妳心想事成！"

"想喝什麼？"

"我沒特別想喝的，妳看著辦吧！別讓我醉得不省人事就好，待會兒還得打車回去。"

"行，給妳來杯《瑪格麗特》。"

只見她在杯口抹上細鹽，再將特基拉酒、橙皮香甜酒及鮮檸檬汁加冰搖勻後濾入杯中，最後飾以檸檬片。

"不錯，可以開店了。"我啜了一口後讚揚。

因爲受我所托，艾瑪給我酒性溫和且度數低的雞尾酒，但給自己調的卻是100%酒精（沒放果汁或其他），可見今晚的她打算徹底解放。

"妳知道我手中的這杯叫什麼嗎？"她搖晃杯中的紫紅色液體，"它叫《羅伯塔阿姨》，這個阿姨可不是吃素的，傳說她是19世紀末美國阿拉巴馬州一個奴隸主的女兒，後來做起賣酒的生意。她的客人大多來自社會底層，傳言曾有34位工人在喝了這款名爲《羅伯塔阿姨》的雞尾酒後身亡。"

艾瑪不解釋則已，一解釋讓人細思恐極，她若掛了，我豈不成了頭號嫌疑人？

"有什麼事要問，趕緊的，我還得回家侍候小主人上床。"我催促，心想還是早早離開是非地爲宜。

"呵呵！我聽說了，妳現在是有錢人家的保姆，夠屬害！簡直是打不死的蟑螂。"

"沒辦法，造化弄人，但 who knows? 也許這是生命中的轉機。"

也不知是哪句話刺激到她，艾瑪突然嗚嗚嗚地哭起來，說Steven不理她了，就因爲我長得比較像小日本，他就倒戈，這是不對的，哪天她也可以整出小虎牙來……

"我以爲妳和李奧復合了。"我說。

她答那是做給Steven看的，不論上迪拜玩還是參加環球影城的"萬聖驚魂夜"，她都把確切時間和地點告訴他，讓他來找她，没料到Steven根本不當一回事，現在竟然開始玩起躲貓貓，讓人爲之氣結。再說，我要顏没顏，讀的也不是什麼好學校，還他媽的特窮，那人咋就看上我了？……

我進屋前，艾瑪已經半醉，再喝下幾口阿姨的"毒酒"後，現在已經神智不清，有什麼說什麼，也正因如此，可信度很高，原來在她眼裏，我的條件比我自己想的還要糟糕。

"他没看上妳是真的，但也不見得看上我，我總覺得Steven的心裏有個秘密，一個天大的秘密。"

"什麼秘密？說！"

"我還不知道，也許等我把《情書》錄相帶看完就知道了。"

艾瑪答那還等什麼？然後她跟跟蹌蹌地去取錄相帶，還好心地做了放映的工作。

其實我原本想借回去看，但當聽到北風呼嘯而過的聲音，再看到女主角從雪地爬起，片頭音樂傳來，我不由自主地進入劇情……

這是由岩井俊二所導的純愛電影，改編自同名小說，講述一封寄往天國的情書卻出乎意料地收到回信，並且逐漸挖掘出一段深埋多年的純真單戀故事。

電影的畫面極美，没有一個多餘的鏡頭，節奏很慢卻不枯燥，把一個極普通的故事用隱晦的手法表現出暗戀的青澀、獨特及美好，真正印證了那句話：有些愛止於唇齒，藏於歲月，掩於心……

· · · ·

" 故事雖好，電影雖美，可惜看完後我仍一頭霧水，無法將它和STEVEN的秘密聯想在一起。"

" 要說相像，除了沒有小虎牙，我覺得妳更像女主角。"

" 強扭的瓜不甜，妳確定要死磕到底？"

" 李奧待你不錯，能堅持這麼久也挺難得的。"

" 拿得起放得下才是聰明人。"

……

聽到片尾曲響起，我有感而發，但等半天得不到回應，一轉頭，原來艾瑪已歪倒在沙發上會周公。

我長嘆一口氣，抱來一床棉被蓋在她身上，再把桌上的杯盤狼藉收拾好，然後輕輕關上門離去。

第三十八章/急轉直下

打車回到韋廷家已近凌晨兩點，由於没侍候小主人上床，我很盡責地上到二樓查看，睡著了的Sabina少了戾氣，像天使一樣可愛。

回到自己的房間後，我將鬧鐘設置爲7:00 am，意即五個小時後得起床，老天！這是在慢性自殺。

我來不及洗澡便上床。

當詭異的鬧鐘音樂《頑皮豹》響起時，我拖著疲憊的身軀進浴室。洗完戰鬥澡，再套上兩件式運動服，我往二樓走去。

" Leave me alone. I want to sleep."Sabina喊。

我怎麼可能聽她的？經過三分鐘的拉鋸戰後，我成功讓那個熊孩子就範，並且在八點前像個小淑女似地端坐在餐桌前。

" Good morning, Sir."我行屈膝禮。

男主人深看我一眼後，問我是否凌晨才回來？

我答是。

" I don't think you can do this job." 他說他不認爲我做得來這份工作。

我趕緊解釋因臨時有突發狀況才會晚歸，我也不想怠職，一回來馬上趕到小主人的房間查看⋯⋯

" Daddy, I like her. Don't let her leave."

沒想到Sabina開口護我，我真愛死她了。

William當場沒表態，而是要我送完孩子上學，立馬回韋廷家，他有話對我說。

我能感覺低氣壓正一步步地逼近，那是一種很不愉悅的氛圍。

" Yes, Sir." 我誠惶誠恐地答。

~

SABINA上的是貴死人的私立幼兒園，課程安排著重生活教育、感官教育、數學教育、科學教育、藝術教育，另外又多了創意課程與實驗室教學，讓孩子在關愛與互助中體驗教育的精粹⋯⋯這是牆面看板上寫的。

一轉頭，我看見我家小主拉了某個小女孩的馬尾，後者立刻嚎啕大哭。

我隨即用眼神制止她，她對我努努嘴，轉身跑進教室。

據說此幼兒園有半天班及全天班兩種選擇，以Sabina的三分鐘熱度，能從早上九點待到下午一點已屬萬幸，再多待一分鐘，恐怕老師都得喊救命，所以我以無限愧疚之心交出這個闖禍精，然後坐上韋廷家的專用座駕回比佛利山莊。

~

我以爲男主人會在客廳等我，沒想到他回房去了。

“妳惹了什麼麻煩？”祝迪問。

“昨晚没及時回來照顧小主人。”

“那妳完了，這個家把Sabina當公主養，推諉塞責是很大的罪過。”

我嘆了口氣答是福不是禍，是禍躲不過，該來的總要面對，大不了去住“流浪漢之家”……

“那可不是給‘外國流浪漢’住的，”她一盆冷水潑下來，“若真活不下去，妳可以去 Food Bank看看，那裏總會有好心人捐些金槍魚、餅乾、花生醬之類的東西，不見得好吃，但至少不會挨餓……Wait，妳不是還有話劇演出的收入嗎？那筆錢剛好可以拿來在墨西哥區或韓國城租房，雖然治安欠佳，但租金便宜。”

我還没想明白，祝迪已經替我把未來之路歸劃好。

“謝謝妳的良心建議，哪天真丟了工作，我就在比佛利山莊找個管家的工作，没有折騰人的小孩，也没有說翻臉就翻臉的雇主。”

話可以說得很滿，但我心知肚明工作不好找，即使當住家女傭，也得出示前雇主的介紹信。我是運氣好，攤上對我“一見鍾情”的小主人，物換星移，現在到哪裏找一週一千刀的保姆工作？就算打著燈籠找也未必有。

正因如此，我想保住這份工作的慾望就更加強烈，打算不論男主人做什麼、說什麼，我都要死守“打不還手、罵不還口”的最高原則。

進到房內，William 正坐在陽台的藤製沙發上曬太陽，戴上雷朋太陽眼鏡的他看起來像明星般耀眼，我這時才發現美貌是有殺傷力的，不論男女。

我行屈膝禮，喚了聲Sir.

“Have a seat，please.”他說。

我戰戰兢兢地坐下，他開始洋洋灑灑地高談闊論，說不明白我使了什麼魔法，讓Sabina對我著迷，聽說中國有種幻術，對人一吹氣，那人就會像個傻子似的……也許我以爲擁有Sabina這張王牌就能呼風喚雨，早著呢！看過爲了謀一個角色無所不用其極者，但屈尊降貴到他家當保姆倒是頭一回……

我總算聽懂了，William 認爲我到韋廷家工作的動機不純良。

" No, the truth isn't what you thought."我說。

他答事實是什麼不重要，重要的是他不會給我任何角色，即使是没台詞的群演也不可能……

換作從前，對於錯怪我的人，我會直接要他下地獄去，但如今我有要務在身，必須努力做到"泰山崩於前而色不變"。

然而我的委屈求全並没有替自己帶來好運，男主人更有理由相信我是隻"不動聲色但心思縝密"的狐狸，遂竭盡全力地羞辱我，連Be a dog in the manger（佔著茅坑不拉屎）之類的話都衝口而出。

是可忍孰不可忍？就算流落街頭也比胯下之辱強！

我立馬起身，說自己不跟藍血人玩（古老的西班牙人認爲貴族身上流淌的血液是藍色的，後來統稱歐洲貴族爲藍血人），愛咋咋地，我就做到此時此刻爲止！

他冷冷地說我就這麼走掉可不行，Elsa下午到，我得跟雇我的人當面請辭才成。

想到還得"忍氣吞聲"幾小時，簡直生無可戀。

" Fine."我答可，然後没行禮就轉身離開。

～

我去接Sabina放學，老師說她有表演天賦，打算在成果發佈會上讓她扮演《龜兔賽跑》裏的兔子……

在車上，Sabina說還好她扮演的是可愛的兔子，她可不想穿上醜陋的烏龜裝……

"可是最後烏龜贏了。"我說。

"妳當我傻？上台表演時，我會一馬當先衝出去，給大家一個Surprise。"

呵！這的確像是Sabina會幹的事。我突然可憐起辦活動的老師，看到自己的學生不按理出牌，又不能在大庭廣眾下發火，那情景要說多尷尬就有多尷尬。

"隨便妳，只是別跑太快，跌個狗吃屎可不妙。"我隨口一說。

"那麼我們晚上彩排一下，我當兔子，妳當龜，記住，最後得讓我贏。"

我答晚上不行，待會兒送她回家後，我馬上打包走人，她媽媽會另外給她找保姆……

"Who said?"她虎著眼問。

"我說的，我侍候不了妳和妳的奇葩父母。"

話一說完，她緊抱住我不放，勒得我快喘不過氣來。

"Sabina, stop it."我制止她

即使下車進到屋內，她依然不鬆手，直到聽見男主人喚她"Sweetheart"。

"Daddy, tell her I want her to stay."小妮子找到救兵，立馬鬆開手奔向他，並且在第一時間要求她的繼父命令我留下。

William 看著我，我答我可沒使什麼妖術，完全是Sabina自己一廂情願……

"Please stay."他忽然開口挽留，態度很誠懇。

哈！我可不是招之即來揮之即去的人，樹活一張皮，人活一張臉，再怎麼著也得……

我話還沒說完，他竟然在出其不意的情況下跟我道歉。

" Well……then……fine……if you mean it. I accept your apology."出走不是我想要的，既然他給梯子，我便順勢而下。

Sabina歡呼一聲，過來擁抱我，也只有在這時候，我覺得那孩子其實……其實還挺不錯的。

第三十九章/有求必應

我没忘記昨晚因没及時回來侍候小主人上床而惹出的禍端，
所以戲一演完，立馬走人。

"萌萌，我載妳回比佛利山莊。"李奧手裏晃動著
車鑰匙走過來。

"不用了，公交車很快就來。"我一步也不敢停留。

"妳昨晚去艾瑪家，都談了些什麼？"他問。

我停下腳步，等著他解釋。

"我没跟踪妳，是湊巧，信不信由妳。"

"不信！"我繼續往前走去。

"你們都被騙了，Steven 是結過婚的人。"他衝著我
的背影喊。

我緊急刹車，轉頭問他這終究是怎麼回事？

～

在車上，李奧告訴我Steven的老婆是登山愛好者，在一次登美國惠特尼峰時，從冰瀑頂跌落下去，當時出動了很多搜救隊，沒想到結局以悲劇收場，新聞還上了報紙頭條。

"你是怎麼知道的？"我問。

他答想知道還不容易？在網上輸入人名，再刪除地域不對的同名同姓者，剩餘的就不多了。

"真厲害！"我言不由衷。

"我還發現他以前是籃球運動員，姐姐Elsa的二婚老公目前是加州最大電影製作公司的總裁，而前任搞出來的拖油瓶現在正由妳照顧著。"他補充說明。

我翻了個大白眼，原來網絡無遠弗屆，只有你想不到的，沒有挖不出的。

"結過婚就結過婚，那也沒什麼，何況他老婆不在了，不過現實倒是打了你一巴掌，原先你認定他是Gay."

他乾笑兩聲，承認那的確是場誤會，但Steven是柳下惠不假，艾瑪就多所抱怨⋯⋯

我很不可思議地望著說話的人。

"What?"他問。

我答沒事，但心裏犯嘀咕，這得多腦殘才會說出這樣的話來？心愛的人抱怨情敵不熱情，他竟然判斷不出自己的處境岌岌可危？

～

話劇院離比佛利山莊不遠，加上非交通高峰期，十幾分鐘就到了。

門衛這次終於認出我來，他很快按下啟動鍵。

“那兩隻四腳獸代表什麼？”李奧看著正在移動的電動門問。

“一隻是獅子，另一隻……不知道，反正是家族的Logo, 韋廷王朝聽過没？男主人的爺爺的爺爺的爺爺……打出的江山。”

“呵呵！挺能打的，他本人大概長得像水滸傳裏的綠林好漢吧？！”

我否認。

雖然William的年紀不小，對我也不友善，但憑良心說，顏質還是在線的，而且多了歲月的沈澱，像古董似的，看著舊，但是塊寶。

“妳怎麼了？”他多看了我好幾眼，“ 表情好複雜，好像錯過了什麼。”

李奧的話醍醐灌頂，雖然不願承認，但我的確羨慕Elsa, 並且有了微微的醋意。這麼“金玉其表，敗絮其中”的人，又是再嫁，還拖個五歲的孩子，怎麼說都高攀了, 如果同樣的好運落在我頭上……

“ 到了， ”李奧踩刹車，“ 的確是有錢人家，開進來得花好幾分鐘。”

“謝了，明天見。”我打開車門。

“等等，那人是誰？”

我順著他手指的方向望過去，原來靠近玄關處的窗戶前站著一個嚴肅的女人。

“管家祝迪，是塊硬餅乾。”我答。

“ 她爲什麼在看我？”

我的老天！她看他是因爲他在看她，還有，那女人很愛八卦，我深夜讓一個男人送回家，這正是茶餘飯後的好談資。

“ 她看你是因爲你的臉上粘著飯粒。”

“真的？”他趕緊就著車上的後照鏡察看。

我下車，嘴角有一抹微笑。

我一進門，祝迪忙不疊問我那人是誰？

“我老公。”我答。

“真的？”

我發現祝迪和李奧兩人都很好騙，說什麼信什麼，會猜疑是好幾分鐘以後的事。

這可不，等我給小主人換上睡衣、盯著她刷完牙、又講了兩則安徒生童話後，一走出房外便瞧見祝迪，看樣子等很久了。

“妳剛剛是騙人的，對不對？”她問。

“剛剛？噢！那個……童話故事當然是騙人的。”我擰起槓來。

祝迪瞪我一眼，挑明了問：“車裏的男人是什麼血型？什麼星座？幾歲了？住哪裏？……”

“我不知道妳對我的老公這麼感興趣。”

“我不是對他感興趣，而是對妳感興趣，妳不像結過婚的人。”

我問她結過婚的怎麼了？長三頭六臂？

“反正不像就是不像，我都沒對象，妳怎麼可能有？而且對方還長得人模人樣的。”

這句話的解讀是祝迪認爲她的條件優於我，同時李奧的外形也已通過她的審美標準。

"是啊！人模人樣的人竟然選擇我而不是妳，妳該好好反省了，understood?"

我把她的口頭禪奉還給她，然後走回自己的房間。

日子匆匆又過了好幾天，我對韋廷家的生活節奏也有了一定的了解。男主人很忙，經常飛來飛去；女主人也很忙，但忙著過"有錢少奶奶"的生活，包括定時定點光顧美容、美髮、美甲院，同時參加派對、慈善活動、名媛聚會……她的忙碌不下一個朝九晚五的上班族，甚至有過之而無不及，所以很好意思地把女兒丟給我。這有個好處，由於母女相處的時間不長，Elsa對Sabina總是和顏悅色，到了有求必應的程度；壞處當然也不少，好比現在，女主人竟然答應讓女兒上迪士尼樂園玩。

"Sabina 得上幼兒園，其他的才藝課也排得滿滿的，再說了，我每天都有演出。"我表情嚴肅地說。

"劇場那邊不是一個月公休兩天嗎？妳隨便選一天去得了。"

切，世界上就是有這麼厚顏無恥的人，那是我的休息日，如晨星般珍貴，在她眼裏卻跟白菜一樣廉價！

"咳、咳、"我故意咳嗽兩聲，"人不是機器，偶爾也需要放鬆。"

Elsa答就是因爲需要放鬆才讓我跟著去，她這個雇主算做到位，連門票都幫我買好，更別說包辦在園內吃吃喝喝的費用。

敢情我還得叩謝皇恩？

"不了，我寧願無所事事地壓馬路或者坐在咖啡館裏發呆。"

見我不願犧牲，Sabina開始撒潑，說她非去迪士尼不可，否則她就要打電話給daddy, 他絕對會帶她去。

" Sabina, don't do anything stupid. Your daddy is super busy."女主人制止她，然後轉身對我說，"不過是錢的事，没什麽大不了，這樣吧！帶Sabina出遊的那一天，我額外多給妳五百。"

我想了想，答："Deal."

第四十章/破冰之旅

世界上第一個迪士尼樂園位於美國加州阿納海姆市，於1955年開業，被人們譽爲地球上最快樂的地方。

樂園的創辦人爲沃特·迪士尼（家喻戶曉的米老鼠、唐老鴨、高飛狗、白雪公主等卡通人物都出自他的筆下），某日當他看著年幼的女兒單獨在公園搭乘旋轉木馬時，腦中有了興建一個大型樂園的構想，讓大人和小孩都能同時遊玩。顯然這個點子很成功，要不，我家小主也不會鐵了心要去。

我把出遊該帶的東西一一準備好，包括帽子、太陽眼鏡、防曬油、泳衣……等，怕小主人玩瘋而弄髒衣服，我還備妥了第二套，可惜當"萬事俱備只欠東風"時，我才赫然發現韋廷家的司機被Elsa給徵用了。

"司機什麼時候回來？"我問。

"女主人跟比佛利山莊的'夫人幫'一起上拉斯維加斯看秀去了，單程就得花上五個小時，妳說司機什麼時候回來？"祝迪反問我。

"不是有直升機嗎？那個快，怎麼不搭？"

"直升機現在估計在俄羅斯上空，William今天和該國的娛樂業大佬會面。"

呵！真是踩了狗屎好運，這下子得叫出租車了。

"Sabina, 妳的芭比玩具屋能別帶嗎？我只有兩隻手，不是千手觀音。"我說。

"不行。"

我退而求其次，問她能否兩個禮拜後再去？反正迪士尼乐园又不會跑掉，玩具屋還能放車上。

話一說完，那個熊孩子直接躺地上以示抗議，任憑我怎麼拉都拉不動。

"看來妳這個保姆也不過爾爾，根本治不了她。"祝迪下完結論後走開，輕蔑的語氣讓人爲之氣結。

"我的小祖宗，"我蹲下身來，"拜托妳別爲難我，迪士尼哪天不能去？我總不能扛著玩具屋和妳一起爬'泰山樹屋'吧？"

這次Sabina索性當起"三不猴"–勿視、勿聽、勿言。

見"武力"無法解決，"動之以情"也起不了作用，我只能找外援。

李奧一聽說我的請求，立馬拒絕，他答好不容易才輪到公休，絕不當"柴可夫司機"，還問我爲什麼不把駕照考出來？早幹嘛去了？

被人落井下石大概就是這種感覺。

"我若有錢買車，也會一早把駕照考出來，省得聽你冷嘲熱諷。"我没好氣地說。

"何不找Steven? 反正他無家累。"

李奧的建議爲我點亮一盞明燈，我一通電話打給他。

"好，二十分鐘後見。"Steven很豪爽地答。

放下手機，我告訴Sabina, 這下子她不僅可以帶玩具屋，連她爸爸買的兩米高長頸鹿玩偶也可隨身攜帶。

STEVEN開的是四門轎車,爲了裝下SABINA的玩具屋、半人高的泰迪熊以及其他林林總總的小東西，不得不把韋廷家的奔馳房車開出來。

"保姆的工作不好做呀！"車子沿著五號公路行駛，Steven有感而發。

"誰說不是？若不是你拔刀相助，估計我會累得像條狗。"

我曾在環球影城打過工，對這類主題樂園其實不感冒，興許這次一起出遊的人不一樣，喚醒我那久違的童心。

"很少看妳笑得這麼開心。"我們步出旋轉風蜜罐，Steven對我說。

"明天和厄運不知哪個會先到，當然得玩得開心點兒，而且'開心'這玩意兒不分貧富貴賤，只有想與不想，無關能不能。"

"是嗎？"他仰天長嘆，"我也想開心，但我不能，我是說打從心底開心，而非做做樣子。"

自從知道Steven的老婆因山難去世後，有部份謎團因此被解開，包括他看起來很陽光開朗，但總有隱隱的傷感；表現在外是謙謙君子，但處久了會有疏離感……無怪乎李奧一度認爲他是同志，對女性不感興趣。

"想談談嗎？"我問。

"不想。"

被拒絕其實沒什麼，每個人都有權利保守自己的秘密，但我不知哪個筋不對（肯定是熱昏頭了），竟然編出一套謊言，而且一氣呵成，連草稿都不用打。

"妳……妳的前男友山難死了，到現在妳還一週一封地給他寫情書？"他問。

"是的。"我答。

他的哀戚一閃而過，讓人看了糾心。

"像我這種悲劇人物尚且活得好好的，你也可以。"我進一步說。

"謝謝！"他苦笑。

體驗過"飛躍全世界"（在幾分鐘內走遍全球）後，我們在迪士尼樂園附屬的紅龍蝦餐廳點海鮮及牛排吃，吃完剛好趕上花車巡遊及獅子王慶典。當夜晚的煙火表演將節目推向最高潮時，有人緊握住我的手……

我知道經過這一天，一切都變得不一樣了。

第四十一章/農夫與蛇

有人說全世界最好看的秀都集中在拉斯維加斯，這可不，隔天我送小主人上幼兒園，回到韋廷家剛好遇上看秀回來的Elsa, 不過是尋常的一句問話："拉斯維加斯的秀好看嗎？"，竟然打開女主人的話閘子，我因此知道KA秀、藍人秀、猛男秀、上空秀、歌舞秀、帝王爭霸秀……

"告訴妳，那裏的秀花樣繁多、精彩紛呈，若不是同行的姐妹趕著回家，我真想全部都看過一遍。"她補上一句。

"什麼事非得著急回家不可？"我問。

"布朗家的保姆正在勾引男主人，妳說著不著急？"

說完，Elsa惡狠狠地盯著我瞧，害我半天答不出話來，趕緊找個藉口離開。

〜

Sabina的幼兒園只上半天班，包含午餐，這倒好，不用為了吃啥而煩惱，同時也給了我和Steven共進午餐的機會。

“想吃什麼？”他問。

“天氣熱，想吃涼麵，但這種地方小吃在國外恐怕很難找到。”

誰知Steven說我好運氣，在North Canon Drive上新開了一家叫“川味居”的店，說到涼麵，還有比四川涼麵更令人垂涎的嗎？

然而興沖沖趕去，卻發現這家店賣的是大雜滙，既有四川的麻婆豆腐、擔擔麵，也有廣東的乾炒牛河及叉燒，就是沒有我要的涼麵。

“這算不算掛羊頭賣狗肉？没涼麵，店名怎麼可以叫‘川味居’呢？”我很不滿。

還好點的紅油炒手、水煮牛肉、清炒芥蘭、揚州炒飯等的味道都不錯，服務也還行，我便不再抱怨，專心在吃食上。

“談談妳的男朋友吧！”趁我喝熱茶解油膩之際，Steven忽然問。

我的男朋友？噢！山難那一個。

“他……他是很多女孩子心目中的男神，185公分高，有六塊腹肌及人魚線，人很聰明，是學霸，對我特別好，到了有求必應的程度……”

無形中，我把自己長久以來幻想的白馬王子形象全抓來當男友，殊不知在現實世界中，我的前男友再平凡不過，甚至會因我堅守最後一道防線而跟我拜，毫無美感可言。

“難怪到現在妳還一週一封地給他寫情書。”他無限感慨地說。

“唉……嗯……呃……”我尷尬至極。

“他是在哪裏出事的？”Steven又問。

哪裏？我認識的山不多，除了人盡皆知的世界第一高峰（珠穆朗瑪峰）之外，就是武俠小說裏會有的崑崙山、武當山、峨眉山……等。想到我那"神聖不可侵犯"的白馬王子不應該爬太接地氣的山，但若回答珠穆朗瑪峰又過於誇張……

見我半天不吭聲，Steven主動交待自己曾有過一段婚姻，妻子是登山愛好者，在一次登惠特尼峰時出了事，當時出動了很多搜救隊，沒想到結局以悲劇收場。

"一樣，我的前男友也是爬惠特尼峰時出事，看來那座山險象環生，還是別去，呵呵！"

意識到自己竟然笑出聲，這對死者太不敬了，我趕緊搗住嘴用力咳嗽兩聲，想把難堪掩飾過去。

"萌萌，"他突然抓住我的手，"妳太不容易了，如果……如果不介意我結過婚，讓我來照顧妳，好嗎？"

聽到有人要照顧我，我感動得無以復加。長久以來都是孤獨一人，一個人吃飯、一個人睡覺、一個人開心、一個人流淚……現在竟然有人要和我並肩而行，與我分享生活的點滴，給予我溫暖的懷抱，怎不令人雀躍？

"好，當然好，"我拭去奪眶而出的淚水，"我太高興了。"

他笑我傻，這樣也哭？

"我就是傻，你不也喜歡傻裏傻氣的我？"我答，冷不防又滴下一顆欣喜之淚。

～

我們一同去接Sabina放學，那個鬼靈精一眼就瞧出有事不對勁。

"Uncle,爲什麼你也來接我？"她問。

Steven望了我一眼，笑說："因爲萌萌在這裏呀！"

那女孩轉動一下她的大眼睛，問我們可曾接吻過？

"哈哈！這是什麼爛問題？我們當然接吻過。"說完，他低頭親了我臉頰，害我羞紅了臉。

"噢噢！小心我告訴媽咪。"顯然小主人並不樂見此結果。

" Sabina, 回去可別告訴媽咪，妳uncle是逗妳玩的。"我趕緊扼止流言，雖然心中早已冒出無數個幸福的小泡泡。

誰知那個一根筋的男人馬上重申我的女友地位，害我進退兩難。

Sabina因此深看我們好幾眼，那樣子像是拿著放大鏡看古化石的老學究，深不可測。

匆忙帶著我家小主去上芭蕾舞課及打兒童高爾夫後，我趕著粉墨上台。

和往日一樣，全體演員在熱烈掌聲中下台，不同的是，我好像在觀眾席上看到William的身影，驚鴻一瞥，看得不是很真切。

" 妳怎麼了？"大概簾幕拉上後，我依然原地不動，李奧忍不住問。

我答好像在人群中看到不該看到的人，所以驚嚇到。

沒想到一走出話劇院，真的看到不該看到的人—艾瑪。

" 妳和Steven究竟是怎麼回事？"她叉腰質問我。

" 什麼怎麼回事？"我邊答邊往巴士站走去，沒忘記自己得趕回家照顧小主人。

" Steven說他和妳正在交往。"她小跑步跟上。

他真那麼說了？我感到意外，畢竟我們才剛確認戀愛關係沒多久。

"誰說的問誰去，問我做什麼？"

"衛萌萌！"

我轉過頭去，一個巴掌隨即而來，打得我眼冒金星。

"妳就是傳說中的綠茶婊，專做挖牆腳的事，虧我對妳掏心掏肺的，妳倒好，直接搶走我的男人！"

我也不甘示弱，強調男未婚女未嫁，什麼她的男人？別笑死人了！

就在第二個巴掌甩過來之前，李奧適時出現。

"做什麼你？"她試圖掙脫孔而有力的臂膀，"今天我就打算跟這個不要臉的女人同歸於盡。"

李奧邊抱緊艾瑪邊提醒我公交車來了。

看著他懷裏失去理智的潑婦，我當下決定還是別起正面衝突，於是懷著委屈跳上紅色Metro 4路。

今晚我給Sabina講的睡前故事是《伊索寓言》裏的一則，她指定要聽的。

在一個寒冷的冬天裏，趕集完的農夫在路邊發現了一條蛇，以爲它凍僵了，便把它帶回家照顧，没想到蛇甦醒後卻本能地反咬他一口，農夫死前後悔地說："我想要做善事，卻由於見識淺薄而害死自己，報應呀！"

故事說完，Sabina問我蛇爲什麼要咬農夫？

"那是它的本能，解釋不了，所以別幫助壞人，壞人最後會反咬妳一口。"我答。

"妳是壞人嗎？"

"我？當然不是。"

"那麼爲什麼媽咪說妳是《農夫與蛇》故事裏的蛇？"

知道Elsa把我視爲不懂感恩的蛇，我問那個闖禍精今天是不是說了不該說的話？譬如……我和她uncle的事。

"我只說uncle親了妳一下，其他什麼都沒說。"她面露無辜的表情。

哎！就知道小孩的嘴巴管不住。

"這下子妳媽肯定會給我苦頭吃。"我長嘆一口氣說。

替小主人蓋好被子後，我意興闌珊地回到自己的房間。

第四十二章/替身

早上八點前，我把穿戴整齊的Sabina送上餐桌，真巧，男女主人都在。

" Good morning, Sir. Good morning, Madam." 我分別行了屈膝禮。

William對我還算和善，至少回禮了；Elsa就不一樣，她冷若冰霜，儼然冰雪女王，對我的問候置之不理。

我想著還是趕緊到下人餐廳吃早餐，去晚了，就只能胡亂喝杯牛奶，畢竟還沒梳妝打扮，而待會兒還得送小主人上幼兒園。

"衛小姐，坐下來一起吃吧！"Elsa忽然開口挽留。

"不，不了。"我很受寵若驚，並且看了男主人一眼，"我還是另外吃吧！"

" Have a seat, please."這次是William開的口，怕我推辭，還喚來管家，要她通知廚子給我來份火腿蘑菇蛋捲加熱飲。

我只好道謝坐了下來。

韋廷家的早餐很豐盛，光麵包就有好幾種，包括帶鹽粒的八方形扭結麵包、牛角包、蝸牛麵包、小麥麵包、黑麥麵包等，把麵包籃塞得滿滿的。

大概我的眼光落在麵包上，William 把麵包籃遞給我。

爲了不拂他意，我取走一個小麵包。

等男主人也把黃油、果醬、蜂蜜、堅果醬往我這邊挪時，Elsa不淡定了。

"給我黃油！"她下令。

我立即誠惶誠恐地把黃油碟子遞過去。

"果醬、蜂蜜、堅果醬也要。"她接著說。

於是我一股腦地把東西全給她，自己拿起麵包乾啃，還好火腿蘑菇蛋捲和熱可可適時送到，多少免去一些尷尬。

" My brother, Steven, has fallen in love with a poor girl."女主人對男主人說。

" Who is she?"

" Nanny knows her."

於是Steven望向我，呃！我要如何告訴他Steven的戀愛對象是我，那個Elsa口中的窮女孩呢？

"I ......I......"

我還在支支吾吾，Sabina毫不客氣地把話筒奪去，說Steven昨天吻我了。

William 有些驚訝，問我是不是屬實？

我窘得不知如何是好，恨不得將頭埋進地底下。

Elsa不忘繼續捅刀，她說Steven的亡妻是大家閨秀，畢業於常春藤名校，長得也大大方方、儀態萬千，可惜紅顏薄命，Steven因此消沈了許久，最近才認識一個包租婆，和Christine

根本無法比，沒想到每下愈況，現在竟然被一個小小的保姆給俘虜了，真不知該說什麼好，怪就怪在他還沒有從失去愛妻的創傷中解脫出來，但凡有人和Christine有那麼丁點兒相像就深陷進去……

男主人不苟同，他說我和Christine一點兒也不像。

Elsa答把頭髮剪短，再露出小虎牙就像了，然後轉頭用普通話對我說："別以爲自己中了大獎，這不是真愛，我弟弟找的是替身，他們夫妻倆的感情可好了，鶼鰈情深。"

所謂"打蛇打七寸"，Elsa算是打中我的脊樑骨，我立馬没了底氣。

"快吃，否則上學要遲到了。"我叮囑小主人，然後低頭默默吃早餐，把蛋捲一掃而空，連殘渣也不留。

～

"如果妳認爲我言過其實，待會兒我發Christine的照片給妳看，妳自行判斷。"臨出門前，女主人是這麼跟我說的。

把Sabina送進幼兒園後，我找了一家咖啡館坐下，直到喝完兩杯咖啡，我才打開郵件。那一張張栩栩如生的照片如同雪片般飛來，我看到一個陽光、有活力的女子，髮型和《情書》電影裏的女主角如出一轍（艾瑪也是這個髮型），不笑時形似中山美穗，笑起來露出兩顆小虎牙，雖然不願承認，但瞧著的確跟我有幾分相像。

再看他們夫妻倆的互動，照片應驗了何謂如膠似漆、情投意合、水乳交融、親密無間……就差沒親眼目睹他們的畫眉之樂。

"原來……原來Steven真的在找替身，壓根兒不是對我這個人感興趣。"我喃喃道。

"嘟……嘟嘟……"

說曹操，曹操就到，是 Steven 的來電，他邀我中午一起吃飯。

我答好，突然一個念頭在腦海裏閃過。

"天氣熱，我想把頭髮剪短，你覺得如何？"我問。

"隨便，只要妳喜歡。"

我望向窗外，街對面有家美髮店，我立馬要他過來幫我拿主意。

"還是妳自己決定吧！我對女人的髮型沒概念。"

"不嘛！女爲悅己者容，你認爲好看才是真的好看。"

他最終同意了，問我是哪家店。

髮型設計師建議我剪貝殼頭，說是今年的流行款，STEVEN 不同意，他認爲偏分斜劉海的齊耳短髮更乾淨利落，同時予人清爽的感覺。於是在他的指示下，我的長髮一把一把地落地，最後終於成了第二個渡邊博子（或者說是中山美穗、艾瑪、CHRISTINE），就是不像我—衛萌萌。

"喜歡嗎？"Steven微笑問我。

"嗯！"

"笑一笑。"

我勉強笑一下，當看到Steven"眼前一亮"的表情時，我幾乎可以認定他已經把我打造成Christine，那個已逝的亡妻。

"我想買件衣服，你幫我。"我繼續不撞南牆不回頭。

他低頭看了一眼腕錶，說："該吃飯了，下次吧！妳不是還得上幼兒園接Sabina?"

"我不管，飯可以不吃，衣服不可以不買，我就想買，現在！”

拗不過我的胡攪蠻纏，他答應陪我買衣服，還好比佛利山莊最不缺的就是服裝店，個個價格不菲。

當他帶我走進Abercrombie Fitch，一個美國高端品牌休閒服飾店時，我的心像自由落體般直直往下墜。這是熱愛戶外活動的Christine最心儀的牌子，因爲照片中的她經常穿著以鹿爲Logo的服裝。

“這件如何？”他拿起正面有三粒扣的藍白條紋Polo衫問我。

我認出Christine也有類似的一件，只是條紋細了些。

“嗯！”我弱弱地答。

等我從更衣室走出來，Steven立即建議我再買條白長褲搭配。

我記得那張站在黃石公園超級火山前拍的照片，Christine穿的正是條紋Polo衫配白長褲。

“好。”我說。

於是他幫我找來白色寬腳褲，與照片上的款式一模一樣。

“妳真好看。”我們從門店走出來，Steven在我耳邊低語。

呵呵！當然好看，我像極了他的再版亡妻，還有比這個更令人振奮的嗎？

那個男人在接了個緊急電話後，匆忙向我道歉，說他得趕回公司了。

“没事，我也得去接Sabina.”

他接著在我的臉頰上小啄一下，並且說“愛我”，我很想哭，但忍住了。直至他走遠，遠到只剩一個小黑點時，我才讓不爭氣的眼淚流了下來。

“你好殘忍！”我心吶喊著。

第四十三章/突如其來

Sabina看到我的新造型沒說什麼，只是睜著一雙大眼睛吧嗒吧嗒地看我，倒是祝迪很興奮，直說有型，比以前的"路人形象"好太多。

~

下午的計劃著重課業輔導，寫完數學及ABC後，我把Sabina交給剛到的鋼琴老師，然後走出房間打算小憩一會兒，意外在走廊碰到男主人。

" You look different."他說。

" Ugly, I know."我答很醜，我知道。

我以爲他會說些反駁的話讓我好過點兒，結果沒有，反而問我要不要喝杯咖啡聊聊？

知道Elsa飛去美東參加紐約華裔社區舉辦的婦聯活動，一時半會兒不會回來，我聳聳肩說午飯沒吃上，喝杯飲料也好。

當廚子推著小車子過來，上面有手指春捲、黃瓜三明治、司康、巧克力馬芬及兩杯現磨咖啡時，我轉過頭去，碰巧看見祝迪站在敞開的落地窗前看我們，帶著謎樣的眼神及少許的不快。

不止她，其實我也不懂。

剛開始，男主人對我有戒心，認爲我來韋廷家的動機不純，後來雖然礙於Sabina,態度稍有緩和，但也就那樣。没想到今日竟然邀身份卑微的我喝咖啡，還因我没吃午飯，煞有介事地安排一桌子的點心，真是太陽打西邊出來！

" I prefer you have long hair. It looks more like you."

我正吃著糕點，William 突然發表己見，害我感觸良深。其實我也喜歡留長髮，不想變得不像自己......

他安慰我頭髮過一段時間會長出來，再不濟，商場裏也有賣假髮的。

我猜想William 見過Christine，所以完全明白我剪頭髮爲哪椿，也許心裏正嘲笑我"東施效顰"、"畫虎不成反類犬"。

一想至此，我放下刀叉，賭氣地說自己真愚蠢。

他答我不蠢，只是不知道自己是塊發光的金子。

" What do you mean?"我問。

然後男主人給了我一張名片，要我過幾天去見Douglas Back,那個著名的《California Hospital》劇集製作人。

《California Hospital》翻譯成中文就是《加州醫院》，每週三晚上九點到十點播放，已經演到第五季，算是美國家喻戶曉的影集。

我難掩興奮之情，問爲什麼是我？

William答他看過我演的話劇，挺好的，剛好Douglas需要一名亞裔女演員，他便自然而然地想到我，但可別高興得太早，事情未必能成。

我當然知道推薦是一回事，能不能成又是另一回事，這一行最缺的就是機會，所以每一次機會都得好好把握，說不準哪天真能鹹魚翻身。

" Thanks! I will do my best. I promise."我太高興了，幾乎忘了自己被當成"替身"所帶來的屈辱感。

William 說他相信我會做到最好，並且祝福我拿下角色。

啊！如果有貴人，想必就是眼前這位，當Steven為我關上一扇門時，他適時為我打開另一扇窗。

劇場的工作人員紛紛讚美我的新髮型，我謝也不是，不謝也不是，尷尬得不得了。

" 這是怎麼回事？妳越來越像艾瑪了。"李奧質問我。

知道他指的是髮型，我問他誰好看些？

" 當然是我女朋友好看，模仿的總是次。"他答。

我原諒他被愛情衝昏頭，但模仿的確很次，何況我是心不甘情不願地"被動"模仿。

" 知道了，我也很後悔，都說世界上有四樣東西一去不復返：說出去的話、射出去的箭、逝去的日子、錯過的機會，現在又多出了一樣……剪了的頭髮。"

見我心有悔意，他對我俏皮一眨眼："沒事，還可以補救。"

由於心中有疙瘩，我婉拒Steven的午餐約會，轉而隨著李奧來到韓國城，那裏有一個據說是世界上最好的髮型設計師。

" 老天！這麼破的店也要排隊？"拿到號碼牌，我不禁埋怨。

“這麼破的店也要排隊，可見技術很好。”他答。

也對，一件事有兩個面，端看你從哪個角度看。

“現在怎麼辦？下午一點我得接小孩。”我問。

“ 我們找家餐廳吃飯，然後妳去剪髮，我幫妳接小孩，兩不誤。”

於是我吃了10刀的豬排飯，他吃了12刀的牛肉石鍋拌飯，最後再以梅雀果（一種裹糖的油炸物）完美收官，此時也到了約定的時間。

李奧丟下一句“妳進去，我去接小屁孩”後，走了。

我拉開玻璃門，將自己的頭髮交給那個左耳上有耳釘的男子。

不得不說韓國髮型師還是有兩把刷子，不過十幾分鐘的光景就把齊耳短髮改造成具時尚個性的露耳短碎髮，不僅鬢角遮擋了一部份臉龐，有瘦臉效果，而且讓原本不太平整的髮尾顯得飽滿，而最令人滿意的是髮型和“那些女人”的完全不一樣，我終於又做回自己。

~

李奧把Sabina送到美髮院，她望著我好一會兒後說：“ 妳又剪髮了。”

“是的，好看嗎？”我問。

“Uncle不會喜歡。”

Sabina提起Steven讓我很忐忑，不知他看到新髮型作何感想？

“我喜歡，好看。”李奧把話截了去。

我說他當然喜歡，這下子沒有第二個艾瑪，他的女友又獨一無二了。

他嘿嘿嘿地笑，算是默認了。

～

今晚我給小主人講的床前故事是格林童話《萵苣姑娘》，大概因爲版本的不同，手上的這版充斥著大量的性和暴力，我不得不闔上書，把印象中的《萵苣姑娘》用淺顯易懂且"平和"的方式講述。

從前從前有一個頭髮具有魔力的女孩遇見了王子……他們歷經磨難後終於再次相遇，女孩的兩滴眼淚讓王子被刺瞎的雙眼恢復了視力，兩人從此幸福地生活下去。

"妳講的和祝迪講的不一樣，她說萵苣姑娘是壞女人，没結婚就生孩子，不要臉！"

知道祝迪對五歲小孩這麼"口無遮攔"，簡直太嚇人了。

"咳、咳、這個故事是很久很久以前的一對德國兄弟搜集而來的，妳知道故事傳來傳去總有不一樣的版本，我相信萵苣姑娘不是壞女人，她很愛王子，所以才會掉眼淚。"

"妳愛uncle嗎？"

Sabina突來的問話讓我想起昨天面對Steven的背影掉眼淚的我，但那是屈辱之淚，不是深情的淚水。

"我還不知道，愛情是互相的，如果只有一方愛，另一方不愛，那就不是愛情了。"

"像Daddy和Mummy嗎?"她問。

我想起Sabina的母親帶著她改嫁William, 肯定是與前夫的感情出了問題。

"算是吧！妳只要記住他們兩人都是愛妳的，只是不能在一起了。"

"哎！我就知道我媽不愛 William ，我可不想再有第三個爸爸。"

什麼？！我睜大眼睛問她是什麼意思？

"Daddy 對祝迪說我媽不愛他了，然後祝迪親 Daddy 一下，像 uncle 親妳一樣。"

這消息來得太勁爆，我問是什麼時候的事？祝迪真的親了 William ？

重要時刻，那小妮子竟跟我玩起遊戲，她瞬間沈沈入睡，叫都叫不醒。

無奈之下，我只能幫她蓋好被子，然後懷著惆悵離去。

第四十四章/甦醒

我一走出Sabina的房間，正好撞見祝迪從主臥室出來，她看見我，樣子有些詫異。

" 又剪髮了？"她問。

"嗯！"

由於剛從小主人那裏聽到爆炸性的消息，我不禁細細打量起眼前的這個女人：身高約165公分，不高不矮；五官端正，沒有明顯的缺陷；身上的衣服中規中矩，但仍掩蓋不住大胸、細腰、豐臀；碩士學位，讀書人的氣質尚在……換言之，她是那種看起來無公害，實際上會一鍋端走的人。

" 怎麼了？"大概我的眼光停留在她身上過久，祝迪忍不住問。

"没什麼，Elsa回來了嗎？"

"明天回。"

明天回？孤男寡女的，她就這麼進出主臥室，也不懂得避避嫌？

"William睡了嗎？"我接著問。

"他還没回來，對於日理萬機的人來說，這不挺正常的？"

我嘴巴稱是，心裏鬆了口氣。老實說，在演藝圈看過太多光怪陸離的事，真不想回窩還不得安寧。再說了，Elsa是不討人喜歡，但Sabina可憐，我不願見她的家庭四分五裂。

Elsa不知是幾點回來的，反正早餐桌上有她，嘴巴一樣不饒人，把我的髮型批評得一無是處。

William不苟同，他認爲我的"新"髮型好看多了，比較像我。

Elsa睨了自己的老公一眼，說他不懂女人的心思，我剪短頭髮是爲了與死去的人互別苗頭，但髮型不對, 和Christine的完全不一樣……

這真是一件奇怪得不得了的事，我和男主人有共同的秘密，女主人卻不知情，一個人自顧自地說話，像演獨角戲。

我不知道William是怎麼想的，反正我偷著樂，有捉弄人後的隱隱快感。

送小主人上幼兒園後，我在學校外面的階梯上坐了下來，打算上網看《加州醫院》影集。面試約在兩天後的早上10:30，我不想讓Douglas Back認爲我什麼都没準備。

當我一口氣把第五季的前三集看完後，對劇情終於有了一定的了解。影集描述加州某家公立醫院的日常，這裏有一支勇敢無懼的醫護團隊，每當特定事件或災難發生時，他們便團結一致地化解危機……

劇中的醫生非白即黑，只有一個黃皮膚，還是可有可無的打醬油角色，所以我猜自己"客串"一集的成份居多，大概會比群演好一些，台詞也應該有幾句。

"這樣也好，不用跟光頭男解釋，搞不好他壓根兒沒發現我在外面接私活。"我心竊喜。

"嘟……嘟嘟……"是Steven的來電。

我照舊給了個冠冕堂皇的藉口回絕，他没懷疑，只是提醒我要好好照顧自己，別累壞了。

"會的，謝謝！"我答。

"愛妳！"

"嗯！"

掛上手機，我心裏發酸，他若真愛我倒也罷了，怕就怕連他自己也搞不清楚愛的究竟是誰，那才可悲！

今天下午的行程安排是上芭蕾舞課，不巧SABINA在幼兒園和小朋友打架，一頭栽進沙堆裏，回家後我不得不將她拎進浴室，等一切就緒，時間已經晚了一刻鐘，跳舞的孩子已經在做伸展動作了。

隔著玻璃窗，我還能見到我家小主心不甘情不願的樣子，嘟起的小嘴可以掛三斤豬肉。等我留意到玻璃上的倒影時，那已是好幾分鐘以後的事。

"你……"我轉過頭去，"怎麼來了？"

"兩天不見妳，挺想妳的。"他答。

我等著Steven主動提，但他沒有，只好由我先開口。

"那個髮型我不喜歡，很不喜歡，非常非常的不喜歡，所以又找人修剪了。"

他摸摸我短俏的髮，說：“不錯，妳喜歡就好。”

“我……我也不喜歡Abercrombie Fitch的衣服，所以退了。”

在美國購物有個好處，只要保留小票，一個月之內無條件退貨，售貨員也不會追問理由。

“没關係，不喜歡就退，没什麼大不了的。”

他的“寬容”讓我迷惑，難道我誤會他了？

“今晚想帶妳上格里菲斯天文台。”他忽然說。

格里菲斯天文台是世界上最著名的天文台之一，位於洛杉磯西北方向的山上，與好萊塢遙遙相對，曾經在電影《霹靂嬌娃2》及《黃金眼》中出現過。

“等我離開話劇院，天文台早關了，何況我還得給Sabina講睡前故事。”我答。

Steven說時間的確晚了，但不妨礙看夜景，至於工作……他打個電話給Elsa即可，没問題的。

“嗯……好吧！不過不能太晚回去，隔天一早還得送Sabina上幼兒園。”我說。

～

回到韋廷家剛好來得及喚小主人起床。

“妳昨天怎麼没洗澡？”她睜開惺忪的雙眼問。

“爲什麼這麼問？”

“我認得妳T恤上的小熊，和昨天的一樣。”

這個鬼靈精！什麼事都瞞不了她。

“對，昨晚我發懶，没洗澡就睡覺，妳可別學我。”

好不容易把Sabina送上桌，男主人望了我一眼，沒說什麼，倒是女主人開口了，說現在的女孩子不得了，一抓住男人就急著獻身，一點兒矜持也無……（說的是英語，想當然爾把William納入聽眾名單內）。

由於她以"devote"這個文雅的字眼表達男女之事，Sabina問是什麼意思，害我們三個大人面面相覷。

小主人向我揮手過後走進教室，我終於有時間回顧昨晚發生的種種。

從天文台座落的山頂往下看，洛杉磯的夜景流光溢彩、美不勝收，但我們沒在那裏待很久，而是回到Steven的住處，原來他住在馬里布，和國際巨星成龍比鄰而居。

"你很有錢嗎？"看著屋內奢美的軟裝加硬裝，我忍不住問。

"正確地說是我父母及父母的父母有錢，我只是碰巧投對胎而已。"

"呵呵！那可不是簡單的技術活呀！"

說這話時，我的眼光落在人形娃娃上，玻璃罩下的女娃娃留著日本平安時期女眷慣有的長髮，繫上華麗的髮帶後，東洋味盡顯。

"你曾說娃娃長得像中山美穗，我覺得不是，她更像Christine多一些，你認為呢？"

為此，Steven俯身向前，想看仔細一點兒。

"妳說的對，的確不像中山美穗，但也不像Christine，Christine是短髮，我覺得反倒像妳，留長髮的妳。"

我懊惱地說可惜長髮沒了……

"没關係，還會長出來，到時我給妳買一樣的髮帶，嗯？"

當STEVEN進入時，我笑了，原來性愛如此美妙，在堅守27年後，我的身體終於……甦醒了。

第四十五章/瑟瑟發抖

我當然知道我的第一次被李奧給奪走了，那是一次很糟糕的體驗，匆匆上場又匆匆謝幕，一點兒甜頭也沒嚐到。

書上說性愛猶如火熱地獄中的天堂，又好比汗流浹背幾小時後突然跳入泳池所帶來的清涼觸感，可惜我完全沒體會到，有的只是被強盜搗毀後的一片狼籍。

我以爲也就那樣了，沒有飛上天後帶來的快感、沒有心悸、沒有無意識的呻吟，當然也沒有高潮後帶來的肌肉癱軟。

還好，Steven給了我一切，包括一飛衝天後被無數顆星星環抱的舒適感。

"這是妳的第一次嗎？"他柔聲問。

"嗯！"

Steven隨即擁緊我，無限愛憐地說："放心，我對妳是認真的。"

我以爲男人會害怕遇到處女（雖然我已經不是），他的"主動負責"反倒讓我眼前一亮，這的確是個優質男。

"我對你也是認真的。"我說。

然後我們心滿意足地相擁而眠。

下台後，李奧問我有什麼開心事？

"爲什麼這麼問？"

"因爲妳彷彿嗑藥似的，整個人興奮異常。"

我搖搖頭答没什麼，小氣地不願與旁人分享我的喜悅。

隔天送Sabina上幼兒園後，我趕往Sycamore Avenue的一棟辦公樓，Douglas Back約我在那裏見面。

整個會面的過程非常順利，那個有點兒口吃的製作人說他和William是多年好友，還未曾見他如此大力推薦某人，今日見面只是彼此熟悉一下，不需要試鏡，下週一進棚，動作快一點兒，一天就能拍完。

果然和我猜想的一樣，是客串性質。

向他道謝後，我拿走自己的劇本。

" By the way, your pay is $600 before tax."

我没提薪資問題，他倒提了。稅前600美元的所得差強人意，我以爲會比那個多一些，畢竟該劇的收視率極高，五個季度下來，主要演員都已是億萬富翁了。

離開辦公樓，我立馬打電話給Steven，告訴他這個天大的好消息。

"太好了，《加州醫院》是非常受歡迎的影集，妳很快就會揚名國際。"

我笑說哪兒這麼容易？估計就在屏幕上出現幾分鐘，也許連個特寫也没有。

他答不管怎樣，這是個好的開始，他祝福我旗開得勝！還問我中午想吃什麼？他提早幫我辦慶功宴。

"好呀！台記的麻辣火鍋，我愛吃極了。"我答。

得空坐下來翻看劇本，這才發現我的角色是一名醫鬧，因爲老公没及時被搶救過來。

完了，這個角色既不討喜又毀形象，與我原先設想的貴婦或清純少女有很大的出入。

哎！既來之則安之，有總比没有好，就讓我將內心粗鄙的一面展現出來吧！

Douglas說動作快一點兒，一天就能拍完，所以我打算在太陽下山前完工，如此一來便不會耽誤晚上的演出，但白天的工作肯定受影響。

"既然是男主人推薦我去，他應該會允許我缺勤一天才是。"我樂觀地想。

然而人算不如天算，William 又日理萬機去了，這次是南美洲，大概十天半個月都不會回來。

男主人不在，我只好向女主人報備，她一聽說我要把她的寶貝女兒扔下，立馬不淡定了。

"妳這樣三天打魚兩天曬網也不是個事，要不，我們韋廷家放妳自由，妳看如何？"

我摸摸鼻子說 Never mind, 自己會把工作做好，不給她添麻煩……

"我警告妳別讓我那個傻弟弟來說項，對於你們的戀情，我是一百個不同意，但阻力越大，愛的力量也越大，現在只能坐等他自己覺醒，這不表示我對妳沒意見。"

"知道了。"我吞下委屈，默默走開。

STEVEN還是從電話中聽出有事不對勁，在他的一再追問下，我只好把自己的困難告訴他。

"没事，星期一我請一天假帶Sabina。"

"真的？你真的願意？"我喜出望外。

他答當然，我的事就是他的事，他這是在替世界培養一流的國際巨星，小小的犧牲不算什麼。

如果不是在電話中，我真想給他一個擁抱。

他要我把那個擁抱保留到星期二。

掛上手機，我又元氣滿滿，"偷情"大概就是這種感覺吧！

我的戲份不多，只有五幕，前三幕就是過個場，話很少，重點擺在第四及第五幕。我用盡全力演一個歇斯底里的女人，吶喊、嘶吼兼撒潑，連和我演對手戲的萊特醫生都嚇壞了，當導演喊卡後，他還問我要不要來杯熱茶冷靜冷靜？

這邊的戲一演完，我馬不停蹄地趕往艾曼森話劇院，光頭男來不及責備我就將我推向台前。

噓～總算沒開天窗。

閉幕後，免不了挨導演一頓好罵，我畏畏縮縮像個孫子似的，讓面惡心善的他再也罵不下去，丟下一句" Never do it again"後，他放我回家。

回到韋廷家，床上的Sabina忙不疊向我報告今天的行程，我因此知道Steven帶她去了哪裏，玩了什麼又吃了什麼。

"這麼好？uncle有沒有在背後說我的壞話？"我開玩笑地問。

她想了一下答沒有，倒是另外有人說我壞話。

"誰？誰那麼大膽敢說我的壞話？"我假裝生氣。

"我不認識，是個短髮的女生，她說妳是破鞋，人怎麼會是鞋？還是破的。"

聽完，我心喀噔了一下，不會吧？

"咳、咳、人當然不是鞋子，妳今晚想聽什麼故事？"我趕緊岔開話題。

小主人答《孫悟空》，那是紐約婦聯會會長要Elsa轉送給她的，一共12本，都是銅版紙印刷的精裝本。

我抽出第一本，那是有關美猴王出世的故事。

大海裏有座花果山，頂上有個大石頭墩子。有一天，轟隆一聲，這石頭墩子裂成兩半，從裏面蹦出來一個石猴，他就是孫悟空……

邊講故事邊心底磣得慌，艾瑪爲什麼喊我"破鞋"？難道她知道些什麼？李奧總不會連這個也招了吧？

我不禁瑟瑟發抖。

第四十六章/陪男主人散心

馬里布以前是印第安土著的領地，地名Malibu在印第安語的意思是"響聲轟鳴的海灘"。今天的馬里布是一個非常受歡迎的高級住宅區，全球頂級的明星和富豪紛紛在此置業。

送小主人上幼兒園後，我要司機載我前往馬里布。

沿著1號公路，我看到礁石海灘上有大片大片的房車營，海面有人在衝浪，成群的海鷗迎風飛翔，野鴨和白鷺無處不在，好一副天人合一的美好景象。這裏沒有聖塔莫尼卡的喧囂，沒有羅迪歐大道的奢華，亦沒有威尼斯海灘的風情萬種，有的只是野趣盎然的自由。

"哪天也過過'白天看海，夜晚數星星'的小日子，應該挺不錯的。"我心想。

車子蜿蜒上山，沒多久便停在457號門前。

那天來Steven家已是深夜，外觀上看得不是很真切，今天仔細一瞧，原來是棟經過翻新的白色建築，牆面上還嵌著大大小小的貝殼，和四周圍的深宅大院比，算是"小巧可愛"。

我給了韋廷家的司機10刀的小費（心疼死我了），囑咐他不必來接我，然後下車走向那扇黑色鐵門。

今天的Steven 是個盡責的主人，他請我在挑高的起居室坐下，爲我端來一杯果汁，然後正襟危坐地坐在我對面（太嚴肅了，我還以爲自己是來應徵工作的）。

"今天不用上班嗎？"我問。

"辦公室正在檢測有無被竊聽，下午才上班。"

我笑說不過是家拍賣行，搞得好像諜戰大片。

"商場上爾虞我詐，時刻得留意別陷入對方所設下的圈套。"

我說我不懂，這些離我很遙遠。

"妳真不懂？"

"什麼意思？"

然後他起身離開，没多久拿來兩本香港有名的狗仔雜誌，從灰撲撲的封面判斷，應該是從二手市場掏來的。

雜誌上貼了小黃貼，我很快就找到有關我的報導。

我看得很慢很慢，好壓住心中排山倒海而來的巨浪。

"如果……如果我說那些裸照是合成的，報導也是假的，被潑髒水是因爲自己不想被導演潛規則，你信嗎？"我閤上雜誌說。

Steven直挺挺地看著我好一會兒，似乎想從我的微表情中判斷出真僞。

"那算了，我走就是。"我起身。

Steven阻止我離開，他說如果我們要發展下去，誠信很重要，他要我坦誠地告訴他句句屬實。

"當然是真的。"我無畏地答。

"包括之前所說的？"

這次我猶豫了一下，最後還是答Yes。

見我點頭，他鬆了口氣，上前給我一個擁抱。

"今天的事到此爲止，從今往後我不再懷疑妳。"他説。

愛人的懷抱很溫暖，但我的心卻堵得慌。

"能問你個事嗎？"

"妳問。"

"雜誌是誰給你的？"

他停頓了一下後，答："艾瑪。"

我問他打算怎麼辦？這樣藕斷絲連可不好。

"放心，我會解決的。"他親吻我的髮。

我們去接Sabina時，免不了又被鬼靈精揶揄一番，她問uncle今天是否又親我了？

"當然。"他答。

這次小主人把眼光放在我的肚皮上，問我什麼時候生baby？

我嚇壞了，問她怎麼會有這麼奇怪的想法？

"Greg說大人親吻很多次就會生baby。"她答。

Steven很有耐心地解釋："大人得親吻超過1000次才會生baby,我和萌萌還沒超過這個數，所以不會有baby。"

Sabina遂嚷著要我們趕快親，她想看baby......

我的老天！

“怎麼辦？大庭廣衆的，讓人好難爲情呀！”Steven 望著我說。

我睨了那個“得了便宜還賣乖”的男人一眼，牽起小主人的手先行一步。

～

趁著Sabina在上鋼琴課，我給李奧發短信，請他千萬千萬別道出我們“酒後亂性”之事，對艾瑪更要保密。

我以爲馬上會收到回覆，等半天卻無消無息，只好先將此事放下，轉身忙別的事。

～

下台後，我問李奧是否收到我的短信？他答收到了，然後很快走人，那模樣像是夾起尾巴的狗，帶著些許的羞愧。

～

時間匆匆過了好幾天，早餐桌上又見到男主人的身影，可惜不見Elsa。

“Good morning, Sir.”我行屈膝禮。

他問我Douglas Back有沒有給我苦頭吃？

我答Douglas人很好，沒有給我小鞋穿……

說這話的同時，他招來祝迪，並且和她低語幾句，我感覺自己被冒犯了，好歹也等我把話講完才是。

“What did you say?”男主人終於又注意到我。

" Never mind." 行完屈膝禮，我退了下去，給他一個軟釘子碰。

開什麼玩笑？好話不說第二遍，既然不尊重我，我也不給他好臉色看！

～

我和SABINA站在門口等司機將車子開過來。

" Hop on."男主人按下車窗，要我們趕緊上車。

Sabina歡呼一聲，跳上後座，我傻傻地站在原地，不知做何反應？

" Miss Wei, get on the car, please."他再次喊我上車，並且打開副駕駛座的車門。

我只好一腳跨入。

～

我把SABINA送進幼兒園，出來還見到賓利車的身影，我告訴他不需要載我回去，轉角處就有公交站牌。

William答今天不想上班，我若不介意，陪他散散心可好？

我頗爲難，因爲下午一點得接Sabina放學。

他要我別擔心，一點前會回來。

想想前後不過四個小時，應該不礙事，於是我又上了賓利車。

第四十七章／魂不守舍

車子上了州際五號公路後一路往北，看見賓利車上的時速指針指向110，我不得不提醒駕駛員減速。

William答沒事，只要不超警車就行，因爲美國的公路警察往往按照限速70公里巡邏，但凡有車子超越警車，肯定會因超速而被攔截下來。

果然，只要看到黑白車身的道奇警車，賓利車立馬減速，屢試不爽。

我告訴男主人不急，可以慢慢開。他答赫氏古堡有三百公里遠，不快不行。

赫氏古堡？我以爲他所謂的散心是在比佛利山莊附近轉轉，哪知卻選在遙遠的地方。可想而知，即使一路風馳電掣，到了目的地也已經是中午時分。

" Are you hungry? We can eat inside the castle."William 問我餓不餓？我們可以在古堡裏用餐。

我答不太餓，但下午一點得接Sabina，都這個點了，恐怕要來不及了。

“ Don't worry. Judy will pick her up.”話一說完，他立馬打給祝迪，三兩句話交待完畢。

我心中五味雜陳，這肯定是計劃中的事，William 早知道來不及接孩子，卻跟我說趕得回來，什麼意思嘛！

大概我的表情洩露了心聲，男主人解釋他原本只想到日落大道買幾張老唱片就回，是上了高速公路後才臨時起意的。

他没交待爲什麼改主意，我噢了一聲，不再追究。

赫氏古堡座落在聖西蒙海濱的一座山頭上，本來是美國傳媒大亨的私人別墅，他死後，子孫不堪重稅，早早把這座城堡捐給政府，如今成爲當地的旅遊景點。

由於不能自行參觀，只能參加城堡組織的Tour，我們遂報了Grand Rooms的英語嚮導團，下午兩點出發，空出來的時間剛好能吃中飯。

古堡的入門處就有快餐店，類似宜家餐廳，選項中竟然還有適合美國人口味的中國飯。

我取了漢堡及可樂，William 則拿了糖醋排骨和麻婆豆腐，看顏色就知道放了很多番茄醬在裏面。

“ I thought you would've missed Chinese food.”他說他以爲我會想念中國食物。

我搖搖頭答與其吃四不像，倒不如吃用料十足的漢堡。

他遂問我比佛利山莊附近可有道地的中國餐館？我答當然有，我常吃的肉夾饃，一個只要三美元。

“ Well, I'd like to try a Chinese Burger. I'm available tonight.”他說。

呃！這是什麼意思？吃完午餐又預約下一餐？

“ Sorry, I've a performance tonight.” 我把話劇表演推出來當擋箭牌。

他無奈一笑，答以後有的是機會。

~

古堡總共有一百多個房間，想要一次性仔細參觀完畢有困難，所以分爲四個 tour，分別帶開。

下午兩點，英語嚮導集合大家做行前說明，叮囑不能單獨行動，必須由他帶著，且得走在地毯上，地毯不到的地方勿入。還有，照相不能開閃光燈，更不能觸摸裏面的任何東西……

交待完畢，嚮導帶我們走進古堡內部一層的Grand Rooms，這裏有客廳、餐廳、休息室以及娛樂室等。

客廳很寬敞且富麗堂皇，裝飾極具歐洲風格，隨處可見古羅馬、古希臘的壁畫雕刻，精緻到每一把座椅、每一張桌子、每一塊牆角都可以追溯到幾百、幾千年前，甚至屋頂的用木都是從歐洲的古教堂上拆下來的。

餐廳很大，可以容納幾十個人同時進餐，桌上還擺著當時城堡主人用過的餐具。

走出廚房來到休閒區，這裏有台球室（內有1920年製作的兩個台球桌及Mille Fleurs的綴錦畫）、私人電影院和游泳池。電影院很大，座椅是古老的長凳，兩邊都是紅色幕布，嚮導還給我們播放一段30年代的影視片斷。

再看游泳池，池底以綠色的大理石鋪就，正面爲海神神殿，廊柱間鑲嵌有四幅栩栩如生的浮雕。池畔的白色大理石雕像群則出自20世紀初法國著名雕塑家查爾斯·卡索之手，個個精美絕倫。

由於我們只選擇Grand Rooms的路線，樓上沒能參觀到，據說上面是主臥室、圖書館及客房，同樣奢華至極。

走出古堡，除了漂亮的小花園，不遠處還能看到碧綠的山頭和湛藍的海水，風光旖旎。

William問我可喜歡這座古堡？我答當然，誰會不喜歡呢？

"I wish one day I could have a castle like this."他說希望有一天能擁有一個像這樣的城堡。

Well, 做夢不要錢，每個人都可以編織美夢，偏偏話從 William 口中說出就極具諷刺的意味（這是變相地喊窮，藉以炫富），畢竟韋廷家的主體建築雖然沒有赫氏古堡來得大及奢華，藝術品也沒那麼多，但還是比大多數的豪宅霸氣，佔地也廣。

爲了反擊他的慾壑難填，同時捍衛自己的自卑心理，我反其道而行，把老祖宗說過的話加以變通，成了"山不在高，有仙則名；水不在深，有龍則靈；屋不在大，够住就行"，而自己只要一個一居室便心滿意足了。

William 反問我難道連個一居室也沒有？樣子倒像是我開玩笑來著。

我彷彿被人搧了兩耳光，這個坐在米倉裏的男人呀！叫我如何說是好？

男主人在艾曼森話劇院放我下車，看著離去的車屁股，我感到迷惑，讓我告訴你是怎麼回事。

由於返程有三個小時，加上應酬話在去程時已說完，爲了不冷場，William 主動交待他的過去，那不愧是一段含著金鑰匙出生的華麗成長史，除了曾有過的失敗婚姻外，我看不出他的生命曾有過低潮。

相較於菜籽命的我，那是大大的不同，雖然偶爾也有意氣風發的時候，但很快又會烏雲密佈，甚至雪上加霜，真是應了那句話—人比人氣死人。

本來只是藉機渲洩，但說著說著，我發現氛圍不對了，傾聽者的臉色越發難看。

哎！我這是自曝其短，讓人看低了，遂趕緊亡羊補牢，說自已沒那麼糟糕，工作已經上了軌道，加上有兩份收入，每個月還能存下一些錢，以這個速度，三、五年內在加州貸款買下一個一居室絕不成問題......

" That's not good."他答那就不好了。

不好？哪裏不好？

我想到也許他吃一頓飯的時間就能把我的一居室給掙出來，而我還得花三、五年的工夫才能攢下首付，的確不好呀！

" You're right. It's not good."我無奈承認對方說得對，心情也down到谷底。

沒想到William解釋Sabina需要我，我若買房搬出去，小妮子脾氣一發，誰也鎮不住，還有，他想每天都看到我......

我轉過頭去，他憂鬱的氣質依舊，沒有多一分，也沒有少一點，只是臉頰有了淡淡的紅暈。

" What do you mean?"我還是沒忍住。

他沈默片刻後答好保姆難找，他希望每天都能看到我在屋子裏照顧Sabina。

話拗得很硬，但我不得不"選擇"相信。他是有婦之夫，我是没没無聞的小演員兼卑微的保姆，怎麼都湊不到一塊兒去。

於是我把圓場的工作接了去，說自己在韋廷家工作愉快，既然主人發話了，我樂得多待幾年......

表面上我把危機應付過去了，但心彷彿被什麼東西抓住，以致後來上台仍魂不守舍，一場戲演得坑坑巴巴的。

" I'd like to see you every day."他說過的話在耳中回蕩，久久不去。

<h1 style="text-align:center">第四十八章／怒不可遏</h1>

回到韋廷家，意外發現Elsa在Sabina房內講床前故事，我識相地退了出來。原來女主人也會良心發現，偶爾施捨一下母愛給那個可憐的女孩（真是太陽打西邊出來）。

"妳今天和William去哪裏了？"祝迪突然在我背後出現，嚇了我一跳。

"男主人想散散心，我們隨便逛逛。"我捂住胸口答。

"好個隨便逛逛，我被那個磨人精折騰了一下午，妳倒好，當個無所事事的伴遊。"

話說得酸溜溜的，讓人聽了很不舒服。

"得，下次讓妳當無所事事的伴遊，換我照顧磨人精。"

我以爲自己做到息事寧人，祝迪卻依舊陰陽怪氣，她說世事豈能盡如人意？要我別在老虎頭上拔毛。

"什麼意思？"我問。

"沒什麼意思，晚安。"

望著管家離去的背影，我搖頭罵了一句"竊線"，然後快步走回自己的房間。

我把小主人送上早餐桌，女主人不在，只見William。

" Please sit down and have breakfast with us, Mengmeng."

聽見男主人喊我吃早餐，還親切地喚我"萌萌"，不禁心中竊喜。

" Mengmeng?"Sabina捂住嘴吃吃地笑，" It sounds like a panda's name."

William要她別亂講話，熊貓是熊貓，保……姆是保姆，別混淆了。

聽他這麼一說，希望之火瞬間熄滅，原來在他心中，我依舊是個小保姆。

我邊坐下邊故意漫不經心地答Sabina說得沒錯，"萌萌"聽起來的確像熊貓的名字。

男主人接話了，他說熊貓是稀有動物，應該受到韋廷家的特別照顧，他喜歡熊貓，非常、非常的喜歡……

什麼意思嘛!我低頭紅了臉。

" I also like pandas."小主人突然開口說她也喜歡熊貓。

我還沒反應過來，William問我劇場哪天公休？他可以挪出一天載我和Sabina去聖地牙哥動物園看熊貓……

如果不是火眼金睛，我不會注意到他邊說話邊細心地在黑麵包上塗巧克力醬，然後若無其事地遞給我。

我也不避嫌，接過麵包啃了起來，邊吃邊想："下星期二是公休日，但我一早把它空出來給Steven,這下子如何是好？"

再三權衡過後，我覺得還是自己的男朋友重要些，所以果斷拒絕邀約，William 看起來很失望。

此時鬼靈精Sabina 又給我扯後腿，她說我不想去動物園是爲了躲起來和uncle 親嘴，因爲親夠 1000 次就能生出一個寶寶來……

" Stop it."我趕緊要她住嘴，" You know it's not true."

Sabina答是真的，uncle 親口對她說，當時我也在場。

這下子真讓人百口莫辯，好氣氛也瞬間丕變。

William很快喚來管家，要她差人打掃西雅圖的臨湖別墅，並且將儲藏室裏的釣魚工具找出來，這週末他想上那裏度假。

Sabina問她可不可以跟去？男主人猶豫了一下，祝迪馬上表示可以隨行照顧小主人。

見William點頭，我的心裏發酸，被頂替的滋味可真不好受。

～

不是我多疑，這兩天韋廷家詭異極了，女主人的脾氣向來捉摸不定，暫且不去說她，現在連男主人也有意躲我，彷彿我身上有致命的傳染病。反觀祝迪和Sabina，他們兩人已經結爲同盟, 一有空就嘰嘰喳喳地計劃即將到來的釣魚活動，連釣上的魚是要養著觀賞還是做成盤中餐都納入討論範圍內。

這一天，小主人和我一言不合，故意把果汁打翻，我找小個子女傭進房清理，正好看到William和Elsa在戶外的藤椅上喝下午茶。即使在自己的家裏，他們兩人的服裝依舊考究，男的身穿白上衣及灰色休閒褲，女的則是紅色小禮服，耳垂上的深綠色瑪瑙耳環很耀眼。

相較於亮麗的服飾，兩人的談話氛圍卻很緊張，Elsa似乎有滿腔的抱怨和怒火。

“他們在談論妳。”祝迪再一次神不知鬼不覺地出現。

“談我什麼？”

“談妳過去的記錄不太好，還是別養虎爲患。”

我問我哪裏不好？

“娛樂圈的怪象數不勝數，妳會不清楚嗎？”

我很想答也不是每個演藝人員都不好，但一聽祝迪提起Monica，我只能噤聲。

“原來是真的，妳真的挖前任老闆娘的牆角。”見我沈默，祝迪很興奮，彷彿抓到出軌證據的私家偵探，“妳完了，妳和William上古堡那天，Elsa已經嗅出不尋常的味道，後來又從妳的前任雇主口中得到不好的評價，看來妳得自求多福了。”

“我……没有。”我可憐兮兮地明志。

她要我別裝了，William有顏、有才又多金，我若有想法才正常，没有才矯情。

“妳呢？妳對他有没有想法？”我衝口一問。

“我？”她望了一眼正處暴風圈的男人，“當然有，他若願意，我當小的也可以。”

我嚇得瞠目結舌。

我把小主人送進幼兒園，出來時被一群幼兒媽媽攔下，她們迫不及待地問我《加州醫院》預告片中的中國女人是不是我？

什麼？這麼快就出預告片了？

“Yep.”我開心地承認。

就因爲點了頭，我瞬間成了光芒四射的明星，既合照又簽名，搞得像是小型的握手會。

安迪.沃霍爾曾經說過每個人都有15分鐘的成名時間，難道我的15分鐘已經降臨？

好不容易掙脫迷媽迷姐的糾纏，回家路上，我忍不住打電話給Steven。

"恭喜，下禮拜三的晚上九點，我會準時觀看。"

面對他的"官方說法"，我很失望，問他還能再冷默點兒嗎？

"我正準備開會的資料，很忙。"他解釋。

"那麼中午一起吃飯？"

"中午有午餐會報。"

我問他怎麼有那麼多的會要開？我們已經有十天半個月沒見面了……

"妳得講講道理，我這是在工作，總不能讓我把工作落下陪妳吧？"

我抿抿嘴，很是委屈。

見我不吱聲，他放緩口氣要我放心，《加州醫院》他一定會看，看完給我中肯的評論。

"好，那麼明天中午我們一起吃飯？"

隔了幾秒鐘，他答好，然後我們很有默契地同時掛上手機。

隔天Steven依然没空，我很失望，所以當李奧來電要我陪吃飯，我爽快地答應了。

"這麼快就答應？没聽說宴無好宴？"他問。

"我都不擔心，你擔心什麼？倒是你跟我吃飯，可曾向艾瑪報備過？"

"衛萌萌，妳就不能讓我吃頓舒心飯嗎？"

我翻了個大白眼，問清楚餐廳地址後，很快整裝出發。

果然和我預想的一樣，李奧是來探軍情兼拉關係的。他問我如何聯繫Douglas Back？還有，能不能幫他引薦一下？

"我也就上過這麼一集，特寫鏡頭連五個都不到，你以爲我有多大本事？"

"唉！我還以爲搭上順風車了。"他夾了一筷子的炒三絲，"說真的，預告片中的妳很搶眼，妳等著，很快就能紅透半邊天。"

我謝了他，順便問他今天約吃飯是否就爲了噁心人？

"不全是，"他邊咀嚼食物邊看我，讓我想起吃草的老牛，"妳和妳的S先生最近可好？"

我答不好，兩人已經很久沒見面了。

"他有說什麼嗎？"李奧問。

"他應該說什麼嗎？"我反問。

"他……有沒有懷疑我們？"

懷疑？我將目光打在李奧臉上，頓時靈光乍現。

"你是不是告訴他我們曾有過肌膚之親？你這個下作小人！"我很火大，感覺頭頂在冒煙。

李奧要我息怒並把自己父母的生命拿來發毒誓，我才勉強相信他不是告密者。

"可是Steven 明明變了，對我冷冷的。"我喃喃道。

"那個……那天妳發短信給我，要我千萬別把酒後亂性的事說出，很不巧，當時艾瑪就在我身邊。"

"艾瑪……看了？"我打著哆嗦問。

李奧點頭。

"完了，什麼都毀了！"我萬念俱灰。

李奧安慰我沒那麼糟糕，艾瑪最後還是選擇原諒他了。

我睜大眼睛瞪著這個沒心沒肺的東西，怒不可遏。

第四十九章／悔不當初

今天是星期五，按照計劃，William、Sabina和祝迪會在傍晚時分坐上直升機飛往西雅圖，航程約三小時。

我以爲Elsa也會跟去，但她没有，因爲我聽見她交待祝迪通知按摩師晚上九點上門。

知道今晚不用急著回家照料小主人上床，加上Steven在生悶氣，我決定戲演完後親自負荊請罪。

我在457號的白色建築前駐足好一會兒了，門鈴按了不下數十次，多到我懷疑它是壞的。好吧！就算門鈴壞了，但手機不致於也壞了吧？但Steven硬是没接聽，我只能懷著惆悵離去。

哎！他肯定生氣了，生氣也應當，畢竟自己的確說謊了。

當今世道，不是處女也非十惡不赦，何況他有過婚史，在性事上不是白紙一張，如何苛責別人？

問題出在我身上，潛意識中我不願面對那個糟糕的第一次，還有，我在乎Steven,希望在他面前保持清純的美好形象，無奈"法網恢恢"，我的那點兒小伎倆很快被打臉。這有個壞處，一旦被貼上"狼來了"的標籤，即使說的是真話也會被當假話，永世不得超生。

"我該怎麼辦？"我捂住臉，心情壞到不行。

"扣、扣、扣、扣......"一連串急促的敲門聲突然傳來。

帶著些許的不安，我下床開門。

"Thanks God.還好妳在，快跟我上樓，幫我看看是怎麼回事。"Elsa神色慌張地說。

我注意到她身上的睡衣是上下兩件式，鈕子扣歪了。

由於事態明顯緊急，我沒多想，趿上拖鞋跟隨女主人上樓。

那個男人仰面躺著，膚色黝黑，像烤焦的麵包，身材的比例很好，加上一身精肉，讓我想起養身滋補的烏骨雞。

"按摩師忽然就這樣了，不關我事。"Elsa急急說，像要撇清什麼。

如果那人不是全身赤裸，我恐怕會相信按摩師的確是來按摩的。

我走過去喚他，沒反應，探他的鼻息，似有似無，還好頸動脈尚有微弱的脈動。

"快！打911。"我喊。

"不，不行，這一鬧，我和William還能在美國上流社會生存下去嗎？還有，Sabina怎麼辦？同學會取笑她，她如何交朋友？"

呃！這時候才想起自己的老公和孩子？

"那妳說怎麼辦？人快死了。"我問。

Elsa像隻無頭蒼蠅似地來回踱步。

"要不，"她終於停下腳步，"一不做二不休，把人埋到後院。"

我嚷嚷這是殺人，別拉我下水！

Elsa頓時洩了氣，喃喃道若不是和William長期性事不協調，她也不會叫外賣，Pong不錯，很懂女人，他們一直相安無事，怎麼今晚說掛就掛？真是倒霉！……

花了我好幾秒鐘才反應過來，一個男人就快死了，這個女人卻一點兒也不著急，反而埋怨對方給自己帶來麻煩。

"現在不是說這個的時候，救人如救火，得趕快送醫。"

我掏出手機，被Elsa一把奪下。

"萌萌，現在只有妳能救我，妳若不答應，我馬上從窗口跳下去。"她面色凝重地說。

～

在搶救室外，醫生與我們做過短暫交談後離去，我不知道他心裏想什麼，反正自己的名譽已掃地。

"這在比佛利山莊不算什麼，更多光怪陸離的事也發生過，妳別往心裏去。"

Elsa不說則已，一說我的淚水成串往下掉，一個好好的姑娘瞬間成了淫女，還有比這個更離譜的嗎？

"別哭，我答應妳的事一定做到。"此時Elsa也只能這樣寬慰我。

讓我告訴你，我和她之間做了什麼協議：

．．．

一、我將事情扛下，代價是一百萬美元封口費。

二、 **Pong** 的醫藥費及後續可能會有的訴訟費由韋廷家負責。

三、**Elsa**不再反對我和**Steven**交往。

我問她把人的名聲搞臭了，即使她不從中做梗，Steven還會要我嗎？

"妳有一百萬美元，還會擔心没人要？"她驚訝到不行。

"會擔心，因爲我在乎妳弟弟。"

Elsa翻了個大白眼："知道了，我會跟Steven解釋清楚。"

我不知道該不該相信她，面對突發狀況，我徹底亂了陣腳。

"希望Pong没事，他若死了，我不得上法院？"我內心祈禱著。

這個週末過得很慘，我怕我的"情夫"真掛了，一直膽戰心驚，還有，Steven仍然不接聽電話，而捅了大簍子的Elsa也不見踪影，直到出遊的三人進門，韋廷家才又有了生氣。

我以爲平時總要刺我兩下的祝迪會說些什麼（至少也要讓我在William面前威風不起來），但她不發一語，把Sabina交給我之後離開，臉色不太好看。

"已經很晚了，明天還得上幼兒園，現在去洗澡。"我對小主人發號施令。

"No,"她掙脫我的手，奔向坐在沙發上的男主人，" I want daddy."

啥？都已經寸步不離兩天了，還不夠？

還好William深明大義，他要Sabina趕緊跟我走，小妮子這才心不甘情不願地站起來。

" Miss Wei, is everything ok when I left the house?"男主人突然問他離家後，家裏一切可好？

我期期艾艾地答好，同時感到曾有過的親密已蕩然無存，他又喚我"衛小姐"，兩人之間隔著一重山。

" Good."他的眼光重新回到《Kiplinger》上，那是一本著名的美國財經雜誌。

我原地站了會兒，直到確定他不會再和我說話，這才悻悻地拉起小主人的手上樓。

穿好戲服畫好妝，在等待上台的同時，我拿出手機。

"怎麼了？表情好複雜。"李奧靠過來。

"剛發現自己的銀行戶頭上多出一百萬美元。"我答。

"那也沒什麼，今天早上我出門被絆倒，低頭一看，哇噻！是顆八百克拉大鑽石。"

我說自己沒開玩笑，他答他也沒開玩笑，撿起大鑽石後，立馬訂了一架波音747，估計現在已經在加州上空盤旋。

"那好，待會兒我們上拉斯維加斯豪賭。"我放棄說實話。

"一言爲定，我會給妳一大袋的遊戲幣玩吃角子老虎機。"

李奧還在絮絮叨叨，我的思緒卻飄向老遠，Elsa這麼快就給我打錢，想來是害怕我後悔，怎麼辦？我已經開始後悔了……

第五十章／柳暗花明

《加州醫院》如期在這個星期三晚上九點播出，由於那個點自己正在台上表演，所以出門前特意把影集預約錄相起來，壞就壞在我的房間沒有電視機，只能使用家庭房裏的那架150英吋激光電視。

回家時已近11點，草草唸完床前故事，又和小主人講了十分鐘的廢話後，我迫不及待地來到家庭房觀看我的美國電視劇處女作。

是這樣的，雖然演的什麼、說了什麼，心中了然，但剪接後的效果未必如此。導演心情好時，可能一個鏡頭都不剪；心情不好時，演員能露個臉就算不錯了。

我祈禱那個不苟言笑的導演心情好得像噴發的泉水，因爲這也許是來美後唯一鹹魚翻身的機會, 馬虎不得。

可恨的是，電視上的我竟然比實際的我胖了一圈（没辦法，電視播放的橫向拉幅大於縱向拉幅，這也提醒我該減肥了）。還好演的是家庭主婦，不做身材管理也說得過去，只是……當我看到那個張牙舞爪的女子時不禁倒吸一口氣，這人是誰？嘖嘖嘖！好一副潑婦罵街的姿態。

" You performed very well."

我轉過頭去，那人正倚著柱子看我，非常和善的表情。

哎！怎麼悶不吭聲的？讓人好生尷尬。

我懦懦地說自己呲牙裂嘴的模樣很嚇人，擔心今晚過後會成爲全美公敵。

他答正好相反，能上屏幕的華裔演員不多，成名者更少，急需新血……

" Thanks. I am not good enough."我的中國教養教導我此時此刻要謙沖自牧。

William在我身邊坐下，沈默了一會兒後，問我是不是每個中國人都認爲自己不夠好？他面試過幾名華人演員，無一例外都表示自己還在學習、想更上一層樓；反觀美國演員，總要吹噓自己的演技了得，彷彿不雇用他們是劇組的損失。

哎～這就是文化的差異性，虛懷若谷、大智若愚、以退爲進……這些都是中國人的智慧，直來直往的外國人是不會懂的。

我只好拿淺顯的例子告訴他，倘若中國人能考滿分，也會謙虛地表示大概能吉格，因爲"謙受益，滿招損"，太自滿的人容易招來禍端。

他笑說中國人好難猜，宛如霧裏看花。

" But you have a Chinese wife. You should understand Chinese people."我提出質疑。

他搖頭答自己的老婆雖然是中國人，但同床異夢，他一點兒也不了解她，譬如他提供她優渥的生活，她還是毫不客氣地給自己戴綠帽。

呃！這是什麼狀況？莫非……

" Judy told me Elsa is involved with a massage therapist."他答。

果然是祝迪這個大嘴巴惹的禍。

我支支吾吾地說這種事最好眼見爲實，聽來的未必屬實。

他轉而問我他去西雅圖那晚,按摩師是否上門了？

" No......Yes."

" When did he leave?"

糟糕！這是在審問證人嗎？

我拿起遙控器關上電視,站起身說我累了，然後在他錯愕的表情中離去。

早餐桌上又見和諧的一家人，我識相地走開，想到地下室用餐，就在掛滿藝術品的走廊與祝迪不期而遇。我往右，她也往右；我向左，她也向左。

" What?"我沒好氣地問。

" 那個泰國人清醒過來了，他不會對外亂說，妳也是。"

"說什麼？"

" 還會有什麼？無非是那點兒破事，不抖出來最好，一旦抖出來，只好由妳面對。收人錢財替人消災，妳不會連這點職業道德都不懂吧？"

我答不懂職業道德的人是她，怎麼可以把Elsa的醜事告訴William?這不是害人家夫妻失和嗎？

" 我什麼時候告訴William這個了？妳別紅口白牙地胡亂編派我的不是。"她漲紅了臉。

我頓時靈光乍現，原來男主人在套我的話，還好我沒入甕。

知道William對自己的老婆起疑，祝迪很驚訝，她以爲他一直被蒙在鼓裏。

" 這個妓女！吃在嘴裏看在碗裏，她根本不配！"

我早知道管家祝迪對男主人有特殊的情感，她的口無遮攔無非一時腦熱，我很快將這件事拋諸腦後。

～

我來到後台，每個人都對我微笑，黑人女演員Lɪsa還模仿我在《加州醫院》的潑辣相。

" Give me my husband."她咆哮著，連我的亞裔口音都模仿得唯妙唯肖。

我捂住臉，嬌羞地表示自己沒法兒見人了。

大夥兒權當我開玩笑，根本不買單，話劇男主角甚至預言會有製作人捧著剛出爐的劇本求我演出，我很快就要成爲好萊塢炙手可熱的明星……

都說爬得越高，摔得越痛，我這廂正飄飄然，光頭男那邊卻氣炸了，他要我到辦公室談話，現在！

～

導演把合同甩在桌上，要我看看第六項第三條說的是什麼？

我很快找到那一項那一條，說的是簽約演員禁止對外接私活，有違者立馬開除，以儆效尤。

導演答很好，看來我不是文盲，而是笨蛋！

" But I only preformed one episode."我弱弱地答自己不過只演出一集。

他搖頭說抱歉，白紙黑字，已經沒有挽回的餘地了。

我還沒反應過來，他已經叫來保安，讓他護送我出門。

直到走出Santa Monica Blvd，我還渾渾噩噩，就這麼被踢出劇場？這也太誇張了，至於嗎？

"難道光頭男打算讓那個大三菜鳥一直替代我？原來我的角色這麼無足輕重。"我邊想邊心底磏得慌。

" Are you that Chinese woman?"一個戴眼鏡的瘦高男子突然停下腳步嚷嚷起來。

什麼中國女人？我搖頭答不是。

他仍堅稱我是，單眼皮加小虎牙，我就是《加州醫院》裏的中國女人，不會錯的。

原來說的是"那個"中國女人，我點頭承認。

他遂從口袋裏掏出名片遞給我，介紹自己是《比佛利拜金女》的執行製作人，正在尋找劇中一位重要女配角的人選，他認爲我很合適，哪天正式聊聊？

我問是不是客串性質？他答當然不是，這是個擁有大卡司的長故事，他們打算推出五季。

五季？那不得至少一百多集？

" When can we talk ?"我笑如春風地問何時能談談。

第五十一章/失之東隅

那個執行製作人叫Albert Hoffmann，我問他是不是德裔？他答不是，他是猶太人。

猶太人？我以爲猶太民族都有大鼻子、深黑色的捲髮、不高的身高且皮膚蒼白，顯然他是異類。

Albert答猶太人從面貌上已很難區分出來，因爲多年與其他民族混居、通婚的緣故，但真要判斷也有依據，譬如從家裏的猶太教裝飾、說話談吐以及姓氏等。

講到姓氏，過去的猶太人只有名沒有姓，姓氏是到了十八、九世紀以後才有。居住在歐洲的猶太人多半取德語拼法的姓，這也是我一開始懷疑他是德裔的原因。

Albert很健談，但時間已晚，我又不願和初次見面的人上酒吧長聊，所以約了下星期一早上見面（這大概就是所謂的"失之東隅，收之桑榆"吧！被話劇團踢飛後，馬上又得了個面試的機會）。

∾

隔天送小主人上學後，我意外接到Steven的來電。

“我以爲你到北極看北極熊，或者到南極看南極光了。”我說，心裏很悲傷。

他半天没作聲，我問他打電話來莫非就爲了演默劇？

“我不會演戲，但當劇評人還是可以的。之前答應過妳，看過《加州醫院》後給評論，我是來履行諾言的，妳在劇裏的表現……”

“等等，信號不好，我聽不清楚，你來找我，我在Sabina的幼兒園外。”

在他拒絕我之前，我先一步掛機。

“他若不來，我們之間算是徹底完了。”我心想。

聽到重型機車響亮的排氣聲，我很欣喜，他終究還是來了。

“Hi.”他摘下黑色頭盔。

看到久違的人，我没說話，只是對著他默默流淚。

“我請了半天假，家裏有加州紅提，也許妳想嚐嚐。”他不帶感情地說。

我還是不說話，他拍拍後座，我猶豫了一下，一腳跨上。

桌上擺著一盤鮮豔欲滴的紅提葡萄，上部呈紫紅色，中下部爲綠色。

“加州紅提由美國加利福尼亞州立大學於1970年培育成功，肉質緊密且細嫩多汁。”他介紹。

"這些日子你去哪裏了？找不到你，我像斷了線的風箏。"

他停了一會兒後繼續說："紅提含有多種果酸、維生素、礦物質，能補氣血強筋骨，還能養顏止咳。"

"我知道傷害了你，對不起，我不該說謊，和李奧的那一段是意外，不在計劃內。"

"紅提被譽爲世界四大水果之首，除了味美，它還有解酒功效......"

我失去耐性了，問他到底有沒有聽進去？

"聽到了，妳的確傷了我，我不知道該如何面對一個騙子，妳教教我。"

聽Steven喊我"騙子"，我心碎了。

"我也不知道該如何解開你的心結，只能被動地祈求原諒。"

"好，我原諒妳，但......回不去了，除非妳能將時光倒流。"

我不是超人，也無法穿越，如何將時光倒流？他這是變相地和我說拜。

"就這樣？結束了？"我困難地問。

"就這樣，結束了。"他無情地答。

我能做的只是強忍住淚水與他道別。

"我看過妳在《加州醫院》的表現，演得很好，祝妳的演藝之路走得順暢。"

"謝謝！也祝你一帆風順。"

我婉謝他載我一程的提議，兩人互道珍重後，我邁開腳步走下山，沿途流下的淚水像開了閘的洪流，讓我看不清楚來時路。

沒有了感情的羈絆，我將全部的精力投注在工作上。

Albert說我在《比佛利拜金女》中的角色是個頗富心機的公司白領，靠不斷地參加轟趴將一個又一個富二代玩弄於股掌間，最後竟看上某個富二代的老爸，大小通吃不說，還想拉下原配當正宮，最後死於非命，故事就是從這起命案說起。

Well, 聽起來很有可看性，雖然我演的"拜金女"是個配角，但舉足輕重，是貫穿整個影集的主心骨，極具挑戰性，我已經開始躍躍欲試了。

好萊塢聲息相通，我在一場大製作的影集中挑大樑的消息很快不脛而走。

" I heard you got a great role. Congratulations."韋廷家的男主人很有風度地向我道賀。

反觀女主人就沒那麼友善了，她說希望我的好運能持續久一點兒，如果又被打回原形，那是很殘忍的事。

" ……當風兒輕輕吹, 蒲公英的小傘也輕輕飛起來, 飄啊飄地飄到各地去遊玩。它們飄在半空中, 飄向田野裏, 飄到小河邊, 然後落在很遠很遠的地方，再也不回來了。"我闔上書。

" 妳是不是也會落在很遠很遠的地方，再也不回來了？"

我問Sabina為什麼這麼問？

" 祝迪說妳就要成為大明星，再也不回來了。"她答。

哎！我正愁不知如何開口，沒想到祝迪先走漏風聲。

" 聽著，演員的工作很忙很忙，我抽不出時間照顧妳，還是……還是由他人接手好。"

“忙得連和uncle接吻的時間都没有嗎？”

Sabina不知道我和Steven已經分手，所以問了不該問的問題。

我思考片刻後答是。

“ 好可惜，我原以爲妳會跟uncle生baby。”她說。

哎～我也以爲自己會跟他生baby,但世事難料，情場失意換來職場得意，很公平，没什麼好埋怨的。

我本來想在好萊塢電影城附近租房，但同劇組的演員告訴我倒不如租個保姆車，開工時可以充當休息室、更衣室以及化妝間；不開工時還能駕車遠遊，一舉兩得。

這種如房車大小的保姆車經常在劇組、片場、電台和電視台附近出現，它的外形豪華，裏面設備齊全，有臥室、電視、音響、冰箱、廚房、化裝台和衛生間。把車上的簾子一拉，外面什麼也看不見，極具隱秘性。

據Albert說，如果第一季反應良好，我的薪資也會跟著水漲船高；反之，如果收視平平或不好，劇集腰斬都有可能，遑論加薪。

爲了這個不太可能的可能性，我不願把錢花在租房上，因爲一旦劇集被腰斬，我如何度過青黄不接的時候？洛杉磯的房租向來居高不下（否則我也不會一直蹭房住），不是端端盤子就能負擔得起，所以我聽從同事的建議，租了一輛二手保姆車，據說還是著名女演員茱莉娅.羅伯茨用過的。

“ 這是第二次以車代房，希望過渡期能即早結束。”我內心祈禱著。

第五十二章/滿天星斗

Albert曾說如果第一季反應良好，我的薪資也會跟著水漲船高。言外之意，我目前的薪水不會太高（也難怪，我不是流量明星，能用我就不錯了）。

由於請不起助理，凡事得親力親爲，衣服掉線得自己縫，即溶咖啡没了得親自買，更別提行程安排、端茶倒水、拎包打雜……以及我最需要的"對台詞"。

我每天忙得像隻快速旋轉的陀螺，但仍有顧此失彼的遺憾，好比現在，當我拖著疲憊的身軀回到保姆車上，這才發現淨水箱没水了，我連喝口水龍頭裏的水都不可得。

"哎！如果保姆車停在營地裏就好了。"我唉聲嘆氣。

洛杉磯東面四十公里處有房車營地，營地裏有水電椿，連接一下即可，然而爲了工作需要，我不得不把車停在Lexington Ave 和 Cahuenga Blvd 交叉口，雖然緊臨公園，但公園不等同營地。

電的問題尚好解決（爲了節能及省錢，我通常啓動太陽能板，除非一連好幾天都是大陰天，否則一向相安無事），但水不一樣，沒有就是沒有。

此時此刻我有兩個解決方案，一是把車開到服務站加水，二是到附近便利店買水以解燃眉之急。正常人都會選擇前一項治本，而我卻選擇後一項治標，原因無他，因爲屋漏偏逢連夜雨─車子沒油了。

我披上薄外套出門，打算沿著Cahuenga Blvd往南走，大約經過兩個路口會有一個24小時便利店，我思忖除了水之外，還能買份熱狗當宵夜。

夜裏九點，我沿著公園踽踽而行，路上一個人影也無，還好馬路上呼嘯而過的車子很多，我不認爲獨自行走會有什麼問題，直到那名老黑離我很近很近，近到能聞到他鼻中發出的氣息以及身上的酸臭味時，我才發現有事不對勁。

“老天！千萬不要是我。”我心想，身體不由自主地打顫。

此時兩個身影從路邊的加長型悍馬車上走了出來。

“ Miss Wei, long time no see.”

聽到William的聲音，又看到韋廷家的御用司機，我大大地鬆了口氣。

“ Yes, long time no see.”我像逃過鬼門關似地喊起來。

在洛杉磯曾經流傳著這麼一則笑話：大半夜若車子不巧在市中心爆胎，拼了命也要開著爆胎的車子出城，因爲比繼續待在市中心的存活率高。

可見夜晚的洛杉磯治安有多不好，壞就壞在我心存僥倖，以爲厄運不會找上我，還好……

直到目視那個黑鬼彎進公園內，我才確認危機解除了。

" It's unsafe to stay outside at night."William 說夜晚待在外面不安全。

" I know. I won't go out if I am not thirsty."我答我知道，如果不是口渴, 夜裏不會外出。

本來不想多做解釋，就因爲他那幾秒鐘的無語，讓我覺得自己的理由怪怪的，不得不多做交待。這一交待就沒完沒了，我把住在保姆車上的無奈以及沒有生活助理的諸多不便通通給交待清楚。

等我發洩完畢，他依舊無語，這下子尷尬了，我決定還是走爲上策，不忘要他代我向Elsa及Sabina問好。

誰知他喚住我，說自己的車上有水，我可以捎幾瓶帶回去。

" Never mind."我說，然而他已轉身先行一步。

我以爲他只是去拿水，孰料打開車門後，他喊我上車。

這是一輛改裝過後的悍馬，裏面有冰箱及平板電視。

William把冰箱裏的Evian礦泉水及Radeberger啤酒遞給我，我喝光瓶裝水後緊接著喝冰啤，這才滅了身體裏的那團火。

" I can tell you are very thirsty."他說看得出來我很渴。

這不是廢話？否則我也不會在夜裏走上這麼一段生死路。

Well, 我當然不會傻到"實話實說"，爲了不冷場，我指著面前那道厚厚的玻璃問這可是隔音玻璃？他答是，並且在說話的同時拉上了布簾，這下子不僅司機聽不見我們說什麼，連帶也看不到我們做什麼。

我很忐忑，因爲兩側及後側雖然沒有布簾，但都是單向玻璃，外面看不見裏面，我彷彿被一個固若金湯的鐵籠子給桎梏住。

" Are your scared?"他問我害不害怕？

" Yes."我誠實回答。

他說單身女子長期住保姆車終究不是辦法，Fountain Ave上有很多小公寓出租，生活助理也不難請，時薪8美元有一個。

哎！他還是誤會我了，我的恐懼指的是當下，還有，租房及請助理的確不難，難在我沒錢，連租保姆車的錢還是向Albert預支的。

他要我別擔心鈔票的事，很快會有小天使飛來解決我的問題。

" HaHa.I hope so."我也只能一笑置之。

原有的不安就在一問一答中逐漸消弭，他告訴我經營一家電影製作公司的不易，我也告訴他一個女子在異國打拼的困難。興許是天時地利加上人和，我們都覺得彼此的心因此靠近許多。

" Steven will come to my house this weekend. You can come too if you want."他忽然提到Steven，還說這週末他會來韋廷家，如果我願意，歡迎加入。

我感到悲傷，物是人非，Steven早已不是那個Steven, 在他眼裏我一無是處、滿嘴謊言……

William斥我胡說八道，我沒有不悅，反而因爲得到支持而有些許的欣慰。

按捺住複雜的心情，我問他Sabina近來可好？

他答Sabina不喜歡新來的保姆，老是鬧脾氣，家裏雞飛狗跳的，他只好外出避難。

我說難怪能在這個點遇上他。

他略顯尷尬地表示他的車已經停在此處好幾天了。

" Why?"我問。

他答因爲從這個位置可以看到滿天星斗，說完，從座椅扶手箱裏掏出望遠鏡遞給我。

我接住，再打開車窗往外探去。

洛杉磯是個工業城市，從20世紀初就飽受大氣污染的困擾，雖然整治後成效卓著，但人口和車輛與日俱增，只能說做到不被大規模詬病的程度，所以我對William所言的"滿天星斗"充滿好奇及懷疑，果然……

"討厭！被騙了。"我心想，但仍手握望遠鏡繼續觀察。

我看到Cahuenga Blvd往南兩百米處的便利店，連店員身上的藍白條紋工作服也能一覽無餘。右轉九十度是公園，樹影婆娑，很是詭異。沿著公園往北瞧，我看見靠近Lexington Ave處停了一輛車，那是……我的保姆車，連門把形狀都能看得一清二楚。

我放下望遠鏡，感覺心跳加速，好不容易才將心率調整到正常速度。

" You cheat me. No starts at all."我將身子縮回車內，埋怨他騙我，一顆星星也没有。

他笑答沒騙我，剛剛還能看見北斗七星。

知道他在擡槓，我藉口時間晚了，得回"家"了。

他没挽留，播了通電話給司機，要他調轉頭將車開到Lexington Ave 和Cahuenga Blvd交叉口。

我没提自己的車子停哪裏，顯然他知道那輛白色GMC保姆車是我的，這更作實我的猜測。

" William到底是怎麼想的 ？"我的內心有隱隱的不安。

第五十三章/小天使

我没想到小天使那麼快就飛來救駕。

Albert說他在Fountain Ave上幫我租了個公寓，還雇了個助理，因爲對方有兩年的實戰經驗，所以時薪高了點兒。

嗯……但凡天上掉餡餅的好事，背後百分百都有鬼。

"Why?"我問。

他答因爲我表現優異，好孩子就應該有糖吃，不是嗎？

Well, 好孩子是該有糖吃，只是我強烈懷疑糖果是William Wettin給的。

Albert聽完後哈哈大笑，對我的問話不置可否。

～

"Albert對妳真好，我還未曾見過有哪個製作人會幫演員付房租及雇私人助理。"

287

說話的是我的"新"助理—Kitty, 據說原來是卡卡家族小妹Jennifer 的助理，後來因"不可調和的矛盾"而離職。

當Albert以"好萊塢最具份量的明星助理"介紹她時，我以爲來者必是擁有很多資源，而且人如其名（長得像Hello Kitty一樣小巧可愛），等到真正見到本尊，我倒吸一口氣。

Kitty是個ABC(American-Born Chinese), 但與傳統的"香蕉人"不同，她不僅中英文流利、口才了得，思維也是中西結合，能和美國大叔做有效溝通，只是……

正常女人的腰圍不超過60釐米，Kitty 的腰圍在那個基礎上又翻了兩翻。噢！不，她不是孕媽媽，只是體形壯碩了點兒，一個一餐能吃下兩個12英吋烤肉三明治而面不改色的人，體重直逼兩百斤不也正常？

"告訴妳，Jennjfer 和我同校過，都是塞拉峽谷中學的學生。她雇用我時，我還沒那麼胖。後來我放縱口慾，她勸過幾回，我不聽，她只好辭退我，不過對外說是我們之間有不可調和的矛盾，因爲以身材問題辭退人在美國是違法行爲。"Kitty 邊說邊幫我畫眉線，我很害怕她因此畫歪了。

Jennifer出身名媛世家，向來以擁有纖細的小蠻腰而自豪，身邊人若胖得讓人喘不過氣來，那畫面的確不協調。

"虧妳沈得住氣，美國人向來不吃這種啞巴虧。"我說。

"誰說我吃虧了？她送我一輛馬自達，我幫她擬聲明稿，兩人還合演了一場離別依依的好戲。"

"呵！錢果然是好東西，"我對鏡檢查畫好的眉線，"今天我有幾場戲？"

"三場，都是床戲，待會兒我幫妳貼貼紙。"她答。

爲了防止火辣場面走光及男演員有生理反應，有床戲的女演員通常會事先貼上乳貼，內褲也會多穿兩條。

"不用，這個我自己來，上戲前記得和我對台詞。"我說。

“好咧！”她笑顏逐開。

~

Kitty和父母同住，她父母的家離好萊塢有一百多公里遠，體胖的人又多嗜睡，如果不巧當天排早班，我只能自己打理。

“妳以前跟卡卡家族小妹時也是十點後才上工嗎？”我忍不住問。

“以前我住她家，現在......我都不好意思說自己和父母住，感覺像沒斷奶似的。”

咦～她是在抱怨我沒提供住宿嗎？

“妳也知道保姆車就這麼點兒大，放的還是單人床，我們......我們睡不下。”我解釋。

Kitty的體型像隻成年河馬，進保姆車還得側身，遑論與我在那麼小的空間裏吃喝拉撒睡。

“Albert不是幫妳租了公寓嗎？妳怎麼不去住？”她問。

Albert是幫我租了公寓，Google地圖上顯示離我的房車“駐紮地”不過五分鐘車程，遠是不遠，但我不願去，理由說起來很奇葩，因爲我怕......怕再也看不到William 。

自從知道那個憂鬱男人有可能每晚“觀察”我後，我彷彿被制約了，一舉一動都格外小心翼翼，上床前還會“反觀察”他。如果碰巧發現悍馬車的影子，那晚我會睡得特別安穩；反之，我會猜想他是不是又出差了？去了哪裏？見了什麼人？......

運氣好時，天亮前我能小眯一會兒；運氣不好時，睜眼到天明。

“Albert租的公寓太遠了，還是住保姆車方便。”我找了個藉口。

“太遠了？Are you joking?打個出租車很快就到。”

“妳不懂，洛杉磯的出租車起步價4美元，每公里多兩刀，加上小費，單程起碼15美元。”

“那也没什麼？妳是大明星，來錢快。”

Kitty 的前主子的確來錢快，只要在Face Book上曬出某産品，馬上有腦殘粉跟進買單，但我不一樣，說白了就是個初露鋒芒的小演員，能不能火還是個未知數。

當我告訴她我的月薪還不到一萬刀時，她嚇壞了：“天哪！我還以爲妳日進斗金，所以Albert捨得自掏腰包雇我。”

呃！這叫我從何說起？總不能說是小天使施的魔法吧？

見我不發一語，Kitty很快給出解決方案：**她負責載我上下班，公寓就讓她擠擠，因爲她實在太害怕跟父母住，每天光聽他們嘮叨就能把人逼瘋……**

我還是答不。

“隨便妳，如果妳認爲頂著兩個黑眼圈上戲好看，那麼請繼續。”

“不會吧？我的黑眼圈真的這麼嚴重？”

“誰說不是？我無意中聽見導演跟攝影師說劇組請來一隻中國熊貓拍戲。”

這一驚非同小可。

“今天收工後我們到公寓瞧瞧，如果擠得下，妳搬來跟我住吧！”我無奈地說。

～

我没想到外表很一般的公寓，裏面卻別有洞天，雖然只是個一居室，卻有個不小的書房。

“太好了，大床妳睡，我睡書房，兩不相干。”

“兩不相干？那可不行，妳是助理，回到公寓還得履行職責，我反正茶來伸手，飯來張口，妳考慮考慮。”

我以爲她會唉聲嘆氣，甚至打退堂鼓，没想到她求之不得，因爲這是24小時待命。根據美國的《公平勞動標準法案》,勞動者每週工作超過40個小時算加班，加班費按正常小時工資的1.5倍計算。如此一來，她的薪水與我相差無幾。

喔喔！這下子Albert恐怕不會太高興。

我讓她明天去問出錢的大爺，結果一整天都無消無息，我想肯定黄了，没想到下工後，Kitty讓我留在原地，她把車開過來。

“Albert同意付錢了？”我問。

“他没同意，但一個好看的中年男人同意了。”她答。

第五十四章/棋子

"好看的中年男人？誰啊？"一上車，我迫不及待地問。

她答不清楚，以前沒見過，不過那人的氣場很足，每個人看到他都一副畢恭畢敬的奴才樣。

"四十至五十歲，古銅的膚色、鵝蛋臉、濃眉大眼、高鼻樑、尖鼻頭、嘴唇很薄……氣質上予人一種滄桑感，像兩肩扛著大山，像極了憂鬱王子。"我喃喃道。

"哈！對極了，妳怎麼知道？"Kitty很是興奮。

我嘆了口氣答那人是LP的老闆。

"Kidding? 這個LP該不會是加州最大的電影製作公司吧？！"

"怎麼不是？我還曾經是他家的保姆，熟悉到保安看到我就主動放行。"

"難怪他願意付費……不對，他爲什麼要替一位已離職的保姆付費？"

"這也是我不解的地方，也許他看我可憐，也或許是我曾經和他的小舅子有一段情。"

“這世上比妳可憐的多了去，至於小舅子……他是何方神聖？”

我答圈外人，說了她也不認識。

無緣無故受了人家好大的恩惠，我無法再裝聾作啞下去，趁著助理去幫我拿新出爐的劇本，我走下保姆車。

“扣、扣、”我輕敲悍馬車車窗。

車門打開了，William喊我上車。

上車後，我開門見山地問他爲什麼要幫我？

“I think you will be a super star. This is an investment .”他答。

我問既然是投資，必然想得到回報，我懷疑自己是否給得起？

“Definitely you can.”他露出謎之微笑。

下午的演出完全不在狀態下，連續吃了二十幾個NG後，導演要我退下休息，他先拍下一場。

“怎麼了？”Kitty遞給我一杯咖啡，“完全不像平常的妳，來例假了？”

我搖頭答没有。

“對了，早些時候看妳從一輛悍馬車上下來，妳跟坐在裏面的人認識？”

“不認識……認識……那人是個瘋子。”

在Kitty進一步詢問前，我拿起紙杯咖啡離去。

～

沒有浪漫情事，完全是我單方面的幻想，真是可笑之至。

讓我告訴你那個憂鬱男人是怎麼想的，他與二婚老婆貌合神離良久，很想結束沒有質量的婚姻，希望我幫他。

我問怎麼幫？他答很簡單，當Elsa和別人巫山雲雨時，我適時讓Sabina目睹一切，因爲那個脾氣乖張的女孩現在只聽我的。

"Why？"我嚇壞了。

他說雖然離婚費時費力且昂貴，但目前糾結他的是一旦離成了就再也見不到Sabina。他是真心喜歡那孩子，希望她常伴左右，所以如果能證明母親的作風有問題，不利孩子成長，那麼在訴請離婚時，Sabina有可能判給他。

我答Elsa的確不是個好母親，但除此之外，沒什麼大過失。

William聽完笑得好大聲，他提醒我明人不說暗話，Elsa在背後搞七撚三也不是頭一回，前陣子還讓一個泰國人進了醫院，他不清楚我爲什麼要幫她背黑鍋？也對，一百萬刀是很大的誘惑……

"How did you know?"我煞白了臉。

"There is no smoke without fire."

是呀！沒有火哪來的煙，中國不也有"蒼蠅不叮無縫的蛋"一說？

我還沒找到替自己辯解的理由，他接著給我一記重拳，原來Albert和我的邂逅並非偶然，我之所以能在《比佛利拜金女》中謀得一個角色全拜眼前的這個男人所賜。

所謂"吃人的嘴軟，拿人的手短"，我頓時矮了一大截。

"See you soon."見該說的都說了，William遞給我一張卡片後，很快與我道別。

我渾渾噩噩地下車，一時竟找不著北。

怎麼辦？他們夫妻倆同時拉我入夥，一個已給了一百萬美元，另一個在我不知情的情況下施了小恩小惠，同時允諾事成後讓我在LP製作的科幻大片裏擔綱，無疑將我置於兩難的境地。

被人當成棋子大概就是這種感覺。

我望著手裏的邀請卡發愣，下個月 3 號晚上七點開生日派對，我要不要去？去了表示替William行不義之事；不去等於宣告我在美的演藝生涯提早結束……

"這是什麼？"Kitty突然將我手中的卡片搶去。

"還我！"我跳起。

一番你爭我奪後，我成功搶回。

"我還以為是什麼好東西，不過是張派對邀請卡，誰沒參加過？真是的！"她嗤之以鼻。

我說她還真沒參加過，這是LP老闆家辦的生日派對，不是一般人能進得去。

"這麼說妳是回老東家參加派對，"她眼裏閃著光芒，"聽著，會參加的都是大腕，可別忘了使出渾身解數，只要抓住其中一個就吃喝不愁了。"

我說不是她想的那樣。

"是也好，不是也罷，反正妳就要平步青雲了。"

"什麼意思？"

"Albert說有部科幻大片對妳投來橄欖枝，下個月五號讓妳去試鏡，要我轉告一聲。"

呵！時間點掐得剛剛好，就在我"完成任務"的後兩天，這也太明顯了吧？

如果不是知道個中緣由，我會興奮得手舞足蹈，但現在……我完全開心不起來。

" What's wrong with you？正常人不是應該高興尖叫嗎？怎麼妳一副喪家犬的模樣？"

"沒什麼。"我把小熊抱枕抱在懷裏，佯裝對電視節目感興趣的樣子。

"對了，《比佛利拜金女》的第一季拍完後會有半個月的小長假，我打算到邁阿密曬太陽，先告訴妳一聲哈！"

"去吧！沒把身體曬成黑炭別回來。"我意興闌珊地說。

第五十五章/生日派對

美劇一般都是拍完5集後播出，通過這幾集的收視率再考慮是否繼續拍。如果播放之後觀衆特別反感某人、某事，編劇就得快馬加鞭地更改劇本，必要時還得重拍其中一部份劇情，總之是將觀衆的喜好擺在首位。

《比佛利拜金女》作爲秋季檔美劇，預計在下個月播出，共20集。如果收視尚可，中途沒被砍，應該會播到第二年的5、6月結束。

"觀衆會不會反感我？如果會，難道我只露臉五集？"我將目光從劇本移開，很不自信地問助理。

劇情以倒敍法陳述故事，一開始我就露臉（是一張蒼白無血色的臉，雙眼緊閉，身體裹在屍袋裏），並且貫穿全場。

"妳太緊張了，我看過毛片，妳的表現可圈可點，現在缺的只是炒作。"

"什麼炒作？"

她答譬如和某某知名人士談戀愛、發表驚人言論或者像她的前雇主一樣，不小心讓自己和男友的性愛影碟流出等等，馬上就能引起關注，繼而讓劇集未播先轟動。

"算了吧！我若是戲精，早兩年就炒作了，何苦等到現在？再說了，我父母是保守派，我若這麼玩，估計還沒火起來就被他們五花大綁給押回國內了。"

"隨便妳，愛聽不聽。"她把藍芽耳機戴上，開始玩起Fortnite,這是一款目前很流行的線上遊戲。

我把高跟鞋踢掉，揉揉被折騰一整天的雙腿："明天早上我有新劇發佈會，記得叫醒我，我得早起梳妝打扮。"

Kitty 背對我比出Ok的手勢，話懶得說一句。

很多人以爲明星助理就是買買咖啡、送送劇本以及推開蜂擁而至的狗仔及粉絲，實際上好的助理更強調公關及協調能力。好比現在，我不小心踩到女主角的裙襬，害她在新劇發佈會上跌個狗吃屎，我下意識去扶她，反被她推開，嫌惡的表情當場抹殺了不少菲林。

就在發佈會結束，輿論紛至沓來前，我的助理Kitty第一個跳出來爲我闢謠。她說我是大近視眼，加上高跟鞋不合腳，才會犯下如此的錯誤，事後我也道歉了，得到女主角的諒解，兩人没有不合云云。

呃……我是"有點兒"近視，但看清楚兩百米外的世界不成問題；廠家提供的高跟鞋雖然不合腳，但也不致於走幾步路就"身不由己"；還有還有，事後我的確道歉了，但女主角根本沒原諒我，不僅在後台故意推我一把，而且放狠話，以後出席公開活動，有她沒有我，有我沒有她。

我不是推諉扯皮，說來說去還是女主角的錯，誰讓她尚未走到台前就放緩腳步向攝影機揮手致意，我没料到她會來上這一齣，一腳踩在她的裙尾巴上，怪誰？

原本以爲霉運當頭，以致慘遭池魚之殃，萬萬没料到這麼一摔，把《比佛利拜金女》送上娛樂版頭條，女主角推開我的嫌惡表情甚至被製作成表情包，在網上盛傳，我們兩人也因此被邀請上艾倫秀，一個美國著名的脱口秀節目。

在節目中，我們盡棄前嫌，不僅熱情擁抱對方還互說好話，整出一個"大和解"的假象。天知道下台後，女主角依舊没給好臉色，橫眉怒目的，讓人好生害怕！

"別理她，她這是嫉妒兼種族歧視，誰不知道妳的戲份就要趕上她，再這麼下去，女主角就要換人做了。"我的助理無條件站在我這邊。

Well, 我的戲份是不低，但要超越女主角幾乎是Mission Impossible，因爲在劇中我已死亡，除非死去的人還能復生，否則也就那樣了。

~

劇集還没播出就炒得沸沸揚揚，無怪乎一開播，收視率立馬衝上5.0，Albert自然眉開眼笑，彷彿中了頭彩。

"就因爲這一摔，那個婊子起碼能多演兩季，她還有什麼不滿意？聽說身家還因此暴漲呢！"Kitty說。

其實不止女主角受益，整個劇組都受益，Albert要大家趕緊進棚錄製第六集，同時預告我的下一季收入必漲無疑。

哎！演藝圈的怪象真多，這大概也算其中之一吧！

~

直到太陽下山，我還没決定要不要穿上那件立體收腰的緞面小禮服。

"妳若不去就把機會讓給我，我還没參加過有錢人的生日派對。"Kitty邊摸我的細緻禮服邊說。

“參加有錢人的生日派對得送上不菲的生日禮物，妳有嗎？”

“咦！我的薪水和妳的差不多，我没有，難道妳有？”

老實說，爲了這個“拿得出手”的禮物，我著實躊躇了好一會兒，還好William細心，昨天差人把包裝好的禮物交到我手裏。

“我有，”我努了努嘴，“就是那個。”

Kitty探頭一望，小禮袋上有百達翡麗的Logo。

“妳搶銀行了？”她問。

“小天使給的。”我答。

才幾個月没見，門衛又忘了我是誰，這也好，省去解釋的麻煩。

遞上邀請卡後，我隨著一衆身著錦衣華服的人步入韋廷家。

祝迪收下我送給壽星的禮物後，不忘惡狠狠地追問我哪裏來的邀請卡？

“小天使給的。”我答，然後極目四望。

“如果妳找Elsa, 她還在化妝；如果妳找Sabina, 她被禁足在自己房內；如果妳找William, 抱歉來晚了，二十分鐘前他坐直升機走了。”

老婆開生日派對，自己卻開溜，怎麽說都說不過去，但我心裏清楚，他是爲了製造不在場的證明。

“我誰都不找，就是來吃塊蛋糕。”我答。

“哼！爲了吃蛋糕，送上一塊百達翡麗錶，妳當我傻？”

我不理她，逕自走開。

有錢人的生日派對一樣離不開鮮花、氣球、樂隊、佳餚及美酒，我不免失望，以爲會更新意些。

爲了不白白走一遭，我大啖魚子醬，又把赤霞朱干紅葡萄酒拿來當水喝。

"酒喝多，隔天要頭疼了。"

我帶著些許的醉意要來者少管我，我們已經分道揚鑣了。

"分手亦是朋友。"他說。

"這世上的人何其多，我爲什麼非得當你是朋友？"我依舊不假辭色。

此時一個短髮女人快步走過來，她對男人說："姐姐要你過去。"

Steven 走後，艾瑪轉對我說："好久不見，聽說妳最近很火。"

我答沒有的事，轉問她李奧人呢？

"不知道，我又不是他的保姆。"

"難不成妳現在成了Steven的保姆？"

艾瑪捂住嘴吃吃地笑："妳錯了，我也不是他的保姆，而是未婚妻，姐姐待會兒會公佈。"

沒想到在那麼短的時間內，Steven不僅吃了回頭草，兩人的戀情還火速升溫，現在連艾瑪也改口喚Elsa"姐姐"。

"那恭喜了。"我只能無奈吞下苦果。

第五十六章/做壞事

當一人高的大蛋糕被推出來時，Elsa才現身，血紅色的曳地長裙上綴滿蕾絲釘珠，脖子和耳垂分別戴上成套的瑪瑙飾品，大波浪的捲髮髮鬢上還插著一朵珍珠花，很是耀眼。

掌聲過後，她謝謝賓客百忙之中抽空參加她的生日派對，只有這時候才能測出一個人真心與否，衡量的標準還有禮物的貴重程度，她有請今晚送禮低於一萬美元的人離席……

眾人以爲壽星說了個笑話，很配合地哄堂大笑，只有我笑不出來，因爲人家明明說的是大實話（她就是這麼想的）。還好自己"代送"的禮物是十幾萬美元一隻的名錶，否則恐怕要掩面而逃。

但凡活動中有人致辭都是極度無聊之事，超過三分鐘還能認真聽講的幾乎沒有，Elsa深諳個中道理，講了一則網上笑話後收鑼罷鼓，轉而點名要兩位客人上台。

" Do you know why I wanted both of you on stage? "Elsa就著麥克風問自己的弟弟知不知道爲什麼讓他和艾瑪上台？

Steven答大概切蛋糕的刀子太重，她需要人幫忙。

話一說完，笑聲排山倒海而至。

" No, because ......"

說時遲那時快，曖昧的音樂聲忽然響起，一個打扮入時的精壯漢子快步上台，對著壽星邊脫衣邊扭動身軀，等到脫得只剩一條紅色子彈型內褲，動作開始升級，嘴巴也沒閒著，滔滔不絕地說著風話。

別看Elsa平常張牙舞爪，此時卻像個布偶任由男人擺佈。觀眾的反應也出乎意料，不僅無人出面制止，現場還洋溢著歡樂的氣氛。

雖說洋人對性比較開放，但這樣明目張膽地"耍流氓"，我怎麼也無法理解及欣賞。

"沒看過吧？"祝迪突然現身，"這人是脫衣舞男，專門被雇來哄女人開心。"

"還好William不在，否則要氣得腦出血。"

她聽完後大笑不已："妳以爲這個Male stripper是誰請來的？老公讓老婆開心的方式可不止一種。"

什麼？竟然是William花錢雇來的，這心得多大？

"希望Elsa樂在其中，否則錢算白花了。"

話剛說完，那舞男竟抓住Elsa的手往他的"那話兒"探去，嚇得我眼珠子快掉出來。

"這下子妳明白爲什麼母親過生日，女兒要被禁足了吧？！"

祝迪提到Sabina, 我感到心疼，她......還好嗎？

"我去看看那個可憐的孩子。"我轉身離開。

新來的保姆問我是誰？我答前任保姆。

不說則已，一說打開對方的話匣子，那個皮膚黝黑的菲律賓保姆花了足足五分鐘控訴小主人的罪狀。

我問她說的可是Sabina? 那孩子是天使，不是魔鬼。

菲律賓保姆做了一個快暈倒的動作，直說她得喝口水冷靜冷靜，如果不介意的話，留我和天使獨處。

" My pleasure."我答。

待那個明顯被折磨壞的女人離開之後，我走向屋子角落的玩具屋，問躲在裏面的小女孩可需要幫忙？

見她點頭，我開始用力扳房門，然而使盡吃奶的力氣依舊無果，這才發現門縫被強力膠給粘住了。

"這是怎麼回事？妳把自己鎖住？"我問。

那孩子搖頭，安靜得出奇。

我要她等等，然後拿著玩具碗衝出去，還好泊車小弟幫忙，我很快拿到汽油，汽油能溶解膠水，幸好化學知識没忘光。

"好了，出來吧！"我終於把門打開。

我以爲獲救的人起碼會歡呼幾聲，但Sabina只是抱抱我，什麼話都没說。

"妳怎麼成了啞巴？"我問。

她搖搖頭又點頭，然後指指自己的唇。我近眼一瞧，老天！連嘴巴也粘上了。

這可怎麼辦？嘴巴不是門，不能使用汽油。我的腦筋快速轉動，對了，紅酒！

我先用溫水清洗Sabina的嘴部皮膚，再將從派對上取來的紅酒輕輕擦在她的嘴唇上，直至膠水逐漸變軟、脫落。

"什麼不好玩，竟然玩起強力膠，都不知怎麼說妳！"見Sabina解困，我也有餘力指責。

"祝迪不讓我參加媽媽的生日Party, 我很生氣，決定從此不出門，也不和任何人說話。"

"那好，我重新幫妳糊上膠水。"

Sabina聽完跳開一丈遠，還用雙手捂住嘴巴。

"呵呵！我開玩笑的，過來！"我伸手招呼她。

她遲疑了一下，還是走過來，我幫她把打亂的辮子重新綁好。

"媽媽爲什麼不愛我？"她忽然問。

"媽媽是愛妳的，只是有時候忙，難免......難免忘了怎麼去愛。"

說這話時，我明顯感覺自打嘴巴，主臥室與Sabina的房間不過一牆之隔，Elsa竟斗膽把男人帶回房，而且完全不避嫌，聲音之大彷彿怕別人不知道她正在放浪形骸。

我試著忽視那層干擾，問Sabina想不想聽我講故事？

"不想，我想聊天，我......我覺得爹地比媽咪愛我。"

"妳真那麼想？如果......如果有一天爹地和媽咪分開了，妳想跟誰？"

"我想跟妳。"她笑嘻嘻地答。

雖然很感動，但我沒忘記今天的任務。

"不，只能爹地和媽咪，二選一。"

"嗯......"她想了一下，"爹地吧！他還會跟我玩，不像媽咪，總要我go away。"

這下子我失了方寸，原以爲她會答媽咪，那麼我就有理由不做壞事。

"我媽到底在幹嘛？"Sabina望向聲音出處問。

也難怪，那對男女追逐過後滾到床上去，而且天雷勾動地火，碰碰碰的聲音像擊鼓。

我思考了一下，這樣的人的確不配當母親，如果……那也是咎由自取。

"走，"我牽起Sabina 的小手，" 我們問她去。"

也難怪，那對男女追逐過後滾到床上去，而且天雷勾動地火，碰碰碰的聲音像擊鼓。

我思考了一下，這樣的人的確不配當母親，如果……那也是咎由自取。

第五十七章/蓄意謀殺

我和Sabina在主臥室門口站了好一會兒。

"不敲門嗎？"那孩子問。

不，絕對不能敲，敲了等於給作惡的人掩蓋事實的機會，那麼我為什麼遲遲不行動？其實另有隱情。如果門鎖住，今天的計劃就算泡湯；如果門沒鎖，當Sabina看見自己的母親與別的男人赤裸相對會有多震撼？我該不該把她拉進大人的鬥爭裏？

"萌萌～"Steven喊我，將我拉回現實。

"Uncle～"Sabina飛奔過去。

"你們在幹嘛？"Steven抱起孩子，問的是我。

"我……我們……"

Sabina搶答："我們想問媽媽在幹什麼？碰碰碰的聲音吵死人了。"

此時屋內仍然大戰未休，明眼人一聽就知道是怎麼回事。

Steven藉口派對上有好吃的手指餅乾，明正言順地帶走自己的外甥女，那雙怨懟的眼神，我到現在也忘不了。

計劃永遠趕不上變化，沒能達成任務，我卻鬆了口氣。

" You let me down."William說我讓他失望了。

我答我試過了，這是命運的安排。

他長嘆一口氣後，很落寞地走了。

老實說，我不擔心他秋後算賬（即便是，也只能接受），但沒能讓Sabina和她喜歡的繼父在一起，我心懷愧疚。

"哎！妳就是太優柔寡斷了，換成我，一開始就不淌這渾水，讓自己裏外不是人。"Kitty躺在我床上，糖果紙散得到處都是。

我問她知不知道什麼是"士爲知己者死"？（William也算是我的"知己"，知道我想成名，給了我不少機會和幫助。）

"當然知道，就是窮人被富人給收買了，即使犧牲生命也再所不惜。那個誰誰誰不是刺秦王不成反被殺嗎？切，傻不拉幾的。"

面對她的直言，我一時無語。

Kitty沒察覺到我的難堪，繼續挖我隱私："對了，妳的前男友真的在派對上訂婚了？"

" 不 知 道，脫 衣 舞 男 一 上 台，Elsa 便 忘 了 宣 佈，不知後續如何。"

"妳還愛他嗎？"

我沒料到Kitty會問這個，答案一時找不到。

"他還愛妳嗎？"她又問。

這個好回答，分手是對方提的，肯定不愛了唄！

Kitty忽然坐起，問我要不要測試一下對方的心意？

"怎麼測？"

"嘻！妳等著，現在說就不好玩了。"她答。

第六集的劇情著重在富二代老爸的生活，在外人眼裏，他的婚姻美滿、事業有成，不久前才收購了一家前景看好的網絡遊戲公司，妥妥的"金玉其外"。至於"敗絮其中"則是美豔的老婆早有二心，獨生子除了攤上我這個拜金女外，還是個重度癮君子。衆所周知，毒品向來與黑社會掛勾，可見這個紈絝子弟也不是隻好鳥。

扮演劇中腹黑老婆的是前陣子才和我一起上過頭條的女主角，雖已近不惑之年，但風韻猶存，在好萊塢屬實力派演員。

這一天，爲了拍攝車禍現場，劇組把North Orange Drive給封了，還上修車廠借了一輛紅色法拉利事故車當替身。

導演千叮嚀萬囑咐，那輛九成新的敞篷跑車是出資老闆的寶貝車，要我絕對絕對小心開。

別誤會，我開的不是寶貝車，而是相對便宜的小雲雀，敞篷跑車是女主角開的。導演要我小心開的意思是別真的撞上，他會切換鏡頭，讓事故車頂替。

我嘴巴答是，心裏有點兒怪他瞧不起人，這麼簡單的事何需提醒？然而我還是低估意外發生的可能性。

" Ah, I'm sorry. I'm really, really sorry. It just happened. I don't know how it happened."除了道歉，我不知道還能說些什麼。

誰也沒料到車禍會弄假成真，寶貝車的左側車身因此凹下去一大塊，這下子真成了事故車。

導演氣得直跳腳，也難怪，前後左右皆無來車，拍的還是遠鏡頭，我只需在靠近法拉利五十米處停下，這麼簡單的動作，我卻搞砸了。

"Are you stupid or what?"他對我咆哮。

我能理解導演的憤怒，但我都已經這麼低聲下氣了，他還罵我笨蛋，這是不是太過份了？

沒等我替自己發聲，一隻血手印嚇壞了收音師，尖叫聲震耳欲聾。

該死！怎麼忘了車內的女主角？

此時已經不是修車得花多少錢的問題，而是害怕那個越來越視我為眼中釘的人會因此掛了。

"Kitty, 快，打911。"我喊。

～

女主角的左手臂打上石膏，其他無大礙，算是不幸中的萬幸。

就因這起事故，編劇團隊開了一整晚的緊急會議，最後決定讓女主角入院，"拜金女"趁機入住豪宅，把岌岌可危的家庭搞得更雞飛狗跳。

"看！我說的沒錯，妳的戲份就要趕上她了，再這麼下去，女主角非妳莫屬。"Kitty得意洋洋地說。

相對於她的樂觀，我卻有隱隱的不安，好像暴風雨來臨前的低氣壓，沈悶地讓人喘不過氣來。

～

果然沒兩天狂風暴雨便至，事情源於女主角在社交网站上發佈自己受傷的照片，還說得感謝我，因為從影十幾年以來，每天都活得很緊繃，若不是我，她哪能正大光明地休息？

全篇無一句醜話，但對比前陣子的跌倒事件，敏感的小報聞到不尋常的味道，開始捕風捉影，不僅繪聲繪影地編故事，而且人證、物證、事證齊全，我不禁懷疑自己是否真犯下那些莫須有的罪名？

" 我和她肯定八字不合，跌倒事件就不說了，現在竟然有人懷疑我故意製造車禍，這怎麼可能？"

" 別理他們，剎車片上有油很正常。"

" 我沒說剎車出了問題，妳怎麼……"

" 我……也是猜的，要不然……妳怎麼會一頭撞上？"

我開始回想拍片那天的情景，Kitty反復叮囑我開慢點兒，最好控制在每小時60公里以下，還說若有突發狀況別害怕，車子有安全氣囊……

當時還頗感欣慰，助理這麼關心我，親人也不過如此，但現在想來的確蹊蹺，試開時車子好好的，怎麼正式開拍卻出了問題？

" 我問妳，當我回保姆車上換衣服時，妳在哪裏？"

" 我……沒去哪裏……只和……和Greg聊了會兒天。"

" Greg請病假，妳不知道？"

" 噢！是……他是請假了，哈！瞧我的記性，是……是Ian, 我跟Ian聊天。"

Greg 沒 請 病 假 ， 而 且 壯 得 像 一 條 牛 似 地 在 拍 攝 地點來回走動。

" Kitty, 妳最好說實話，否則我馬上報警抓人。蓄意謀殺在美國是很嚴重的罪行，最高可判終身監禁。"

" 我……哎！還不是為了妳。"她頗感無奈。

第五十八章/借刀殺人

根據Kitty的說法，博人眼球的方式有三種，一是喜事，二是醜聞，三是意外。顯然她採用的是第三種，故意讓兩輛車擦撞，達到上娛樂版的目的（主子火了，她自然跟著沾光，何樂而不爲？）

再有一點，如果......如果我真受傷了，肯定人盡皆知，我的前男友若仍紋風不動，可見對我毫無眷戀；反之，還有死灰復燃的機會......

這就是她口中的測試。

"妳呀！讓我如何說妳？怎麼没想到我會一命嗚呼？"我氣得頭頂冒煙。

"不可能的，食用油我只倒了一個酒瓶蓋大小的量，頂多達到刹車不靈敏的程度，不會完全失效。"

在刹車片上抹潤滑油是汽車保養的項目之一，但食用油不等同潤滑油，量多甚至能讓整個刹車系統壞死。

知道"車禍"是助理一意孤行的結果後，我不淡定了，雖然她的用意未必不堪，但"害人"的確成了事實（女主角不是因此骨折？）。我該怎麼辦？難道假裝不知情？

沒等緩過氣來，隔天我被公司高層請去喝咖啡。相信我，和五位老先生一同喝咖啡絕非浪漫之事。

那輛寶貝車的車主首先發難，他問我知不知道小雲雀被人動過手腳？

" What do you mean?"我明知故問。

原來"車禍"後，小雲雀和老闆的寶貝車一同送進修車廠，修車師傅在刹車片上發現了不明油漬。

我捂住嘴故作驚訝："Oh my God. This is a disaster."

五位老人面面相覷幾秒後，接著商討各種的可能性，我才發現這幾位"大佬"的背後都有不可告人的秘密，不是惡意拖欠工程款，就是沒安撫好情婦，甚至連黑幫大哥的保護費都沒給夠。

他們沒懷疑到我身上，讓我鬆了一口氣，然而⋯⋯

" I think we should check the video first."其中一位老人建議先檢查錄相再說。

我一聽非同小可，趕緊出口制止：

一、錄相不是完全無死角，很可能根本看不出什麼。

二、事情若鬧開了，公司醜事也會攤在陽光下，他們是否已做好面對公眾質疑的準備？

三、女主角車禍的消息佔據這幾天的報紙版面，無形中替《比佛利拜金女》打了免費廣告，說什麼都是利多於弊⋯⋯

· · ·

老人們又面面相覷，最終同意我說的，決定大事化小、小事化無。

咖啡喝完後，紅色法拉利車主送我離開會議室，他說我挺不錯的，也許找個時間談談我的未來。

沒想到兩天後，公司老闆真的喊我去談話，地點在比佛利山莊，離韋廷家不到五百米。

"這個Nathan是何方神聖？幹嘛喊妳去他家？"Kitty問。

"那輛被撞壞的法拉利就是他的，喊我去他家是爲了討論我的未來。"

"討論妳的未來？"Kitty正在替我撲粉，此時停下手中的動作，"聽起來很詭異。"

的確詭異，但能怎麼辦？老闆要與員工談話，員工能說不嗎？

Kitty警告我好萊塢的性醜聞不止一樁兩樁，這種把人喊到家裏去的十之八九都有鬼，勸我還是先穿上貞操褲再說。

"別開玩笑，我都愁死了。"

"不開玩笑，韓國城的情趣用品店有賣，妳若不好意思，我幫妳買。"她一臉正經地說。

靠著助理的幫忙，我終於穿好貞操褲，皮革很硬，穿著很不舒服。

"鑰匙就擱家裏，看對方能搞出什麼名堂！"她得意洋洋地說。

~

Nathan的家在比佛利山莊不算耀眼，但內部裝修讓人眼前一亮，聽說是著名屋內設計師Stephen Shadley 的作品。瞧！岩石和木材的結合讓人彷彿置身野外，而大面積的深色色塊及皮質運用也給人"低調奢華"的感覺，只是風格略顯陽剛，少了女性的溫柔。

" Do you like my house?"他問我可喜歡他的房子？

我答喜歡，和韋廷家比，它更男性化一些。

他聽了呵呵笑，說忘了我以前給William 打過工，還問我那隻老母雞可健在？

Old hen? 我答韋廷家没養雞。

" I am talking about Elsa, idiot."

原來他指的是Elsa,還喚我蠢蛋。

我很不爽，他私自更換前雇主的動物屬性跟我蠢不蠢無關，再說，我已經離開韋廷家很久了，Elsa是否仍在呼吸，我哪裏知道？

他隨即道歉，還說我的確不蠢，懂得玩"Never get my hands dirty"（借刀殺人）的遊戲。

"What?"基於僥倖的心理，我故作無知。

Nathan要我別再演戲了，他已看過錄相，不得不佩服我的心機。呵呵！差自己的助理給車子動手腳，再成功上位，了得！

完了！他就要將我送進牢房。想到後半輩子都得在鐵籠裏度過，真恨不得一頭撞死。

" Come on. Take it easy. It's not the end of the world." 他笑呵呵地説。

這還不是世界末日？窮途末路也不過爾爾。

我覺得天快塌下來，他卻無事似的，反而提到腰疼，還說亞洲女人都是推拿高手，Elsa也會兩招，將他的痼疾治得服服貼貼……

我說既然治癒了，何來腰疼？

見我不開竅，他直接問我來不來？我果斷答不。

本以爲他會勃然大怒，甚至動粗，没想到他非但没勉強我，反而開始灌起迷湯，一會兒說我是華人之光，替黃種人打開美國演藝市場；一會兒又說我是幸運之星，《比佛利拜金女》的收視率能破7.0，我功不可没。

我當然不敢居功，謙稱自己不過是個小螺絲釘，講到功臣，每個工作人員都是……

" Have a drink."他將我面前的橙汁挪了挪。

也是，講半天話的確口渴，我拿起果汁一飲而盡。

喝完後，他問我能看清楚他嗎？

這是什麼爛問題？我當然……當然能……能看清楚……他……

當一個Nathan變成四個Nathan時，我知道有事不對勁，但此刻的我全身發軟，連話都說不利索，遑論推開一個欺身而上的人渣。

" Help～"我用盡力氣呼喊，這成了今晚的最後記憶。

第五十九章/亡妻

我被薄餅的香味給喚醒，睜開雙眼時，以爲自己還在夢中。

"早，不確定妳何時醒來，還是給準備早餐了。"Steven捧著托盤俯視我。

啊！多少年來我幻想著愛人會替我準備早餐，好讓賴床的我在床上大快朵頤一番，今日終於美夢成真。

"站在那裏別動。"我說。

這場夢來得太不容易，我急於抓住幸福時刻，因爲夢醒後，Steven也會跟著消失。

他站著有兩分鐘，直到……

"再不吃，薄餅涼了就不好吃了。"他提醒我。

"不吃没關係，我就想看看你。"

他喊我起床，還說我可以邊吃邊看，兩不誤。待我坐起，他把塑料托盤放在我面前，上面有一個白瓷盤，裏面攤著兩塊薄餅，楓糖用小瓶子裝著，旁邊還有一杯不加奶糖的黑咖啡。

"Tell me when."他將楓糖淋在薄餅上。

直到瓶內的楓糖都倒光，我還是沒喊停。

"這楓糖會不會倒太多了？"他問。

淺盤上已經汪洋一片，薄餅倒像是海洋中的兩座孤島。

"我沒在做夢吧？"我依舊半信半疑。

"沒有，"Steven笑了，"妳沒做夢，11月20日早上九點，妳在我家，在我的床上，看著薄餅發愣。"

他一說完，我立馬拿起叉子吃下一口濕淋淋的薄餅，餅很甜，實際上太甜了，甜得膩口，夢中的味覺應該不致於這麼靈敏才是，難道……

"我爲什麼會在你家？"我想起昨晚遇見的色狼。

"有個自稱是妳助理的人要我去接妳，她說妳睡著了，地點在比佛利山莊。"

"還有呢？"

"沒有了，就這些。"

我下意識去摸自己的小腹，還好，貞操褲還在。

"你……你爲什麼要接我？還有，爲什麼接我來你家？"

他答我的助理在電話中很緊急的樣子，報上地址後，三兩句話就掛機，他再回打已無人接聽，只好到比佛利山莊接人，又因不知我的新住處，只能接來家裏。

"噢！原來你是日行一善的童子軍。"我說，內心希望他否認。

"算是吧！義不容辭是人的天性。"

見希望的曙光淡去，我的心也隨之下沈。

"那謝謝囉！吃完早餐我就閃，免得讓你看了心煩。"

"我說了妳讓我心煩嗎？"他微怒，"妳慢點兒離開也行。"

"不了，艾瑪是個醋罈子，我不想惹麻煩。"

Steven說這不關艾瑪的事，她只是朋友，普通朋友。

我答我也是他的普通朋友，因一層薄薄的處女膜被打入冷宮，也沒那個誰了。

"妳知道這不是重點。"

"這就是重點，你不是處男，卻以最高標準要求我，憑什麼？就因我愛你，所以好欺負嗎？"

講到傷心處，我淚如雨下。

待我哭夠，他過來擁抱我："Listen, 我不是因爲處女膜與妳分手，而是……我問過妳，妳沒說實話，像……像某人一樣。如果彼此不能做到坦誠相待，那就沒必要繼續下去。"

好個坦誠相待，人總有不想讓他人知道的秘密，難道非得赤裸裸地全交待才有資格交朋友？

"Ok, 我同意坦誠相待的重要性，我沒對你坦誠是我的錯，但你呢？你百分百坦誠了嗎？"

他答在我們交往其間，是的。

"那麼回答我，你和我交往是因爲我是我，還是因爲我長得像你的亡妻？"

他欲言又止。

"看，你一樣不坦誠，不，更加惡劣，好歹我找的是一個大活人，你找的卻是替身！"

Elsa曾說過Steven還沒有從失去愛妻的創傷中走出來，但凡有人和Christine有那麼丁點兒相像就深陷進去，艾瑪是，我也是。

"不是這樣的，"他將臉埋進手裏，"我……我以爲過一段時間會與自己和解，但沒辦法……我還是沒辦法接受對我不坦誠的人，爲了避免悲劇再次發生，我只能阻止自己去愛，妳懂嗎？”

我答我不懂，請他明示。

～

我衝回家，找到鑰匙後緊急解開貞操褲，憋了那麼久的尿，我怕自己因此得了膀胱炎。

“導演問我妳怎麼沒來？我答妳吃壞肚子了，他還准妳腸胃好時再上工。”Kitty在廁所外喊。

一走出廁所，我怒目問她昨晚幹嘛去了？主子有難，她倒好，甩擔子不挑。

Kitty 答天地良心，她一直目送我上了Steven的車才走，奴才能做到這個份上也算仁至義盡，還問我經這麼一齣，是否和前男友復合了？

我一時語塞，推說肚子餓，讓她上“眉州東坡”外帶一份烤鴨炸醬麵給我。

助理走後，我終於得空將Steven的秘密捋一捋。

時間往前推六年，在一次刻意安排的相親會上，Steven初次遇見Christine，驚爲天人，她的短髮、她的小虎牙、她的大家閨秀氣質無不與他的夢中情人（中山美穗）相像，頓時好感倍增。由於兩家門當戶對，他們很快在衆人的“樂觀其成”中步入婚姻殿堂。婚後他很幸福，覺得擁有了全世界，雖然老婆一直對他不冷不熱。

Christine 是登山愛好者，一個月至少登山一次，時間五到八天。他曾提議一同登山被拒，理由是Steven乃初學者，會嚴重影響登山速度。後來他才發現那個不會影響登山速度的人是個有婦之夫，他們認識的時間甚至早於他，兩人藉登山的名義偷情已久，早成了“慣例”。

知道自己是備胎後，Steven陷入痛苦的深淵。他曾旁敲側擊過，Christine 總遮遮掩掩，他没當場戳破，因爲仍深愛她，想著有朝一日她終會回頭。誰知在一次登美國惠特尼峰時發生山難，她從距離地面6ㅇㅇ英尺的冰瀑頂跌落下去，屍體在兩天後被搜救隊尋獲。

"當時她是一個人登山的嗎？"我問。

"是的。"

"你没⋯⋯"

"什麼？"

我搖搖頭答没什麼。

"我這輩子大概對短頭髮、小虎牙的女人有無可救藥的好感。你說的對，我找的是替身，這對妳或艾瑪來說很不公平，所以我打算就此打住，單身也未必可悲。"

他的解釋乍聽之下毫無破綻，如果我没看到他的食指和中指交叉在一起的話。（在美國，將中指疊在食指之上表示做了違心之事或者說了假話，心中祈求上帝原諒的意思。）

我不敢往下想，心裏怕得要命，因爲我猜Christine出事那天不是一個人登山，也許⋯⋯

第六十章/湯老闆

我對Christine所知甚少，只知她在外貌上與我神似，有個情人，還是個有婦之夫。

" Christine ......Whitney Mountain ......America" 我在鍵盤上快速打字。

美國的網速極快，不一會兒相關消息便出來了，果然如同Steven所說，Christine是在惠特尼峰出事，從距離最近地面600英尺的冰瀑頂跌落下去，屍體在兩天後被搜救隊尋獲。

我讀遍網上的所有報導，除了描述山難者家屬的哀慟外，再無其他。

"情人呢？一向藉登山名義約會的兩個人，爲什麼會打破慣例由一人獨自登山？這很不尋常。"我心想。

" 呵呵...... 哈哈...... 呵呵呵 ......"Kitty躺在我床上，笑得人仰馬翻。

Steven的事已讓我心煩意亂，偏偏助理還邊界不清，老要跨越到我的領域來。

“回妳的房間去！”我下逐客令。

“我的床小，放不下這麼多本雜誌。”

不用她說，我已注意到床上攤著十幾本色彩斑斕的雜誌。

“哪來的？”

“從中國城的長城書店掏來的，連香港的街邊八卦雜誌都有。”

我揶揄狗仔就是被她這種人給慣壞的，若有那個閒工夫倒不如看些有營養的，譬如讀者文摘、時代周刊或地理雜誌。

Kitty 驚呼好不容易才脫離學校教育，她才不要"重返校園"，還告訴我老美對華人的八卦消息不感興趣，要想得到第一手資料還得看台港澳的報導。

聽她這麼一說，我靈光乍現，飛快在電腦上打下繁體字，果然內容豐富多了，不僅有好幾張Christine的生活彩照，連帶她的情史也被挖了出來，這都得感謝她的出軌對象是女明星李妮的老公。

“妳認識在洛杉機開賭場的湯老闆嗎？”我問Kitty。

“知道一些，他的彩石賭場在美國西海岸很有名，聽說還把家安在賭場酒店的頂層，也算是爲了事業鞠躬盡瘁。”

原來他住在賭場酒店裏，這下子好找了。

“妳幫我聯繫馮老闆。”我說。

“幹嘛？”

“擴充人脈嘛！如果他拒絕，就說……就說Christine 的閨蜜找他談談。”

CHRISTINE的情夫是身家上億的美西博彩業CEO，老婆是

曾經叱咤港台的女明星，爲了拴住花心老公，不惜五年生四胎，把原本A4紙的小蠻腰吹成了水桶腰。

“妳是Christine的閨蜜？”湯老闆問。

印象中的博彩業大哥都是滿臉橫肉的狠角色，與眼前斯斯文文的書生大相徑庭。

“是的，我們是大學同學，還是同寢室的，她經常提起您。”

他又問了一遍我的名字，我再度報上名。

“我很確定Christine從未提起過妳，既然妳是她的朋友，也算是我的朋友，有什麼可以幫到妳？”

我們約見面的地方是賭場裏的酒吧，與龍蛇混雜、烏煙瘴氣的酒吧不同，這裏倒像是有情調的咖啡館，燈光昏黃，舒伯特的小夜曲在耳中回蕩著。

“有個疑惑一直擱在心裏頭，也許你能幫我解答。就我所知，Christine婚後還與您藕斷絲連，兩人經常一起登山，出事那天，爲什麼只有她獨自前往？”我問。

“若不是事情已過去那麼久，我要以爲妳是警方派來套我口供的。”他呡了一口伏特加，“同樣的問題我也問過自己，Christine爲什麼不知會我一聲就去？還有，她是經驗豐富的登山老手，惠特尼峰以前也登過，不是全然不熟，會發生這樣的事的確出乎意料。”

我問他有沒有可能山難不是意外？

“妳的意思是……”他特意看了我一眼，害我不知所措，“不可能的，那個位置海拔有兩千多米，凶手若要動手，犯不著爬那麼高，爬山是很耗體力的。”

我想想也是，誰會大費周折地尾隨那麼久？何況Christine身上的兩百多美元及銀行卡都在，手腕上的歐米茄錶也沒丢，被謀財害命的可能性極小。

"我想不通，Christine的社交圈並不複雜，人也……也單純，除了感情路走得比較不順外，我想不到還有什麼。"

湯老闆皺緊眉頭，略顯不悅，我才驚覺自己說錯話了。

"對不起，我的意思是……"

"如果妳懷疑我，倒不如懷疑她老公，我至少還有不在場證明，他呢？說是待在姐姐家裏好幾天，大門不出二門不邁。呵呵！親屬的話哪能信？也不知警方是怎麼想的，竟然認定這是一起意外事故。"

原來當時Steven在韋廷家，嗯……這個得好好調查一下。

"還有疑問嗎？"湯老闆問我。

"沒，沒有了。"

"妳的助理說妳是《比佛利拜金女》影集的女主角，我還特地打開電視看了幾眼，挺不錯的，妳天生是塊當演員的料。"

我解釋自己不過是個配角，不是女主角，助理太誇大其辭了，回頭我說她去，最後不忘謝謝他的讚美。

"我走了，"他起身，"噢！忘了告訴妳，我和Christine是大學同學，大一下學期便在一起，我大概是失憶了，不記得有妳這位老同學。"

我聽了乾笑兩聲，窘得無地自容。

第六十一章/偶遇小主人

我在片場看到討厭的人，他正和燈光師講話，目光曾在我身上做短暫停留，但很快飄過，那樣子像是看到追債的流氓。

"Hi."我走過去和他打招呼。

那人停頓了幾秒後，弱弱地喊聲Hi。

燈光師說想必我和老闆有話要談，問需不需要留個空間給我們？

老闆答No，我答Yes。

我們仨就杵在那裏，尷尬得不得了。最後老闆對燈光師說了聲"Excuse me"後，示意我到角落。

" What do you want? I did nothing."他問我想怎樣？他什麼也沒做。

我答若不是提前做好防護措施，好萊塢的性侵案又多了一椿。雖然自己沒被性侵，但精神受到很大的刺激，最近老睡不好覺，經常做惡夢，他總得給個說法。

" What do you want?"他第二次問我想怎樣？

我答自己很喜歡保時捷敞篷跑車，他大呼不可能，要我別做夢了。

保時捷號稱全世界最安全的跑車，售價在25萬美元以上，難怪他會這麼抵觸。

我接著澄清，不是要他買給我，而是聽說保時捷在找廣告代言，也許……

老闆還是答不可能，但口氣緩和了許多。

此時在《比佛利拜金女》中扮演家庭醫生的Mr.Patel剛好經過，我攔住他，問他知不知道那個針對Harvey Weinstein性侵多名女星所發起的反性騷擾運動—Me too？

Mr. Patel答知道，Harvey Weinstein的公司目前已宣佈破產，因爲資產不足以承擔性醜聞所帶來的官司負擔……

“ Thank you, Mr.Patel.”聽到老闆道謝，Mr.Patel這才意識到自己被下逐客令，很莫名其妙地走了。

待人走後，老闆雙手一攤，宣佈我贏了。

“ Thank you, Nathan.”這次換我向他道謝。

他擺擺手，轉身離去。

幾天後，我如願拿到廣告代言，代言費兩百萬美元，爲期兩年。

“ 太好了，老大，妳就要平步青雲了。”Kitty 高興得手舞足蹈。

我卻開心不起來，雖然沒被性侵，但在失去意識的情況下，想必那匹色狼曾對我上下其手，我仍然是受害方，只是受害程度相對輕一些罷了。

“ 陪我去Shopping.”我說。

“我没聽錯吧？”Kitty 睜大眼睛問。

長久以來，我一直在物質方面苛待自己，Elsa雖給過我一百萬美元，但我没碰，並且在自己也不知所以然的情況下給歸還了。

你若問我後不後悔？我不後悔，倒是有些惋惜，畢竟一百萬美元不是個小數目，大部份的人窮極一生都賺不到，但……不義之財拿著心虛，我也是有骨氣的人。

“妳没聽錯，現在就去！”我對她說。

對於即將到手的兩百萬美元，我拿得心安理得，還因某種補償心理在作祟，我有“花錢如流水”的慾望。

錢真是個好東西，走在羅迪歐大道上，兩百萬美元身價的我底氣十足、走路有風。以前只能做 window shopping 的精品店，我一間間地逛去，看到喜歡的，眉頭皺也不皺，直接讓服務員打包。

“哇噻！真豪氣，同款的鞋子，妳一次買足五種顏色。”我們一離開Manolo Blahnik，Kitty 忍不住嚷嚷起來。

我知道她爲什麼大驚小怪，一雙高跟鞋要價六百多美元，我竟然一次買五雙，還是同款的。

“用傳統手工做的鞋當然不一樣，一分錢一分貨。”我解釋。

“好個一分錢一分貨，我提醒妳，廣告代言費是兩百萬，不是兩百億，往前走幾步便是愛馬仕專賣店，估計妳的錢還不夠買十個限量版的鱷魚皮鉑金包。”

聽完，我立馬像隻洩了氣的皮球，購買慾一下子被澆熄，以致經過愛馬仕專賣店時，我能做到“過門不入、眼不見爲淨”。

然而没走幾步，我還是被某家店給吸引住。

“原來這個寸土寸金的地方也有賣二手貨。”Kitty說。

那扇熟悉得不能再熟悉的圓拱門喚起我的回憶，好的與……壞的。

“我們進去瞧瞧！”我早先一步推開門，門上掛著的銅鈴發出悅耳的聲音。

接待我們的不是韓國妹紙，連坐鎮櫃台的也換上一個兩百斤重的黑女人，身上紅的紅、綠的綠、黃的黃、藍的藍……讓人目不暇給。

“ Where is your boss?”我問其中一名導購。

她指指櫃台，告訴我老闆娘今天心情不好，買東西還是找她，她會給我一個大折扣。

怎麼Monica一聲不響地就把店給賣了？光頭男呢？兩人分手了嗎？……我有太多想問的。

既然換老闆，店內東西也沒以前的好，我虛晃一下就走，心裏快快的，彷彿少了什麼。

“ 走，帶妳去吃好吃的。”我對小跟班說，順便想跟某人確認消息。

“太好了，”Kitty 喜形於色，“ 不瞞妳說，兩個鐘頭前我的肚子就已經咕嚕咕嚕地叫。”

～

“ 我以為妳會帶我吃好吃的 。”排在隊伍裏，Kitty小聲抱怨。

“ 這個好吃，等會兒妳就知道。”

話一說完，櫃台後一個胖墩墩的中國婦人問我：“ 萌萌，這麼早就收工了？”

“今天沒排戲。”我盯著價目表瞧，“ 給我兩個臘汁肉夾饃，其他口味的各來一個。"

Molly 看了一眼我身邊的龐然大物，心中了然。

捧著五個"中國漢堡"，我們坐到角落。Kitty 雖然心中有疑慮，但看我吃得津津有味，加上肉和餅的香氣，終於忍不住咬下一口，這一吃就停不下來，甚至後來又回到櫃台多點了兩個。

"See, 好吃吧？"我問。

Kitty 頻頻點頭，嘴巴光顧著吃，來不及說話。

這一趟果然不虛此行，就在吃肉夾饃的時間裏，老闆娘告訴我很多信息，包括Monica和光頭男還是如膠似漆，她把二手奢侈品店賣了，轉戰西木區，那裏的租金相對便宜些，多餘的資金及時間則拿來炒樓，一買一賣，來錢更快些。

說的也是，洛杉磯由於旅遊業發達、氣候宜人、加上有幾所好學校，吸引了全世界的投資客來此置業，房價一直呈穩定上揚的局面，租金也可觀，不失爲發財之道，再次證明我的前老闆高瞻遠矚，有賺錢的頭腦……

"Sabina, 別走，給妳一個銅板。"

"Thanks, anti."

聽到"Sabina"這個名字，又聽到熟悉的童音，我轉過頭去，天哪！這不是我的小祖宗嗎？怎麼又玩起角色扮演了？

"可憐呦！單身家庭出身，和生病的母親住在救濟院裏，到現在還沒有身份，連學都上不了。"Molly 向店裏的中國客人介紹那孩子的身世。

我將吃到一半的肉夾饃扔桌上，氣沖沖地走向那個小鬼。

"把錢還給Anti。"我抓住她。

"是我的。"她將雙手藏於身後。

"我警告妳，再不聽話，我就……我就……"

"妳已經不要我了，没有人要我，I hate all of you."

那個不受管教的小孩對我怒目相向，還趁我不注意，一把推開我。

好呀！才幾天没見她又欠揍了，是可忍孰不可忍？我追了過去。

不追還好，一追反倒讓她勇闖紅燈，一長串緊急刹車聲隨之傳來。

"Sabina～"我大喊。

第六十二章／及時雨

我打電話給祝迪，她答二十分鐘內到。

說來真是諷刺，比佛利山莊雖有小診所，可以看看感冒或拉肚子等小毛病，卻没有一家全科醫院（醫療美容及生產中心倒是不少，其中不乏網紅店），這也是爲什麼Sabina會被送到十幾公里外的加州大學醫療中心的緣故。

"別擔心，小孩子的彈性好，没事的。"

Kitty 不說還好，一說我的內心愧疚到不行。

出租車撞上Sabina後，她的小小身軀被抛向空中，跌落至地面後還翻滾了好幾圈，我心想完了，那孩子離死神也就一根手指頭的距離。幸好她没當場斷氣，眼睛還骨碌碌地瞪著我。

"如果她有個三長兩短，我一輩子都不會原諒自己。"我說，陷入無盡的恐懼與自責當中。

Kitty 要我別作繭自縛，解決問題要緊，也不想想美國的醫療費用有多貴，連帶叫救護車也貴，方才十幾分鐘的車程，她已收到8oo美元的賬單。

“ Sabina應該有醫保，如果沒有，我付。”我責無旁貸地答。

當祝迪趕到時，小妮子剛做完初步檢查，醫生說她的左手臂和臉部有擦傷，且伴隨頭痛、頭暈、噁心等臨床表現，他懷疑傷者有腦震蕩現象，建議做顱骨X線、腦電圖及腦血流檢查，另外顱腦也得做CT掃描。

做，當然得做，而且馬上做，然而我和祝迪都不是直系親屬，簽不了同意書。

醫生一走，我氣得想罵街。

祝迪不急不徐地解釋男主人身居地球的另一端，即使乘坐私人飛機，最快也要半天才能抵達；女主人則剛做完下顎削骨手術，目前正躺在恢復室床上，臉腫得像豬頭。

“ 怎麼辦？腦震蕩可大可小，延誤治療可不是鬧著玩的。”我憂心如焚。

她思考了幾秒鐘，決定攜帶同意書到美容醫院。

“ 等我回來，別跑了。”她對我說，目光凶狠。

Kitty 忍不住吐槽：“ 什麼嘛！要跑早跑了，何需等到現在？”

我息事寧人，孩子受傷，大人都不好過，說話難免不中聽，能忍則忍吧！

祝迪回來是兩個小時以後的事，面對我難看的臉孔，她說她也著急，奈何Elsa做的是全麻手術，只能坐等她清醒過來。

“ 既然人醒了，怎麼不趕過來？”Kitty 抓到小辮子。

“ 都說了，她的臉腫得像豬頭，聽不懂嗎？豬頭！”

此話如果說給一個身材纖細的人聽，只能當笑話一則，偏偏Kitty的身體肥胖，難免對號入座。

"呵！我是豬頭，那妳就是瘦皮猴，誰也別笑話誰。"

如果不是Sabina碰巧被推了出來，那兩人搞不好會上演全武行。

" We are sending her to the CT scan room."醫生說他們正要送Sabina上CT掃描室。

看著臉色蒼白的她遠去，我心中暗自祈禱一切無恙。

做完檢查，醫生說得觀察24小時，讓我們都回去休息。

"我還是待在這裏，萬一......萬一Sabina醒來又胡攪蠻纏，總得有人鎮得住她才行。"我將責任一肩挑起。

祝迪反問我Sabina會住院是拜誰所賜？能鎮得住才有鬼！

"那好，我們走，妳留下，開心了吧？"Kitty怒氣沖沖地說。

"要走當然是我走，韋廷家一堆事情等著我處理。"

祝迪走了，我要Kitty也回家休息，熬夜很傷身，犯不著把兩個人都拖下水。我反正睡不著，剛好留下來守夜。

"明天有三場戲，我怎麼跟導演說？"我的助理沒忘記她的職責。

呃！怎麼沒想到這個？

"就說......就說......"一時竟找不到藉口。

演員無故缺席是很糟糕的事，次數一多，難免壞了名聲。我已經請過一次病假（假裝吃壞肚子），還是不久前，這次要不要故技重施？會不會太假了？

"就說朋友的外甥女受傷了，她陪伴一宿，後天準時開工。"Steven代答。

我頓時百感交集，他怎麼來了？難道......爲了興師問罪？

Kitty一看我的表情便知來者是誰，她很識相，離去前不忘給我一個Fighting的手勢，大概以爲情侶復合是天底下最美好的事，所以急著搖旗吶喊。

" Sabina的情況如何？"他問，一副公事公辦的樣子。

我答做過相關檢查，醫生認爲皮外傷不要緊，但有輕微腦震蕩，需要觀察24小時。

"所以妳打算待在這裏24小時？"他又問。

"是的，畢竟她受傷是因我而起，當時我不追她就好了，全是我的錯。"我將臉埋入手掌心。

"別難過，"他將手搭在我肩上，" 事情總不能盡如人意。"

"還有，當時我若承認自己不是處女就好了，你......你也不會離開我，還是我的錯，我這個大傻瓜！"

也許因爲一直低著頭，加上鼻塞的緣故，Steven以爲我哭了。

"別哭，"他擁我入懷，" 我想過要忘記妳，但每週三又不由自主打開電視，我......我是不是太作了？"

我擡起頭問他什麼意思？

"就是......就是......"

"I do."我快速回答，淚如雨下。

這次換他問我什麼意思？

"大傻瓜！"我撫摸他的亂髮，笑中帶淚。

他也笑了，低頭給我一個吻，像荒漠甘泉，又像及時雨，滋潤了我乾涸已久的心。

第六十三章/我養妳

" Do you know them?"醫生問Sabina可認識我們？

那孩子看著眼前站成一排的大人，面無表情。醫生再問一遍，她終於開口：" Daddy......Uncle......Guardian Angel."

她喚我"守護天使"，讓我既感動又羞愧，我没做到"守護"，甚至害她走了一趟鬼門關，實在擔當不起"Guardian Angel"的稱號。

" Then who is she?"醫生指著一位戴頭套的女人。

Sabina答不認識。

Elsa顯然無法接受自己的女兒不認識她，氣息敗壞地表示她是mummy,最愛她的mummy。

" I don't have mummy, never."那孩子答。

也難怪Sabina認不出來，Elsa剛做完下顎削骨手術，臉腫得像發酵後的白面饅頭，眼睛甚至被擠壓成三角形，連我都差點兒没認出來，何況一個腦子剛受到撞擊的孩子。

醫生接著指向一位白領麗人，那孩子依舊搖頭。

Sabina沒認出剛做完整容手術的母親情有可原，沒認出Kitty無關緊要（她倆根本不認識），但沒認出祝迪茲事體大。

" Are you sure you don't know her?"醫生再次問。

她用力點一下頭，讓醫生陷入沈思。

不止醫生迷惑，在場者（除了Kitty之外）無不認爲不可思議，畢竟祝迪在韋廷家已工作超過兩年，是不能缺少的靈魂人物。Sabina也許無法天天見到父母，但這個管家可是無所不在，想閉上眼睛假裝沒看見幾乎是不可能的事。

醫生最後宣佈Sabina得了選擇性失憶症，具體指一個人的腦部受到碰撞或者曾受到嚴重的精神刺激，遺忘了一些自己不願記起的人、事、物。一般可通過催眠、心理諮詢或者身處熟悉的環境中喚起記憶而自癒......

我們面面相覷，沒想到這麼狗血的劇情也會發生在現實生活中，這也太扯了。

William 問醫生何時可把孩子帶回家？好讓她熟悉環境，快點兒恢復記憶。沒想到Sabina反應激烈，她說她不回去，爹地經常不在家，她不要跟一群陌生人同在一個屋簷下，吧吧拉、吧吧拉......

醫生遂問她想和誰在一起？

她的眼光遊移了一下，最後落在我身上。

" No way. I don't want to look after a child."Kitty 首先發難。

也難怪助理會答不，我尚且需要她照顧，哪有時間和精力去照顧一個孩子？最後活兒還不是落在她頭上。

" I ......"

我還未表明立場，Steven把重責大任一肩扛起，他說就讓Sabina和他一起住吧！"守護天使"不忙時可以協助做喚起記憶的工作。

"Thanks."我望向他，深受感動。

此時祝迪長嘆一口氣，"終於甩掉大包袱"的表情讓現場氣氛尷尬到不行。

William 趕緊轉移注意力，他說看來也只能麻煩小舅子，如果願意，馬里布的面海別墅就讓他倆住。

"Love you, sweetie."他親吻一下女兒的額頭，"Bye."

Sabina問他去哪裏？William答他得走了，因爲意大利影視協會會長還在等他開會。開完會，他會帶一個當地純手工製作的陶瓷娃娃給她……

Elsa受不住，嘴巴開始唸唸叨叨，大意是她爲了他整容，怎麽他跑得比誰都快？

William 彷彿聽不見，轉身就走，Elsa追了出去。

鬧劇甫歇，Steven問自己的外甥女是不是現在走？

Sabina 很快答Yes, 然後轉向我："妳也一起來，好久沒看海了。"

～

馬里布是網紅景點，擁有世界上最佳的衝浪區域，它的海岸線很長，大大小小的海灘有十幾處，統稱馬里布海灘，其中狗仔蹲守的Carbon海灘最閃閃發亮，因爲這裏的房主多是像萊昂納多·迪卡普里奧、勞倫斯·埃里森、大衛·格芬、羅伯·萊納這類級別的大咖，有"Billionaire Beach"（億萬富翁海灘）的美名，據說連《慾望都市》及《鋼鐵俠》都曾在此取景過。

我没想到富豪成堆的馬里布還有韋廷家的第二個窩，雖然"小"了點兒。

Steven不避嫌地當著我的面輸入密碼06062012，嗶嗶兩聲後，Sabina熟門熟路地進入。

“她來過嗎？”我問Steven。

他笑得好大聲：“妳以爲我是怎麼記住密碼的？那是Sabina的生日呀！這棟別墅是姐夫買來送給她的。”

我知道William喜歡自己的繼女，但沒想到這麼喜歡，一出手就是幾百萬美元。

“有時想想人生真不公平，我也算是得到祖蔭庇佑，但也只得了個山上小屋，哪像外甥女，注定站在金字塔的最頂端。”

Steven的家也在馬里布，但地點差多了，只能算是皇冠上的小碎鑽。

好吧！讓我告訴你小妮子是如何坐在米倉裏乘涼的。這個堪稱“360度無死角”的超大House包括三個獨立的建築物，裏面有7個臥室和6個浴室，閣樓、健身房和辦公室一應俱全，餐廳和主臥能直接看到廣闊的海景，戶外露台還有燒烤爐及私人溫泉浴缸，真正做到坐擁陽光、沙灘與海景，令人歎爲觀止。

“你尚且感嘆，我怎麼辦？那些領著吃不飽、餓不死月薪的人又怎麼辦？”我問。

“別人我管不著，妳……我養著。”

前陣子網上熱烈討論男人講“我養妳”是不是世界上最大的謊言？但真有人對我說“我養妳”時，我只感到甜蜜，不會無聊到考究其真實性。

“謝謝！有這句話足矣，哪天你若養不起，我會少吃或不吃。”

“那哪成？”

“我是說少吃或不吃鮑魚、海參、燕窩、鵝肝、魚子醬……”

他敲了我一記，說我是Naughty Girl。我揉揉頭，笑得比花兒還甜。

第六十四章/意外的邀約

很多人不知道五星級酒店提供外燴服務，連用餐完畢後的清潔工作也不勞客戶費心，一並給包辦了。

爲了慶祝Sabina出院及我們重修舊好，Steven一通電話打給FS酒店，讓他們送個廚子過來，場地就設在戶外露台，那裏有個燒烤爐。我們仨只需美美地躺在藤椅上，就有熱騰騰的燒烤吃。

"Uncle, 你們怎麼沒親親？"Sabina邊吃邊問。

"這不是親上了嗎？"他給我一個吻，嘴對嘴。

那個鬼靈精怪又問我們已經親過幾次了？Steven答300次。

"More......More......I want to see your baby."她要我們再親，她想看Baby.

Steven 說那只能等到晚上睡覺的時候，他一次把700個吻補齊。

"爲什麼要等到晚上？"小妮子問

"因爲妳的'守護天使'會害羞。"

Sabina因此壞壞地看著我們。

我把廚子烤好的德國碎肉香腸放進她的盤子裏，要她趕緊吃。此時海風拂面，夕陽像一隻大紅燈籠懸掛在海與天的邊際，空氣中彌漫著肉香……

我們邊吃美食邊話家常，不知不覺，夜已降臨。

沒有故事書，我和Steven把肚裏的故事全掏空，Sabina仍意猶未盡，嚷著再講、再講。

" Ok, one more.從前從前有個小女孩叫Sabina, 她住在海邊的大房子裏。夜深了，她好想睡，好想、好想、好想……她終於睡了，嘴巴不再說話。"

"I……"

Steven 將食指放在嘴唇上，噓了一聲，Sabina終於投降。

將床頭燈調暗後，我們關上門離去。

躺在床上，我要Steven對我說情話，越噁心越好。

"如果愛上妳算是一種錯，我情願錯一輩子……我百年的孤寂只爲妳一人守候，千年的戀歌只爲妳一人而唱……天上只有一個月亮，我的心中只有一個妳……沒有杯子，咖啡是寂寞的 ；沒有妳，我是孤獨的……如果妳冷,我將妳擁入懷中;如果妳恨,我替妳擦去淚痕……妳是我生命中的曙光,沒有妳,我的人生是黑暗的……"

我仍意猶未盡，嚷著再講、再講。

" Ok, one more.從前從前有個小女孩叫萌萌，她住在海邊的大房子裏。夜深了，她斿想睡，好想、好想、好想……她終於睡了，嘴巴不再說話。”

“I……”

Steven 將食指放在嘴唇上，噓了一聲，我終於投降。

將床頭燈調暗後，我們相擁而眠。

隔天我精神飽滿地投入工作，連Kitty 都忍不住揶揄：“人呀！還是得陰陽調和才行，哪像我，只能意淫。”

我把劇本捲成棍棒狀，連敲她圓滾滾的屁股好幾下：“講什麼？亂七八糟的。”

“好啦！不說這個，”她將劇本搶下，“廣告公司問妳何時進棚？”

啊！差點忘了還得替保時捷拍廣告。

“什麼時候我有空？”我問。

她翻了一下行程表，答看樣子只能趕在聖誕長假前抓緊時間拍，否則來不及明年年初播放。

美國最長的法定假期要屬聖誕長假，一般從聖誕節的前一週放到元旦過後一週，整個假期才算結束。

“也就是說從現在開始，我無假可休？”

“可不是嗎？”

剛和Steven復合，感情正好，恨不得每天都膩在一起，如今又要“人生不相見，動如參與商”，天底下還有比這個更慘的嗎？

Kitty 要我別抱怨了，能忙是好事，勝過坐冷板凳。再說了，小別勝新婚，等到聖誕節一到，我們愛怎麼Happy 就怎麼Happy 。

說的也是，不經一番寒徹骨，哪來梅花撲鼻香？爲了這個得來不易的長假，從現在起，我要全心全意投入工作，相信Steven能懂，也願意等待。

～

一切都往好的方向發展，《比佛利拜金女》的收視率穩中上揚，已經進入全美電視劇的十大排行榜；廣告也拍得順利，雖然打女的角色讓我吃足了苦頭，上山下海不說，還得到沙漠裏折騰，把原本還算白皙的皮膚硬生生曬成黑炭，我不得不在臉上撲上好幾層白粉，否則《比佛利拜金女》無法連戲了。

" No, she is busy. You can leave your message with me."Kitty對手機那端的人說我正忙著，他可以留言。

本來我不願將自己的手機交給助理，但Sabina時不時打電話騷擾我，不外她想我了，要我速速到馬里布，甚至"假報案"，不是unclc從屋頂跌落下去就是有搶匪闖入，她和uncle危在旦夕……

剛開始我緊張得不得了，立馬打電話向Steven求證，知道是烏龍事件後，真是既好氣又好笑。

"別理她，妳專心拍片，還有兩個禮拜就是聖誕假期，我等妳，嗯？"

有了Steven的御令，我索性鐵下心來不予理睬，讓Kitty成爲我的對外發言人，任何人想跟我說話都得通過她。

"是不是又是Sabina打來的？"我邊卸妝邊問。

"不是，是一個男的，他已經打來好幾次，說是妳的大學同學，想約妳爬山。真是的，妳哪有空？所以我幫妳回絕了。"

我的大學同學？爬山？說的可是湯老闆？

“ 手機給我！”

要回手機，我一看來電顯示，果然是他。

“什麼事？”我回打。

“ Christine出事那天，Steven在場，我有證據。”

原來Christine遇難後，他一直懷疑這不是一椿意外事故，暗中請了私家偵探調查，可惜無果。前幾天他重回出事現場，終於找到Steven涉案的證據。

我不是沒懷疑過Christine的死因，但在“失而復得”的愛情面前，我選擇當一個傻子，如今連傻子也當不了了。

“什麼證據？爲什麼要告訴我這些？”

“ 本來我想放棄，是妳挑起我一探究竟的慾望。没錯，我就想拆散你們，因爲殺人凶手不配擁有愛情。”

殺人凶手？難道……難道……

“ 我查過天氣預報，後天天氣不錯，是上山的好時機，妳要的證據，到時候我給妳。”他說。

掛上手機，Kitty 問我怎麼回事？臉色不太好看。

“ 没什麼，”我揉揉發疼的太陽穴，“ 後天我得出門一趟，兩三天後回來。”

Kitty 聽完炸開鍋，問我怎能兩三天後回來？行程都排得滿滿的，再也擠不出任何時間來。

“ 妳是助理，那是妳的工作，別問我。對了，幫我買登山裝備，後天一早要。”我說。

第六十五章/高原反應

Kitty不愧是個好助理，也不知是如何騰出時間的，反正我演完今天的最後一場戲，登山裝備已經在後車廂。

"厲害！妳以前登山過？"我問。

"如果登山過，我就不會像現在這麼胖了。"

真是的，馬屁拍到馬腿上了。

"Ok, 我收回，妳……妳以前的男友登山過？"

Kitty 惡狠狠地瞪向我，眼珠子都快掉出來。糟糕！她該不會沒戀愛過吧？

"那個……那個我也收回，妳……"

"別問了，上一趟REI就全搞定，連抗高原反應的藥我也幫妳買到。"

高原反應？呵！我還真沒想到。

"謝啦！妳是我的救世主。"我說。

Kitty要我別光講好聽的話，安全回來才是正道，她好不容易才找到會掙錢的主子，可不想又回家吃自己。

呃！這是啥意思？我當然會安全回來，我……當然……

話說湯老闆不過與我有一面之緣，連朋友都談不上，他做的又是黑白兩道通吃的賭博行業，絕不是簡單人物，，而我只因幾句談話就屁顛屁顛地跟去爬大山，真夠膽大！

"那個……我跟湯老闆登惠特尼峰的事千萬保密，尤其是Steven。"我叮囑。

"當然保密，主子當人家小三也不是什麼光彩的事。"

"不是妳想的那樣啦！"我弱弱地答。

Kitty哈哈大笑，她表示她向來服膺"自掃門前雪，莫管他人床上事"的信條，我愛咋咋地，她樂得有個睡到自然醒的假期。

～

惠特尼峰是美國本土最高峰，高度4，420米，正好是世界最高峰（珠峰）的一半。在登山老驢們的眼裏，這座山是a piece of cake, 但對初爬高山的我而言，卻宛如巨人般的存在。

"没那麼難爬，我們開車到山峰東側的Whitney Portal，從那裏開始爬，離Christine墜落之地不到二十公里。如果日出前出發，估計下午就抵達了。"湯老闆邊開車邊說。

這個"如果"在我耳中聽起來頗有責怪之意。

本來約好清晨五點見，偏偏Kitty的鬧鐘没響，加上盥洗、穿衣、打扮……等我抵達賭場酒店已日上三竿。

"對不起，我……"

"看來今晚我們得在露營地紮營。"他說。

昨晚檢查登山裝備，發現除了保暖衣物及登山鞋外，還有帳篷及睡袋，這下子全派上用場了。

“好的。”我答。

“妳……”他看了我一眼，“不害怕嗎？”

我反問我應該害怕嗎？

他沒回答，嘴角的那一抹微笑讓人難以捉摸。

車子開上120號公路，從優勝美地國家公園北部穿過，沿途風光旖旎，有綿延的草甸及松林，好一副恬靜的自然景觀。

在優勝美地吃過簡單的午飯後，我們趕往Lone Pine鎮的惠特尼林區管理辦公室。

“Back again?”工作人員對湯老闆說，然後給了兩張登山證，可見他是惠特尼峰的登山常客。

然而接下來的一幕太匪夷所思了，湯老闆向工作人員介紹我是個演員，還有，我們今晚要在Outpost營地紮營，明天一早爬九十九道拐……

離開辦公室，我問他為什麼要告訴別人行踪？他答山上有吃人熊，為了安全起見，留條線索是必須的。

“我怎麼覺得怪怪的？”

“好吧！實話告訴妳，不是吃人熊，是豺狼虎豹加響尾蛇，這下子妳滿意了吧？！”

我翻了個大白眼，他不解釋還好，一解釋，讓人感覺更加蹊蹺。

把車留在停車場後，正式的爬山活動便開始了。

山路呈之字形，雖有碎石，但不難行。走了不知多久，終於看到松樹和山石環繞的湖，湖水映照著夕陽，很是美麗。

湯老闆介紹這是 Lone Pine 湖，美則美矣，但比不上 Consultation 湖那般清澈透明。

"待會兒我們能見著嗎？"我問。

"不，那個湖在海拔3600米處，我們不會爬那麼高。"他答。

我有小小的失望。

又走了兩小時的山路，夜幕開始降臨，兩側山壁都是層層疊疊的岩石，月光被樹遮擋，時有時無，還好有頭燈（再一次感謝Kitty的細心），否則一腳踩空就攤大事了。

"喏！那就是Outpost營地。"湯老闆指著前方。

月色雖不明亮，但我仍能分辨有數頂帳篷在湖的一側。

噓～還好不是只有我們兩個"孤男寡女"在荒郊野外紮營。

靠著湯老闆的幫助，我總算把自己的單人帳篷搭好，然後進進出出多次，興奮得像是得到新玩具的孩子。

"喂！看不看我煮麵？"他喊。

煮麵？他帶野炊工具了？我趕緊跑出帳篷外。

只見他把三個帳篷椿子釘入地底下，再用錫箔紙製作一個碗狀容器，注水後放在三個小支架上，下面點著柴火乾草，待水煮開，再放入方便麵及熱狗腸，一頓簡單的野外大餐就大功告成了。

"沒想到在山上還有熱食吃，太幸福了，我原以爲只能啃硬邦邦的口糧。"我邊吃熱騰騰的麵食邊說。

"吃吧！再不吃就沒機會了。"

"什......什麼意思？"我忽然緊張起來。

他解釋這種露營餐不常有，就是這個意思。

半夜被口琴聲吵醒，我拉開帳篷拉鏈一看，是湯老闆，他正對著一輪明月吹起悲傷哀怨的曲子。如果不是睡在不遠處的洋人抗議，也許他會這麼吹下去，直至月落西山。

"他是吹給Christine聽的嗎？如果是，代表湯老闆精明的外表下藏著一顆柔軟的心，這樣的人如何使壞？"我心想。

重回睡袋，我的心安定許多，不一會兒又進入夢鄉。

半夜又是方便麵，只是熱狗腸換成了辣腸。

吃飽離開營地後，山路開始變得難走，有時得穿過石縫，有時又得攀爬，把大石頭當台階。當太陽出來後更加難行，因為山上冷，身體卻出汗，外冷內熱，我開始有中暑現象，不僅頭痛、頭暈，甚至感到噁心。

"等等，我不舒服。"我停下腳步，扶著山壁大喘氣。

沒料到湯老闆很不體貼人，直催我趕緊上路。

"不行，我……"

話沒說完，我"哦"了一聲，把肚裏的方便麵、辣腸全吐了出來。

他遞過來一瓶水，要我把藥吃了。我低頭一看，竟然是水果糖，真是的，這時還開玩笑？

"不吃，我難受死了。"我坐在大石頭上，感覺頭痛欲裂。

"高原反應忍一忍就過去，我們還是趕路吧！"他再次催我。

高原反應？不可能，前天晚上我服用過抗高原病的藥。

湯老闆笑了，他說有經驗的人都知道那玩意兒是騙人的，最主要還是多休息，讓身體慢慢適應低壓、低氧環境。

"那好，我現在休息。"

"不行，目的地就快到了，妳就算爬也要爬過去。"

我一聽來氣，憑什麼？我偏不！

見我紋風不動，湯老闆竟扔下自己的背包，反身將我一肩扛起。

"放我下來！"我捶打他。

"妳還是省點兒力，免得待會兒全身軟得像爛泥。"他說。

第六十六章/翹首以待（完結篇）

也不知被折騰了多久，感覺自己快死了，湯老闆才終於將我放下。

"這是哪裏？"我問。

"Christine 的歸魂處，她就是從這裏失足的。"他答。

我左右張望，四周圍都是花崗岩的大條石，山的東側是嚇死人的懸崖，西側則是緩坡，雖然形勢險峻，但過道還算寬敞，足足有三米寬。

"你說的證據在哪裏？"我沒忘記此行目的。

"得等，應該馬上會有。"

等？什麼意思？

我想開口卻突然發不了聲，頭顱裏好像有千軍萬馬在奔騰。

"妳還好吧-吧-吧……"他問。

奇怪，竟然有回音。

"不-不-不……"

哈！我的回答也有。

湯老闆靠近我，整張臉膨脹了許多，而且像萬花筒裏的影象，交叉重疊出現。

我越看越迷糊，越看越困惑，彷彿跌入漩渦裏，不一會兒便失去意識。

聽到熟悉的聲音，我用力睜開眼，是 Steven, 他怎麼來了？

"你來得倒挺快的，應該是對這個女人上了心。"

"她已經昏迷，而且發著高燒，得馬上就醫。"Steven的聲音聽起來很著急。

湯老闆說等他搞清楚事情原委，自然會送我上醫院。

"什麼原委？"

"你以我的名義約Christine 登山，Christine 等不到我便自行上山，你尾隨其後，然後在這個懸崖邊推她下山，是還是不是？"湯老闆咄咄逼人。

Steven 否認，強調他愛 Christine 至深，不可能做慘絕人寰的事。

"我查過，根據發放的登山證記錄，當天有個叫William Wettin的人也上山了，別告訴我你不認識你姐夫。"

"我……我是認識他，但……"

"可惜當天他沒上山，參加柏林影展的人如何來回奔波？"

Steven陷入長長的沈思。

噢！不，不會是你，不要……

"沒錯，我是尾隨Christine 上山，但行經至此，突然失去她的踪影，後來才發現她的登山證壓在一塊大石頭下，背面寫著Sorry。"

湯老闆大笑兩聲，說他編的謊言太拙劣，Christine何需自殺？

" 她有抑鬱症，你不知道嗎？這些年來，她一直服用anti-depressive drugs ，如果不信，我可以給你心理醫生的電話號碼。"

"果真如此，警方爲何以意外事故結案？"

"因爲我隱瞞她的病情及婚內出軌的事實，斯人已逝，我想保護她的名聲。"

現在換湯老闆陷入長長的沈思。

"沒時間了，急性高原症有可能誘發腦水腫或肺水腫，嚴重甚至喪命。萌萌需要馬上就醫，我這就去找看山員，他們都受過專業訓練，知道如何急救高原反應者。"Steven催促。

湯老闆突然一把抓住他："呵呵！你以爲成功騙過我，是嗎？回答我，爲什麼假藉我的名義約Christine登山？這表示你已經知道我和她之間有不倫之戀，被戴綠帽肯定不好受，所以你推她一把，以洩心頭恨。"

Steven仍堅稱不是這樣的。

" 你過來，"湯老闆強拉Steven至懸崖邊，" 看，這就是Christine 的墜落點，你難道沒有一絲一毫的愧疚與不捨？"

" 我說了我沒推她。"Steven往後退。

誰知湯老闆又強拉他向前，Steven下意識往反方向使力，致使前者突然失去重心，雙手在空中揮舞一下，整個身體往後仰，我還能聽到空氣中回蕩的慘叫聲。

Steven立馬衝到懸崖邊，當確定湯老闆墜落後，第一時間往回看，剛好與我四目相對。

"萌萌，我……"

"別說話，我愛你，幫我叫看山員。"說完，我閉上雙眼。

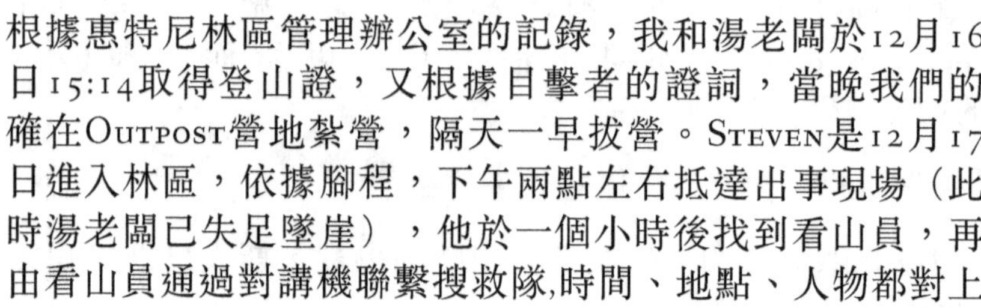

根據惠特尼林區管理辦公室的記錄，我和湯老闆於12月16日15:14取得登山證，又根據目擊者的證詞，當晚我們的確在OUTPOST營地紮營，隔天一早拔營。STEVEN是12月17日進入林區，依據腳程，下午兩點左右抵達出事現場（此時湯老闆已失足墜崖），他於一個小時後找到看山員，再由看山員通過對講機聯繫搜救隊,時間、地點、人物都對上了。

"That's all."我躺在病床上錄口供，仍氣若如絲。

也許身爲病人的關係，警察對我客客氣氣的，我現在擔心的是Steven。

"警察會不會對他嚴刑逼供，以致屈打成招？"我問Kitty。

"妳以爲這是古代？放心，警察問話會錄相，何況他姐姐爲他請了全加州最厲害的律師，據說還没有敗訴的例子。"

想到Elsa,她的確有資本讓自己的弟弟遠離災難。

"那就好。"我終於放下心來。

"哪裏好？湯老闆的老婆認定妳和Steven合計謀殺她老公，準備提起訴訟。Steven有個有錢姐姐，妳呢？保時捷廣告被喊停，一旦確定妳涉案，不僅兩百萬美元没了，妳還得付違約金。現在就看《比佛利拜金女》劇組的態度了，如果他們也不要妳，妳便徹底涼了。"

Kitty分析得没錯，我彷彿風中之燭，分分鐘可能衆叛親離，成爲過街老鼠。

"放心，到時我會給妳豐厚的遣散費。"

"說什麼呀妳，我是這種人嗎？太讓人傷心了。"她撇開臉，倒叫我感到內疚。

"好，我收回，到時候一分不給。"

"妳敢？"Kitty 反倒破涕爲笑。

寒冬過去，比佛利山莊迎來春天。

湯老闆的老婆刑事訴訟敗訴，改提起民事訴訟，Steven和律師商量過後，決定庭外和解，和解的數字保密，想必不是個小數目。

"我是花錢買個心安，畢竟......"

"你又來了，不是說好不再提？"我怪嗔。

Steven作投降狀。

自從經歷過"生死一線"，我們更珍視對方，連一直持反對態度的Elsa也改投贊成票，大概看在我"不離不棄"的份上吧！我們的婚禮被正式提上日程，就訂在歐美認爲最適合嫁娶的六月（傳說六月新娘最幸福）。

《比佛利拜金女》沒有炒了我，事實上，他們正和我的助理商談開拍第二季的合約內容。Kitty 說第一季給的低價現在完全不可能，放心，她絕對會幫我"獅子大開口"。保時捷廣告也在年初播放，雖然比預定的時間晚了一點點兒，但播出後反應良好，老闆因此樂開花，一聽說我即將披婚紗，無條件提供全球限量版的保時捷911 Turbo S 當我們的婚車。

一切都否極泰來，往好的方向發展。

" Going once......going twice......going three times, gone."Steven 將槌子高高舉起，輕輕落下，意味著歐洲青銅時代的"內布拉星盤"成功賣出，由一個看起來像大學教授的人競得今天的Steven穿著Brioni單排扣紋理亞麻面西裝，頭髮剪成利落的板寸頭，語速跟著現場的節奏，時快時慢，能Hold住全場。

坐在台下的我，嘴角揚起一絲微笑，不是因爲拍賣師魅力十足，也不是因爲人形娃娃在拍賣名單內（起拍價高達20萬美元），而是Steven說擁有我就不再需要没有生命的娃娃，他愛我，跟我像不像某人無關，是時候跟過去做個了斷。

" Next one, number 31......"拍賣師喊著。

來了，來了，下一個便是人形娃娃，我翹首以待......

《完結》

【看不夠嗎？B杜的《夢回楓葉國》正等著您，以下是前三章，先睹為快。】

《夢回楓葉國》

第一章/冰上精靈

我和教練坐在看台上，眼睛直盯著大屏幕，通常表演完畢後，3～5分鐘會出結果。

這是我第五次參加成年組的國際花樣滑冰比賽，前四次不是在國外，就是在他省，這次正好在自家門口—溫哥華，所以總決賽時不僅父母來了，七大爺、八大媽也來了。

"冰冰呀！妳使勁滑，別怕，魏叔叔昨晚幫妳禱告了。"

說話的是老爸的客戶，篤信基督教，年輕時曾做過碼頭的搬運工，長期彎腰背重物的結果，晚年落下腰肌勞損的病根，現在一週得讓父親推拿一次。

没錯，我的父親是按摩師，這是加拿大人的說法，但他本人不認同，按照他的邏輯，他是有按摩師執照的正規中醫師。

"妳爸可是中國國醫大師唯一承認的嫡傳弟子，可惜這幫老外不識貨，國內的證書成了破紙頭一張，妳說近四十歲的人再拿起洋課本讀醫學本科多不容易？只好退而求其次，學個相關又好就業的培訓課程。"母親解釋。

我四歲時，全家從中國大陸移民至加拿大，由於盤纏不夠，先是與另兩個家庭合租了一個三居室，每天都像在作戰，廚房要搶，使用衛浴更要搶，加上女人間的碎言碎語，很快便水火不容。

從合租房搬出來後，情況沒有變好，反而更糟，只能住進地下室，不管白天黑夜，若不開燈，伸手絕對不見五指。

我大概是全托兒所少數期待上學的小朋友之一，因爲在那裏至少還看得見陽光，也有玩具玩，不像我那三十平米不到，既陰暗又潮濕的"家"，除了必要的衣物及鍋碗瓢盆外，就只有從中國帶來的一套樂高及姥爺、姥姥送的小熊布偶，再無長物。

一天的開始往往從簡易早餐開始，吃完後，父親去上按摩培訓課，母親把我送入附近的托兒所，再徒步到超市當收銀員。

由於有幼兒津貼，我上的是全托（上午八點半到下午六點）。母親上完班會順便採買超市裏的打折品，然後拎著大包小包來接我。

這樣緊張、拮据的生活步調，直到父親拿到註冊按摩師執照且在正骨醫院謀得一職後才大大改善。如果不是後來我一頭栽進花樣滑冰的學習當中，花錢如流水，我們葛家現在大概也擁有一棟花園洋房，而非租房一族。

回到比賽現場，當大屏幕顯示技術分60.58，內容分69.17，扣分項兩分，總分127.75時，我的心跌落至谷底。

雖然昨天的短節目我發揮得不錯，得到80.08分，排列第三，但今天的自由滑沒得到幸運女神的眷顧，不僅連續出現幾個錯誤，連最有把握的聯合旋轉在換足時竟一腳踩空，雖然我快速爬起，但大勢已去。

自由滑的失常表現，無疑讓我的最後排名慘不忍睹。我的教練匆匆給我一個擁抱，安慰的成份居多，歡喜的成份全無。

我沒等到最後閉幕便拉著父母回家，不僅因爲實力沒如常發揮，心情鬱悶，還因摘下女單桂冠的是我的死對頭—Alice Yan，我不願看她在頒獎台上意氣風發的樣子。

我和Alice一直有瑜亮情節，從少年組、青年組，一直競爭到成年組。過去通常是我技高一籌，不僅囊括各大比賽的金、銀、銅牌，還是第一個獲得興民銀行贊助的18歲以下滑冰選手（有了這筆可觀的贊助費，母親終於可以辭掉超市收銀員的工作，專心做我的私人廚師、司機兼對外發言人），Alice只能追著我跑，然後望背興嘆。

可惜跨入成年組後，我開高走低，前四次的比賽都未入三甲，這一次更是大跌眼鏡，直接掉到十名外。反觀Alice, 18歲以後彷彿吃了菠菜的大力水手，一路高歌猛進，不僅超越素有"冰上精靈"的我，還大幅拉開彼此的距離，這次甚至狠甩我十條街。

我是怎麼了？"先天"不如人，難道連後天也比不上？

當我們葛家好不容易在工廠林立的東溫哥華租下一棟百年的木造老屋時，他們嚴家已經在富裕的溫哥華西區住上被大樹環繞的豪華別墅；當我們葛家好不容易買下九〇年出廠的二手福特汽車，從此擺脫依賴公共交通工具的不便時，他們嚴家已經開上賓士最新款A-Class；更不用說我一路讀的是免費的公立學校，還因座落在窮學區裏，建築外牆已經破爛不堪，連PU跑道都坑坑巴巴的，而她……小學讀的是赫赫有名的 Crofton House，中學讀的是土豪標配的 St. Michael's University School，還有還有，她父親是加拿大西部最大礦業公司的CEO，最近還拿下加納及馬里的金礦勘探權，母親也不簡單，是兒童醫院的主治醫生。

如果Alice是含著金鑰匙出生的天之驕女，我便是從"貧民窟"走出來的鏗鏘玫瑰，偏偏用盡氣力生存的玫瑰還是早謝，連僅有的一丁點兒傲氣也蕩然無存，叫人情何以堪？

我們默默回家，草草吃過晚飯後，父母留下來看電視，我藉口網絡大學要交報告，及早回到房間。

因爲一心一意投入花樣滑冰，我的文化課早趕不上同齡人，加上無法正常上下學，和父母商量過後，我報了網絡大學課程（可在任意時段上網學習，只需在規定時間內交報告即可），希冀通過自學的方式得到文憑。

"網絡大學要交報告"一事不假，但打開網頁，我卻一個字也讀不進去。

運動員有巔峰狀態及低谷期，我早知道，只是没料到低谷期來得那麼快，我甚至還未拿到參加冬奧會的資格就嘩啦啦地跌入谷底（雖然那是兩年後的事，但從目前的勢頭來看，我想得到入場券的機會微乎其微）。

就這麼東想西想，一封郵件忽然來到，我隨手點開，是我的中學好友梅莉,她問我比賽結果如何？我回覆一張哭臉，再無其他。

說起梅莉，她和我的緣分不淺，第一次上免費的戶外溜冰場，我們就來個對衝，雙雙跌個四腳朝天，後來又就讀同一所小學及中學，連啓蒙的溜冰教練也是同一位，只是上了高中以後，她便不再參加比賽及晉級考試，提早"退休"，現在輾轉多倫多的各大溜冰場當教練。由於過往的簡歷不出色，梅莉只能教教初入門的小朋友，混口飯吃。

"扣、扣、"

" What ？"

母親隔著門要我早點兒上床，明天還得早起到俱樂部報到。

"知道了。"我喊。

"冰冰～"

"什麼？"

" You did your best. We are proud of you."

母親不說還好，一說我淚流滿面，這樣的成績哪能讓父母驕傲？我反倒有投河自盡的衝動。

面對我的沈默，母親在房外待了一會兒後，走了。

失敗是個苦果，再怎麼著也得打落牙齒和血吞，只可惜苦果不止由我品嚐，連爲我捨棄太多東西的父母也被迫一道兒承受，真不公平！

我還在死胡同裏自怨自艾，此時一通電話打來，是他。

"明天天氣不錯，我帶妳去採藍莓。"

加拿大是世界第二大藍莓生產國，僅次於美國。

"明天不行，還得練習。"我答。

"我收到最新情報，明天下午總教練及Alice會召開記者會，我們偷溜出去不會有人發現。"

慫恿我開溜的是"師兄"歐陽睿，比我早一年進俱樂部。與我的"早慧"不同，他屬於"大器晚成"型，直到25歲才漸露頭角，但也只是在男單五名左右徘徊，離真正的鋒芒畢露還有一段距離，而25歲對花樣滑冰選手而言已經是日薄西山了。

"還是不要，我的比賽成績越來越差，再不加緊練習，我怕我的贊助商會喊停。"

"正好相反，欲速則不達，人不是機器，偶爾放鬆一下是必須的，妳若有顧忌，歡迎葛媽媽一同前往。"

開什麼玩笑？我怎麼可能讓母親同行？自己又不是未斷奶的娃兒。

"讓我問問我媽，如果她同意，我沒意見。"我答。

第二章/失寵

隔天，母親準時在早上六點前送我到俱樂部，與往常不同，她看起來心事重重的樣子。

"歐陽睿說下午帶我去採藍莓，因爲總教練不在。"母親一停妥車，我馬上說。

"去吧！晚飯前回來。"

我以爲我聽錯了，又強調一次是歐-陽-睿。

"我知道是歐陽睿，妳不是剛比賽完？輕鬆一下也好。"

直到福特車的車屁股消失在路的盡頭，我還渾渾噩噩，母親一向不喜歡歐陽睿，這是怎麼回事？

別誤會，歐陽師兄沒做什麼出格的事，只是他是單親家庭出身，母親做的又是民間小額貸款的工作（說白了就是放高利貸），來往的人比較複雜。

" So what? 那又不是他的錯。"聽罷，我站在正義這一邊。

"妳傻呀！單親家庭的婆婆多半不好侍候，加上放高利貸也不是光彩的事，我怕妳受苦，所以得將源頭扼死在搖籃裏。"

婆婆？

面對母親的奇思異想，我笑得好大聲。師兄比我大六歲，當他背起書包上學時，我才剛出生，"老少配"根本是不可能的事。

母親嗤之以鼻，說她吃過的鹽比我走的路還多，那孩子看我的眼神就不對，肯定有事，否則也不會對她鞍前馬後。

歐陽睿是不是"有事"，我不清楚，但他的確對母親畢恭畢敬的，有一次還送母親一盒護膚保養品，說是商場在打折，他買了兩盒，一盒送給他媽，另一盒則送給我媽。

"免了，無恭不受祿，你還是另外找人吧！我家冰冰不適合你。"

没想到母親不僅當場回絕，還說了讓人下不了台的話。爲了氣母親，我把那盒"被退貨"的保養品佔爲己有，說自己正缺護膚品，謝了！

"這是上了年紀的人用的，不適合妳。這樣吧！我把這盒退回去換成少女用的。"那個老實人竟然又把禮盒收回去。

現在換我尷尬了，本來就是爲了緩和場面被迫收下的，結果又被收走。母親也不悅，因爲被歸爲老年人，枉費她每天強迫自己喝下兩公升的白開水及做睡前瑜伽。

然而正是這位口口聲聲說要將源頭扼死在搖籃裏的人，今天竟然允許我和"源頭"翹課採藍莓去，怎麼都說不通。

我想起母親的愁容，難道是家裏出了什麼事，讓她百爪撓心，以致顧不上我？

雖然忐忑不安，我依然把上午的暖身運動及基本功都仔細練過，還找編舞教練討論一年後在亞特蘭大舉行的國際比賽，我的想法是把《莫扎特A大調第五號協奏曲第一樂章》以及聖桑的大提琴獨奏曲《天鵝》加以混合做成背景音樂，有了音樂才好編舞。

“You don't need to hurry. We can talk about it next week.”編舞教練答不急，我們可以下禮拜再討論。

這太奇怪了，她一向是急驚風，總催促我趕緊選好音樂，讓她有充份的時間設計內容，今天是怎麼了？

編舞教練的“拖”讓我想起體能教練，他應該在暖身運動前出現，可是直到我暖身完畢，還不見人影。

此時歐陽睿向我走來。

“準備好了嗎？準備好就走。”他說。

“你倒很篤定我媽會同意。”

“我當然篤定，葛媽媽該煩惱的事太多，顧不上妳。”

我問他什麼意思？他笑笑沒回答，轉身先行一步。

藍莓果園在肯特維爾，說遠不遠，驅車一個小時就能到，當看到成片的綠色灌木叢時，我終於展笑顏。

“加拿大的藍莓又大又甜，裏面是深紫色的果漿，”歐陽睿摘下一顆藍果子，“瞧！果皮表面還帶著白色糖霜，咬開後果汁瞬間在嘴裏爆漿，口感超棒。”

他隨後把果子塞進我嘴裏，果然如同他所說，滋味美妙透了，可是……這樣“偷吃”不犯法嗎？

“始作俑者”答在加拿大採摘水果有個不成文的規定，吃多少無所謂，但帶走得付費，待會兒我們可以採一些回去給我父母，他買單。

歐陽師兄沒提他母親，讓我感覺佔了他便宜，遂劃清界限，表明AA。

“妳是我見過最小肚雞腸的人，也罷，待會兒回去我收妳汽油錢及勞務費。”

“真的？”我一臉緊張。

他哈哈大笑，讓我摸不著頭腦。

～

雖然只是外出幾個小時，興許是芬多精起了作用，讓我全身上下充滿正能量，原本鬱悶的心情也跟著舒暢起來。

“答應我，不論發生什麼，妳的嘴角永遠都是上揚的，像現在一樣。”歐陽睿放我下車後，搖下車窗對我説。

“當然。”我對他擺擺手。

進了家門，客廳裏只見父親。

“媽呢？”我問。

“睡了。”

母親通常十點上床，現在才八點，怎麼這麼早就睡？

我接著問父親吃不吃藍莓？今天我和師兄採了兩紙盒的藍莓，一磅2加元，算一算比超市的便宜。

“我不吃，妳吃。對了，鍋裏有紅燒肉，下個麵會吧？我也睏了，晚安！”

這就更奇怪了，父親有夜晚寫作的習慣，雖然尚是個没没無聞的業餘作家，但筆耕不輟，鮮有偷懶的時候。

我將雞蛋麵條下鍋，再拿紅燒肉當澆頭，做了一碗香噴噴的紅燒肉麵當晚餐。

～

大概是下麵時鹽放多了，半夜口渴得要命，只好起床找水喝，這才發現主臥室的燈亮著。

「我一聽說今天下午的記者會興民銀行也會參加，心就涼了一大截，沒想到實際情況比想像還糟糕。你說怎麼辦？沒有贊助費，我們根本付不起俱樂部的年費以及編舞、體能、技術教練的學費。冰刀每三個月要換新，服裝還得做，大大小小比賽的參賽費加起來也不少，我們……我們已經捉襟見肘了。」

「沒事，船到橋頭自然直，再不行，銀行裏還有五萬元存款。」

「不可以，那是應急用的。再說，即使通通取出來，也只夠支撐半年，半年後怎麼辦？」

「能撐多久算多久，冰冰的夢想很重要，做父母的，砸鍋賣鐵也得支持。」

「哎！說來說去還是興民銀行太狠心，它可以贊助新出爐的冠軍，但好歹也給我們一個緩衝的時間，這樣當著全國人民的面宣佈Alice Yan是新的贊助對象，而且是唯一的一個，讓冰冰的面子往哪裏擱？」

至此，我總算搞清楚來龍去脈，原來這一天有那麼多事情發生，唯獨身爲當事人的我被矇在鼓裏。

「哈！原來錢這麼好使，想砸誰就砸誰，失寵不過是一句話而已。」我忍不住自嘲。

第三章/飛來橫禍

母親喚我起床，其實我一夜無眠，但仍假裝熟睡。

"趕緊的，來不及晨練了。"她過來拉我被子。

"不，"我將被子搶回，"睏死了，讓我多睡會兒。"

"冰冰，妳是不是皮癢了？教練不罵死妳才怪！"

我很想答教練現在連罵我的動力都沒有，少了贊助費，他們也害怕我付不起半小時高達160加元的學費。

"我的冰刀鈍了，鞋子腳踝的部份也軟了，哪天我們上體育用品店買新鞋吧！"我試探性地問。

"買鞋？我看……我看鞋還行，要不……將就點兒用？"

看母親一副爲難的樣子，我感到辛酸。的確，一雙專業溜冰鞋起碼要2000加元，而父親的月工資到手不過4000，扣掉房租及其他生活開支，這個月就別想存錢了。

"哈！我開玩笑的，鞋子好得很。"

母親睨了我一眼，說我欠揍，老尋她開心。

"妳說得對，我是欠揍，再不起來練功，教練要打我五十大板囉！"說完，我一骨碌爬起。

～

教練沒打我五十大板，實際上，在得知失去贊助費，我可能無法支付高額的學費後，他們仨很無情地放我自生自滅。

我一個人把所有的動作都做了，一遍又一遍，彷彿和誰鬥氣，直到停下來喝口水，歐陽睿才覷了個空滑到我身邊。

"妳的教練今天放大假。"他說。

"可不是，我把他們全炒了。"

"厲害！"他伸出大姆指，"妳做了我一直想做卻不敢做的事。"

歐陽睿雖然處於巔峰狀態，但也不是在金字塔最頂端，所以到目前為止，還未得到任何贊助。

"回答我，你如何負擔昂貴的學費？"我問。

"這簡單，只要擁有一位任勞任怨且肯為你全心全意付出的母親即可。"

在他的描述下，一個在底層放高利貸的瘦小女人成了不朽的傳奇。

我說我的母親也同樣偉大，如果不是為了給我更好的未來，她和父親大可待在中國過歲月靜好的小日子，何苦來到半個親戚也無的楓葉國當二等公民？

"這麼看來，我們兩家也算門當戶對，要不......"

"你的教練來了。"我說。

他的教練其實沒來，只是我不想再談下去。

“加油！”他拍拍我的肩膀，很識趣地離開。

母親來接我，在車上，她問我需不需要買新的溜冰鞋？

“不用，我的鞋很好。”我答。

母親看了我兩眼，很不確定的樣子。

“是真的，没問題。”

沈默了一會兒後，母親強打精神說：“ Guess what? 今天我回到超市，發現他們又招人了，也難怪，薪水低，没人想做。老板問我回不回去？如果回，按老員工的工資給。我想了想，還是回去做，辭職後很無聊，買超市的東西也不能按員工價，太吃虧了。”

記得剛辭職那會兒，母親不知有多高興，她和老板不合，總抱怨經常被苛扣工資，這時又把壓榨員工的吸血鬼形容成助人爲樂的聖母，她心中的委屈可想而知。

“別回去，我知道市中心有很多服裝店及體育用品店在招人，再不濟，Walmart 超市也缺人，犯不著一直待在小超市裏受氣。”

母親說我不懂，她已經五十好幾，英語一般般，法語基本不會，還長著一副亞洲人的臉孔，那些時尚的店要的是年輕人，最好英法語都會，白人優先。在這個前提下，她的選擇少之又少，既然前雇主不排斥，她樂得回歸……

“妳想怎麼著就怎麼著。”我將頭轉向車窗外，心裏很悲傷。

已是秋天，楓葉大道上的楓葉開始由黃轉紅，估計再過一陣子就會火紅一片，不知那時我家的經濟情況會不會好轉？我翹首以待。

興民銀行五天後寄來掛號信，信就擱在玄關處。

"冰冰呀！媽的視力不好，妳看看是誰的來信。"我們一進屋，母親說。

我三兩下將信拆封，又花了不到半分鐘把信讀完。

"是興民銀行寄來的，它謝謝我成爲它們的贊助對象。"

"還有呢？"母親問。

"贊助費在九月二十一號停，造成的不便，敬請諒解。"

"怎麼說的像是停水斷電似的？"

"誰說不是？"

一個本該是晴天霹靂的壞消息，就在我和母親的一問一答中灰飛煙滅。原來噩耗也不是那麼難以接受，時間可以撫平一切傷痛。

"放心，一切都會好的。"母親遞給我一碗綠豆薏仁湯，"我又回到超市工作，妳爸現在也不寫作了，當起電競館的夜間管理員，錢雖不多，省著點花還是夠付妳的學費。"

這也是我深感愧疚的地方，我已經19歲，本該自立，以前有贊助費，勉強算得上自給自足，現在没了，我成了名副其實的啃老一族。

"電競館是年輕孩子去的地方，爸不會喜歡，我看……還是由我補上。"

母親要我省省吧！滑冰很耗體力，晚上我還得上網絡大學，哪有時間？再說了，父親很高興能和年輕人在一起，畢竟聽聽他們的想法有助寫作。

"哎！爸還是想成爲作家。"我感嘆。

"寫作的人多了去，成名者幾何？都是一些無病呻吟的人在做夢，我反倒希望妳爸做點兒實際的，能賺錢最好。"

我記得父親曾提起過母親當年也是文藝女青年一枚，會寫詩，也擅長作畫，但打從有記憶以來，我就不曾看過她文藝的樣子。唯一的一次是農曆新年來到，家裏卻無米可炊，她不得不拋頭露臉在唐人街寫大字。來買春聯的人不少，都誇她的字寫得好，她卻引以爲恥，年節過後有很長一段時間不去唐人街，怕觸景傷情。

"爸的年紀大了，想做夢就隨他去吧！"我說。

"現實是我們葛家入不敷出，不開源節流不行。"

談到錢，我趕緊給情報："歐陽睿說唐人街有個裁縫師傅手藝不錯，比我們常去做表演服的那一家便宜，還有，我可以和他一起合買冰刀，買來的冰刀，他負責幫我安裝，這又可以省下一筆錢。"

"他倒是告訴妳不少事，還是那句話，離他遠點兒。"

我正想抗議，一通電話打來，刺耳的鈴聲像鑽石劃過玻璃。

"Yes. ......Oh my God. I am coming."母親掛上電話，臉上血色全無。

"怎麼了？"我問。

"妳爸被幾個年輕人給揍了，現在躺在醫院裏。"她答。

作者介紹

在異國的背景下加入纏綿悱惻的愛情故事是B杜小說的一大特點，她的文筆清新、筆觸詼諧、畫面感很強，讀完小說有種看完一部愛情偶像劇的感覺，特別適合懷春少女及對愛情有憧憬的女性閱讀。

B杜創作了一系列異國戀情N部曲，包括《法蘭西情人》、《東瀛之愛》、《新西蘭之戀》、《英倫玫瑰》、《愛在暹羅》、《情定布拉格》、《獅城情緣》、《愛上比佛利》、《夢回楓葉國》……等作品，歡迎關注。

ALSO BY B杜

爱上比佛利（简体字）Love in Beverly Hills (simplified character version)

《東瀛之愛》Love in Japan

《法蘭西情人》Love in France

《新西蘭之戀》Love in New Zealand

《愛在暹羅》Love in Thailand

《情定布拉格》Love in Prague

《獅城情緣》Love in Singapore

《夢回楓葉國》Love in Canada

《英倫玫瑰》Love in England

《英倫玫瑰》Love in England